나를 좋아하는 건 **너**뿐이냐 ⑯

라쿠다 지음
브리키 일러스트

KB104805

contents

썬 / 오오가 타이요

히마와리 / 히나타 아오이

아스나로 / 하네타치 히나

탄포포 / 카마타 키미에

"하기로
마음먹었으면
한다.
그게
나의
모토다."

죠로 / 키사라기 아마츠유

'나'의 이름은 키사라기 아마츠유(如月雨露). 통칭 죠로. 내 이름에서 '月'을 빼면 '죠로(如雨露)'가 된다. 그러니까 죠로. 단순한 이야기지? …라는 식으로 '나'의 자기소개를 하던 시기도 있었던가. 지금 생각하면 용케 여기까지 왔군. 뭐, 마지막에 최대의 문제가 버티고 있지만….

나를 좋아하는 건 너 뿐이냐

You're the only one
who likes me

라쿠다 지음
브리키 일러스트

16

eXtreme novel

나의 마지막 희망

프롤로그

나―죠로＝키사라기 아마츠유가 고등학교 2학년 때 경험한 일은 기상천외한 일뿐.

두 소녀에게 연애 고민 상담을 받아 악전고투하는 나날.

어쩌다가 세 다리 기사가 배포돼서 악전고투하는 나날.

희귀본을 망가뜨려서 다시 구하기 위해 악전고투하는 나날.

도서실 폐쇄에서 발전한 연애 쟁탈전으로 악전고투하는 나날.

가짜 남자친구 행세를 두 건 동시에 해서 악전고투하는 나날.

튀김꼬치 가게와 닭꼬치 가게의 성전(聖戰)에 휘말려서 악전고투하는 나날.

세 소녀가 짊어진, 불필요한 죄를 없애려고 악전고투하는 나날.

'멋진 추억'을 만들려 하는 소녀를 돕기 위해서 악전고투하는 나날.

홋카이도에서 예전 소꿉친구와 뜻밖에도 재회하여 악전고투하는 나날.

엮어 온 세 개의 인연을 깨뜨릴 수밖에 없어졌기에, 악전고투하는 나날.

내 고등학교 2학년은 항상 악전고투와 함께 있었다.

왜 나만 이런 고생을 하는데! 진짜로 못 해 먹겠어!

모든 것을 내던지고 도망칠까 싶었던 적은 셀 수도 없다.

그래도 어떻게든 버티고 수많은 트러블을 뛰어넘을 수 있었던 것은 동료들이 있었기 때문이다.

어떤 때라도 나와 함께 트러블에 맞서 준 최고의 동료들.

'괜찮아. 우리라면 어떤 난관이라도 뛰어넘을 수 있어'라는 건 애니메이션에서 곧잘 나올 법한 말이지만, 실제로 그렇게 생각했다….

하지만 이번만큼은 조금 어려울지도 모르겠다.

없어졌다…. 없어져 버렸어….

지금까지 나와 함께 트러블에 맞서 준 최고의 동료들이.

나를 덮친 마지막 악전고투.

과거에 받은 크나큰 은혜를 갚기 위해 모습을 감춘 한 소녀.

대신해서 나타난, 그저 소망을 이루려 하는 한 소녀.

두 소녀의 복잡기괴한 마음이 뒤섞여서 생겨난, 답이 나오지 않는 문제.

나는 이 난관을 해결할 수단을 하나도 가지고 있지 않았다.

아니… 정확하게는 간단히 끝낼 수 있는 수단이 딱 하나 있었다.

그저 소망을 이루려 하는 소녀의 마음을 받아들이면 된다.

하지만 나는 그 답을 택할 수 없었다.

알 수 없었기 때문이다.

사라진 소녀의 진짜 마음을….

그러니까 만나야만 한다. 찾아야만 한다.

모습을 감춘 한 소녀를.

간단한 일은 아니다. …아니, 틀림없이 지금까지 해 온 일들 중에서 최대급으로 어려운 일이겠지.

이제 무리다. 이런 문제는 나 혼자서는 도저히 해결할 수 없어….

사면초가, 고립무원, 형영상조.

그런 상황에 빠져서 모든 것을 포기할 뻔했다. 모든 것을 내던질 뻔했다.

심플한 해피 엔딩을 받아들이려고 했다.

하지만… 정말로 마지막 순간, 아슬아슬한 순간에 버틸 수 있었다.

내 편은 아무도 없다고 생각했다. 나는 혼자라고만 생각했다.

하지만 아니었다…. 내게는 동료들이 있었어!

쓰러질 뻔한 나를 부축하고, 일으켜 세워 준 동료들의 마음을 무시하지 않기 위해서라도, 나는 다시금 굳게 결의했다.

반드시 산쇼쿠인 스미레코를 찾아낸다!

일찍이 없었던 초특급 문제.

함께 맞서 주는 것은 토쇼부 고등학교 2학년, 도서위원인 호스=하즈키 야스오.

얼마 전까지는 사이가 매우 안 좋았지만, 지금은 최고로 마음이 맞는 남자다.

어차, 착각하지 말아 주겠어? 내 동료는 호스만이 아냐.

아까 말했잖아? 내게는 '동료**들**'이 있다고.

이 정도로 큰 문제니까 전력은 긁어모을 수 있는 데까지 긁어모은다.

만나러 갔지. 어떤 상황에서든 내 힘이 되어 주는 최고의 동료들을.

그게 이 문제를 해결하기 위한 최선의 방법이라고 믿고.

나―죠로＝키사라기 아마츠유의 이야기도 슬슬 최종장.

최고의 해피 엔딩을 향해 함께 걸어가는 것은,

"기다렸지. 준비는 다 되었달까."

어떤 일이든 가볍게 척척 처리해 주는 최고의 조커.

나와 같은 반이며 아르바이트하는 가게의 점장이기도 한 츠바키＝요우키 치하루….

"음. 나는 가게가 있어서 못 도와주니까 대신 도와줄 사람에게 말을 해 두었달까. 네게 힘이 되어 줄 만큼 든든한 사람들을…."

가 아니라,

"우훗! 우후후훗! 이 아토믹 포뮬러 아이돌인 탄포포가 있으면 눈 한 번 깜빡일 사이에 산쇼쿠인 선배를 찾을 수 있을 게 틀림 없어요! 어떤가요, 키사라기 선배? 너무 기뻐서 두근거림과 허슬이 넘쳐나지요?"

"하아~! 가게 당번, 무서웠어~! 모르는 사람, 싫어! 나는 죠로랑 같이 스미레코를 찾을 거야! 그럼 호랑이 오빠한테서 도망칠 수 있어! 죠로가 잘해 줄 거야! 일석이조의 최선의 수야~!"

"우히히히! 어쩔 수 없으니까 누나가 힘을 빌려줄게! 죠로찌, 내가 있으면 스미레코찌는 금방 찾을 수… "우와아아아아앗!!" 우갸악! 미, 미안, 탄포포찌! 그만 발이 미끄러져서…. 괘, 괜찮아?!"

왜 이렇게 되었지?
물론 사정은 다음에 차근차근 설명하지.
하지만 그 전에 이 말을 좀 하게 해 줘….
나―죠로＝키사라기 아마츠유에게 쏟아진 최후의 문제.
함께 도전하는 것은 바보(탄포포), 낯가림(히이라기), 덜렁쟁이(체리).

교체 부탁하면 안 될까요?

나와 너의 동료들

제 **1** 장

올해를 마무리 짓는, 새로운 해를 맞는 특별한 하루.

그것이 일반적인 섣달그믐날의 인상이겠지.

하지만 나—죠로＝키사라기 아마츠유에게 이날은 다른 의미로 특별한 날이 되었다.

연인의 생일.

한 해에 한 번 있는 특별한 하루를 자랑스럽게 맞을까? 아니면 비참하게 맞을까?

그것은 앞으로의 나에게 달렸다….

12월 29일.

"이게 내가 아는 전부야…."

현재 위치는 니시키즈타 고등학교의 도서실.

거기서 나는 토쇼부 고등학교에 다니는 친구… 호스＝하즈키 야스오에게 이야기 하나를 들었다.

"그런 일이 있었나…."

"…응."

죄악감을 내비치면서 호스가 살짝 고개를 끄덕였다.

전부터 녀석은 '각오해 둬'라고 말하긴 했는데, 설마 이런 일이었다니….

"나도 자세한 사정을 안 것은 2학기에 들어서였지만…."

호스가 내게 전한 것은 두 소녀의 관계성, 그 핵심으로 다가가는 이야기.

산쇼쿠인 스미레코와 코사이지 스미레.

비슷한 이름과 처지의 두 소녀에게 일어난, 하나의 커다란 사건.

교통사고.

뉴스 등에서 하루에 한 번씩은 들을 수 있는 말이다.

하지만 뉴스에서 들을 때는 어딘가 남의 일만 같고, 나와는 관계없는 일처럼 생각했다.

설마 이렇게 가까운 곳에서 실제로 경험한 녀석이 있다니….

"……."

아무 말도 나오지 않았다. 뭘 전하면 좋을지 알 수가 없었다.

그저 내가 하찮은 사람이라는 사실을 깨닫게 되었다.

"아무튼 코사이지의 건강한 모습을 봐서 안심했어."

말을 잃고 괴로워하는 나를 도우려는 걸까. 호스가 내 옆에 있는 소녀─코사이지 스미레를 잠깐 바라보고 약간의 기쁨과 깊은 슬픔이 뒤섞인 복잡한 표정을 지었다.

아무것도 할 수 없는 내가 할 수 있는 것은 그 도움을 받아들이는 것뿐.

하다못해 뭔가 할 수 있는 일은 없을까 싶어서 코사이지 스미레를 바라보자,

"죠로, 그렇게 슬픈 얼굴 하지 마. …이제 괜찮으니까."

코사이지 스미레가 두 주먹을 움켜쥐고 미소를 보였다.

건강해졌으니까 안심해, 걱정하지 마.

그걸 말과 행동으로 동시에 내게 보였다.

본래 피해자이자 가장 고생했을 인물임에도 불구하고 말이다.

"저기… 후유증 같은 건 없어?"

"물론이야. 아무 문제도 없어."

"…다행이다."

진심에서 나온 말을 했다.

그 사고를 자세히 말하자면 이렇다.

올해 3월 봄 방학, 세 소녀가 니시키즈타 고등학교 근처의 횡단보도를 건너려는 때에, 졸음운전을 하던 택시가 신호를 무시하고 돌진했다.

세 사람 중 한 소녀는 경상으로 끝났지만, 두 명은 의식 불명의 중태.

경상으로 끝난 것이 산쇼쿠인 스미레코.

그리고 의식 불명의 중태에 빠진 것이….

"정말로 올해는 순식간이었어. 정신을 차렸더니 10월이었으니까."

코사이지 스미레였던 것이다….

"저기… 왜 산쇼쿠인 스미레코만은 경상으로 끝났어?"

어디까지 물어도 될지 모르겠다.

하지만 두 사람의 사정을 알기 위해서라도, 나는 죄악감을 억누르고 물었다.

"우연히 그 애만이 직격을 피했어."

"그런가…."

코사이지 스미레는 결코 거짓말을 하지 않는다. …하지만 모든 진실을 말한다고 할 수만은 없다.

그렇군…. 네가 산쇼쿠인 스미레코를 도운 거로군.

순간적으로 자기보다도 산쇼쿠인 스미레코의 몸을 우선했다.

그래서 산쇼쿠인 스미레코는 경상으로 끝났다.

그리고 그런 커다란 은혜를 입었으니까….

"간신히 사정이 이해되기 시작했어."

산쇼쿠인 스미레코는 코사이지 스미레를 위해서 행동하고 모습을 감추었다.

중학교 때부터 계속 나를 좋아했던 코사이지 스미레.

교통사고가 난 장소를 생각해 보면, 어쩌면 두 사람은 나를 만나기 위해 니시키즈타 고등학교로 향하던 것일지도 모른다. 코사이지 스미레는 나에게 마음을 전하려고 했던 걸지도 모른다.

하지만 그 소망은 결코 이룰 수 없게 되었다.

코사이지 스미레는 교통사고로 의식 불명의 중태에 빠졌으니까….

분명 산쇼쿠인 스미레코는 계속 생각했겠지.

어떻게 하면 코사이지 스미레의 마음을 전할 수 있을까, 소망을 이룰 수 있을까.

그리고 택한 수단이… 자기가 코사이지 스미레가 되어서 내 연인이 되는 것.

여기까지 도달했으면 다음은 간단하다.

코사이지 스미레가 의식을 되찾고 사회 복귀가 가능한 타이밍에 자신과 바꿔치기하면 된다.

이걸로 무사히 코사이지 스미레의 소망은 이룰 수 있다.

마치 『두 꽃의 사랑 이야기』와 마찬가지로….

"……."

아니, 그 녀석은 진짜로 말도 안 되는 짓을 실행했잖아?

이렇게 복잡하고 정신없는 짓에 설마 이 정도로 시간을 들여서….

"그런데 내가 한마디 해도 될까?"

코사이지 스미레가 살짝 날카로운 시선으로 정면에 앉은 호스를 노려보았다.

여전히 이 남자는 코사이지 스미레에게 별로 좋은 인상을 주지 못한 모양이다.

"하즈키. 당신은 어떻게 우리 관계를 알아차렸어? 내 사고에 대해서는 안다고 해도, 그 애와의 관계성까지는 알 수 없었을 텐데?"

"그리 대단한 이유는 아냐. 올해 10월에 네 병문안을 갔다가 병실에서 나오는 그녀의 모습을 우연히 보았어. …사정이 좀 있어서 그때는 그녀와 이야기할 수 없었고 다가갈 수도 없었지만, 아마 그쪽도 나를 알아차렸을 거야."

그 무렵의 호스는 '팬지와 그 친구들에게 접근해선 안 되고 말도 걸면 안 된다'라는 약속이 있었으니까. 말을 걸려고 해도 걸 수 없었겠지.

"그리고 우리 학생회장 덕분. 말재간이 없지만 아주 마음 착한 네 친구 말이야."

"…리리스구나…."

그러고 보면 전에 토쇼부 고등학교의 도서실을 거들러 갔을 때, 리리스는 말했다.

'입학해서 누구와도 이야기하지 못했던 내게 말을 걸어 주고 처음으로 친구가 되어 주었다'라고.

그건 코사이지 스미레 이야기였군….

"'내가 당신 대신 죠로의 연인이 된다. 당신이 눈을 떴을 때 당신이 가장 곁에 있고 싶은 사람의 옆자리를 준비한다'. 리리스가 너를 병문안 갔을 때에 우연히 들은 말. 그 말을 전해 들었기에 나는 앞으로 무슨 일이 일어날지 다 알았어."

"정말로 당신은 우리에게 참 안 좋은 일만 일으키는 사람이야."

우리…. 뭐, 산쇼쿠인 스미레코와 호스 사이에도 낡은 일이 있었으니까.

코사이지 스미레에게도, 산쇼쿠인 스미레코에게도, 호스는 제일 귀찮은 존재란 소리인가.

"뜨끔한 말이네. …하지만 리리스에게는 화내지 마. 리리스는 정말로 너를 걱정했고, 너를 다시 만나는 것을 무척 기대하고 있었으니까."

"…당연해. 리리스는 나에게도 소중한 친구니까. 이브 날에는 이야기할 수 없었지만, 다음에 만날 때는 반드시 이야기할 거니까."

"응. 그래 준다면 고맙겠어."

아니, 호스는 꽤 일찍부터 사정을 알았잖아.

그럼 일찍 가르쳐 주면….

"그렇게 간단히 말할 수 있는 내용이 아니잖아."

"…무슨 소리야?"

"얼굴에 적혀 있는 클레임에 대답했을 뿐인데?"

이쪽은 에스퍼 능력에 꽤나 괴로워하고 있으니까, 그렇게 선수 쳐서 말하지 말아 줘.

"뭐, 저기…. 뭐냐…. 호스, 덕분에 살았어."

"신경 쓰지 마. 애초부터 나는 네 편에 설 생각이었으니까."

차분한 미소. 정말로 이 남자가 내 편이라서 다행이라고 안도했다.

"어째서? 그냥 입 다물고 있을 수도 있었는데…."

"그녀가 하려는 일이 올바르다고 생각되지 않았으니까. …뭐, 그 밖에도 이유는 있지만…. 그걸 말했다간 네 콧대가 높아질 것 같으니까 안 할래."

말하지 않아도 알겠군….

호스는 내가 후회하지 않도록, 이 이야기를 전해 준 것이다.

어떤 결론에 도달하더라도, 모든 사정을 알고 나서 결정하는 게 좋다고 생각하고, 아슬아슬할 때까지 사정을 말하지 않다가 지금 이 타이밍에…. 제길, 좋은 녀석이군….

"그럼 나도 너한테 하고 싶은 말이 있었는데 안 할란다."

"응, 그러면 돼."

고마워. 마음속으로만 호스에게 그렇게 전했다.

"내가 잠들어 있는 사이에 죠로와 하즈키는 꽤나 사이가 좋아졌네. 정말로 예상 밖의 일만 일어난다니까…."

그런 우리의 모습을 보고 어딘가 진절머리 난다는 듯한 태도를 보이는 코사이지 스미레.

그건 호스에게 별로 좋은 감정을 품지 않았기 때문일까?

"내가 죠로에게 받았으면 하는 감정은 하나뿐. 동정 같은 건 원하지 않아."

그렇군. 그래서 코사이지 스미레는 지금까지 그 사정을 나에게 전하지 않은 건가.

"무사하다고 기뻐하는 정도는 괜찮잖아?"

"그래. 그건 아주 기뻐."

간신히 조금 기분이 나아졌는지 온화한 미소를 지었다.

그 미소를 보고 안심한 것도 사실이라서….

"죠로, 내가 전할 수 있는 건 이게 다야. …그래서 넌 이제부터 어쩔 거야?"

"어쩔까…."

계속 알고 싶었던 것을 겨우 알았는데, 달성감이 전혀 없다.

내 머릿속에서 끓어오르는 감정은 혼란뿐. 대체 난 뭘 하면 좋지?

아무도… 아무도 잘못하지 않았다….

그저 여러 불행이 겹쳐서 톱니바퀴가 어긋났다.

그리고 나는 처음부터 어긋났던 것을 올바르다고 믿고 지금까지 지내 왔다.

그러니까 알아차리지 못했다. 뿐만 아니라 멋대로 결정짓고 있었다.

산쇼쿠인 스미레코는 무슨 생각을 하는 건지 잘 모를 녀석.

그렇게만 생각하고. 녀석이 숨긴 마음을 전혀 생각하지도 않았다.

생각해 보라고. 녀석은 지금까지 계속 SOS를 보냈잖아.

나와 지내던 동안, 때때로 말했던 '중학교 때 친구' 이야기.

그건 내가 코사이지 스미레를 떠올렸으면 해서 전한 것이다.

혹시 그때 한 번이라도 코사이지 스미레를 떠올렸으면, 이런 상황에 이르지 않았을지도 모른다. 또 다른 미래가 기다렸을지도 모른다….

최악이며 절망적인 상황. 그것을 부른 모든 악의 근원.

누가 잘못했는지는 생각할 것도 없다. 이번 일에서 제일 나쁜 것은….

"…미안, 호스. 할 일은 정해졌지만, …조금 기다려 주겠어?"

"응."

잠시 시간을 두고 호스의 말에 대답했다.

할 일은 정해졌다. 하지만 그 전에 해야 할 일이 있다.

"……."

나는 천천히 일어섰다.

조용히, 담담히, 기계 같은 움직임으로 도서실 접수대로 향했다.

접수대에 도착해서 크게 숨을 들이마셨다.

정적으로 휩싸인 도서실. 당연하다. 여기에는 나와 호스와 코사이지 스미레밖에 없다.

그리고 두 사람은 내 대답을 기다리고 있다.

아무도 말을 하지 않는 무거운 침묵 속에서 나는 주머니에서 편지 하나를 꺼냈다.

그것은 2학기 종업식 때 산쇼쿠인 스미레코가 내게 보낸 것이다.

「죠로. 나는 거기서 당신을 기다리고 있어. 물론 어딘지 알겠지?」

그날, 나는 이 편지가 그저 니시키즈타의 어딘가에 있는 자기를 찾아 달라는 의도로 산쇼쿠인 스미레코가 보낸 것이라고 생각했다.

하지만 아니었다….

이 편지야말로 산쇼쿠인 스미레코가 내게 남긴, 유일한 메시지.

전화도 연결되지 않고, 어디에 있는지도 모른다.

그렇게 손쓸 수 없는 상황 속에서, 산쇼쿠인 스미레코와 나를 이어 주는 유일한 편지.

나는 그런 유일무이한 편지를…… 세로로 찢어 버렸다.

"웃기고 있네에에에에에!!"

"진짜 그 녀석 뭐야?! 찾아 달라고 할 거면 애초에 숨지 않으면 되는 거 아니야?!

네가 얌전히 모습을 보이면 문제의 90%는 해결돼!

이야기를 들어보니 자~~알 알겠어!! 이 일에서 제일 잘못한 건 산쇼쿠인 스미레코!

산쇼쿠인 스미레코, 답은 그것뿐! 녀석은 찾아 달라는 건지, 찾지 말아 달라는 건지, 알 수 없는 어중간한 짓을 하니까 죄~~다 잘못이야! 틀림없어!

그리고 나는 전~~혀 잘못 없어!

예전 일을 좀 떠올리지 못했을 뿐!

애초에 이야기가 너무 무겁잖아!

종업식도 그렇고, 크리스마스도 그렇고, 이야기가 너무 무거워서 완전 지쳤어!

어떻게 애써 보려고 했지만, 이젠 무리! 정말로 무리!

소중한 인연이네, 서로의 마음이네 하는 테마가 너무 장대해! …뭐 하자는 짓거리야?!

자기 계발? 자기 계발이라도 하자고?! 농담은 작작 하시죠!

이미 충분히 애썼어! 무거운 테마에 희롱당하는 주인공 느낌은 충분히 다했어!

그러니까 이제 안 해! 뒷일은 이쪽이 마음대로 할 테니까! 진짜로!

정말로 왜 내가 이 고생을 해야 하는데?!

…Goddam! 생각하면 할수록 화가 치미네!

난 분명히 팬지한테 고백했잖아! 확실히 OK도 받아 냈잖아!

그다음은 쪽쪽조물조물밖에 없다고 생각했다고!

그런데 녀석은 사라졌잖아! 내 가슴, 사라졌잖아!

이게 대체 뭐 하자는 거냐고, 진짜!"

끄아아아아아! 떠오르는 대로 전력으로 소리쳤는데도 전혀 후련하지 않아!

오히려 말로 했더니 괜히 더 열 받아!

"죠로, 도서실에서 천박한 소리를 하는 건 좋지 않아."

"죠로, 도서실에서는 절도를 지켜. 그리고 시끄러워."

"큭! 따, 딱히 상관없잖아! 지금은 우리 말고 아무도 없고…."

"그런 문제가 아냐." "그런 문제가 아니야."

"…죄송합니다."

너희들, 사이 나쁜 거 아니었냐?

묘할 때에만 도서위원의 동질감을 발휘하지 말아 주겠어?

"그래서 어쩔 건지 얼른 가르쳐 줬으면 하는데?"

네네, 알겠습니다요.

어쩔 수 없지.

아무래도 호스가 모멸적인 시선을 보내고 있으니, 여기선 얼른 호스가 협력하길 잘했다고 생각할 만한 완벽한 대답을 하도록 할까!

"산쇼쿠인 스미레코를 찾는다! 녀석을 반드시 찾아내겠어!"

"응, 그래. 너라면 그렇게 말할 거라고…."

"당연하지! 그 녀석을 찾아내서 가슴을 엄청 만질 거야! 도망칠 수 있을 거라 생각하지 마라! 내 가슴!"

"내가 혹시 잘못 생각했나···."

이 쌓일 대로 쌓인 울분을 터뜨리지 않으면 성이 안 차!

산쇼쿠인 스미레코, 언제까지고 숨어 있을 수 있다고 생각하지 마라!

좋아! 그렇게 결정되었으면··· 음?

아무래도 내 곁에 와서 이상하게 가슴을 주장하는 여자가 있는데···.

"자, 언제든지 OK야."

"허윽!"

뭐야, 얘! 적극적이고 엄청 귀여운데?!

어, 어쩌지?! 만질까?! 안 그래도 욕구가 쌓였다.

조금 정도는 발산해도···.

"죠로. 당신의 연인은 나야. 그러니까 당신의 마음을 전부 터뜨려도 상관없어. 내가 계속 하고 싶었던 게 그거야."

"···큭! 아, 아직 그렇게 결정된 건 아냐!"

견뎌라, 나! 결심했잖아! 산쇼쿠인 스미레코를 찾아내겠다고!

그러니까 지금은 그것만 생각하고···.

"즉 그렇게 결정할 가능성도 있다는 소리네?"

그 기쁜 듯한 얼굴을 거둬 줘어어어어! 흔들리잖아! 흔들린다고오오오!!

"혹시나 죠로는 이미 나 같은 건 무시하고 그 애만을 생각하는

가 했는데, 아닌 모양이라 안심했어."

"시끄러! 괜한 걸 깨닫게 하지 마!"

"후후후…. 그럼 나는 내 목적을 위해 행동하도록 할게. 지금까지도 앞으로도 나는 죠로의 언인으로 계속 있겠어. 내가 진짜 '팬지'니까."

"흥! 멋대로 말해 보시지! 무슨 말을 하든, 내가 할 일은 변함없어!"

"그래. 서로 열심히 하자."

산쇼쿠인 스미레코와 코사이지 스미레. 내가 정말로 좋아하는 여자는 누굴까?

그건 아직 아무도 모른다…. …하지만 그딴 건 알 바 없어.

아무튼 산쇼쿠인 스미레코를 찾아내서 가슴을 만진 다음에 생각한다!

"예상 밖의 사고에는 익숙해. 내 연인은 결코 그 아이를 찾아낼 수 없어. 반드시 내 곁에 계속 있게 돼. …후후후."

그렇게 불온한 말은 하지 말아 주셨으면 합니다만?

※

시각은 오후 2시 20분.

분노에 차서 계속 떠들다 방침이 결정되었을 때 니시키즈타 고등학교에서 이동.

나와 호스와 코사이지 스미레는 **어떤 장소**로 향하여, 앞으로의 작전에 대해 이야기하기로 했다.

테이블 자리. 나와 코사이지 스미레가 나란히 앉고, 정면에 호스. 도서실 때와 같은 배치다.

"일단 정보를 정리해야 한다고 생각해."

살짝 시끌시끌한 그 장소에서 코사이지 스미레가 차분하게 말했다.

"정리라니, 무슨 소리야?"

코사이지 스미레에게 호스가 물었다.

"이대로 무턱대고 찾아도 그 애를 찾아낼 순 없을걸? 그러니까 각자 알고 있는 바를 서로 전해서 조금이라도 실마리를 모아보자."

"그런 말인가. …응, 나도 찬성이야."

나도 찬성이다. 현재 우리는 산쇼쿠인 스미레코가 어디에 있는지를 모른다.

하지만 아무 실마리도 없는 건 아닐 것이다.

어쩌면 누군가가 가진 정보 안에 실마리가 숨어 있을 가능성도….

"참고로 하즈키는 뭘 알고 있을까? 어떤 사소한 거라도 좋은데…."

"솔직히 말해서 아무것도 몰라…. 그녀와 마지막으로 만난 건 2학기 끝날 무렵인데, 그때도 토쇼부 도서실을 재건하는 이야기만 했으니까…. 아, 코사이지에 대해 많이 궁금한 기색이었어. '첫 번째 도서위원은 어떤 인상이었어?'라며 많은 학생들에게 물어봤지. 분명 네가 토쇼부 고등학교에서 어떤 식으로 지냈는지 흥미가 있었겠지."

"그래…."

호스에게 미소를 보내는 코사이지 스미레.

이걸 계기로 조금이라도 두 사람 사이가 개선되었으면 하는데.

뭐, 그건 그렇고….

"죠로는 뭔가 떠오르는 게 있을까?"

"그 전에 한마디 괜찮을까."

"좋아."

"왜 네가 이 자리의 의장 행세야?"

아니, 이상하잖아?! 왜 산쇼쿠인 스미레코를 찾는데 코사이지 스미레가 신이 난 기색이야?!

저지하지는 않더라도, 조금 정도 소극적인 태도가 되어도….

"말했잖아? '나는 내 목적을 위해 행동하겠다'고."

"아니, 그러면 이건…."

산쇼쿠인 스미레코를 찾는 것은 코사이지 스미레에게 불리한 전개라고 생각하는데?

"나도 아주 복잡해서 뭐가 옳은지 모르겠어. 나 자신도 그 애를 만나고 싶다는 마음은 있어. 그렇지만 죠로가 그 애를 만나지 않았으면 하고, 그 애보다 나를 봐 주었으면 해. …하지만 죠로를 방해하는 것과 죠로를 돕는 것. 어느 쪽이 당신을 기쁘게 할지 생각하니 자연스럽게 답이 나왔어."

"윽!"

"내가 최우선으로 생각하는 것은 죠로의 마음. …그도 그렇잖아? 나는 죠로의 연인이니까."

제기라아아아아아아알!! 귀엽잖아!

"죠로, 당신이 그 애를 찾고 싶다면 정말로 복잡한 마음이 들지만… 도울게. …그러니까 부탁이야. 그동안의 짧은 시간이라도 좋으니까… 나를 봐 줘."

뭐야, 이 천사? 왜 나는 그 귀찮은 여자를 찾으려고 하지?!

그냥 얘면 되지 않아?! 얘랑 쪽쪽조물조물하자!

"대단해, 코사이지. 죠로에게 효과 작렬이야."

"나는 그저 마음 가는 대로 말을 전했을 뿐이야. …후훗."

그만! 이 이상 그런 걸 전하지 마!

안 그래도 비틀비틀인데 더 비틀대니까!

"참고로 죠로의 성욕을 억누를 수 없게 되었을 경우도 고려해서, 흥부를 제공할 준비도 만반이니까."

"안 해도 되니까! 정말로 너는 부끄러움이나 정조 관념이 없어!"

"어머, 그렇게 응시하면 부끄럽잖아."

아, 다행이다. 굼실대는 모습이 무진장 짜증나.

조금은 마음이 진정되었다.

"코사이지, 그건 역효과 같으니까 그만두는 편이 좋아."

"그러네. 가르쳐 줘서 고마워, 하즈키."

너희들, 이상한 쪽으로만 태그 플레이를 발휘하지 말아 줄래?

"하지만 이걸로 내가 죠로에게 협력하는 이유는 이해했을까?"

"알았어. …저기, 고마워…."

"후후. 무슨 말씀을."

조금 감사의 말을 했을 뿐인데 그렇게 기쁜 표정 하지 말아 줘.

"그럼 이야기를 되돌리자. 아직 하즈키가 길거리 구석에 쌓여 있는 음식물 쓰레기 정도밖에 도움이 되지 않는다는 것밖에 모르는데."

"…아무 말 안 할래."

과거에 호스가 이렇게까지 심한 대접을 받은 적이 있었을까?

조금은 사이가 좋아졌나 싶었는데, 아직 코사이지 스미레의 독설은 계속되는 모양이다.

"죠로는 뭔가 짚이는 것 있어? 장소가 아니더라도 뭔가 그럴 듯한 말을 들었다던가…."

"솔직히 말해서 나도 모르겠어. …아니, 그 녀석이라면 나와 호스에겐 자기 위치를 알 수 있을 만한 힌트는 남기지 않았을 거야."

"그래. 죠로는 물론이지만, 나도 꽤나 경계했을 테고⋯."

"큰일이네⋯. 아무리 나라도 길거리 구석에 쌓여 있는 음식물 쓰레기만으로는 이 문제를 도저히 해결할 수 없어."

은근슬쩍 나도 독설에 휘말려 들었다.

과연 이 여자는 정말로 나를 좋아하는 건지 의심스러워지는 순간이다.

"어쩔 수 없네. 수도 없어진 모양이고, 모든 것을 포기하고 욕정에 몸을 맡기는 방향으로⋯."

"안 갈 거야! 애초에 아직 아무 말도 안 한 녀석이 있잖아!"

"어머? 그건 대체 누구일까?"

네! 시치미 주문 하나 들어왔습니다!

그걸로 넘어갈 수 있을 거라 생각하지 마라!

나는 이용할 수 있는 거라면 뭐든지 이용하는 남자다!

본인이 협력하겠다고 장담했으니까, 확실히 협력을 받아내 주마!

"이렇게 죠로와 문제에 도전하는 건 즐거워. ⋯이것도 내가 해 보고 싶었던 일이니까 매우 기뻐."

"기뻐하기 전에 네가 아는 걸 토해 내."

"나도 그 애가 어디에 있는지 몰라."

음식물 쓰레기 하나 추가!

결국 아무도 어디에 있는지 모르냐! …하지만, 하지만.

"나는 **알고 있는 걸 죄다 토해 내라**라고 말했어."

섣불리 결론을 내렸다간 자세한 내막을 숨기려고 들 것 같았기에, 조사는 빼먹지 않고 한다.

상대는 코사이지 스미레다. 협력하는 척하면서 나를 덫에 빠뜨릴 가능성은 당연히 생각했다.

"후후…. 죠로는 정말로 나를 잘 알고 있네."

그런 괜한 리액션은 템포가 나빠지니까 사양이다.

"그럼 기쁘게 해 준 대가로 하나 가르쳐 줄게."

"하나?"

"그래. 딱 하나…."

"방금 전에 내 마음을 최우선으로 생각해서 행동한다고 말했던 걸로 생각되는데?"

"잊은 말이 있어서 보태자면, 나는 '내 목적'을 달성하기 위해 당신의 마음을 최우선으로 행동하는 게 제일 좋다고 판단했어."

"그 말은?"

"목적이 하나 달성될 때마다 아는 걸 하나씩 가르쳐 줄게."

그런 협력 체제냐!

순순히 도와준다고 하기에 묘하다 싶었더니, 불안 적중이냐!

아무래도 이 여자에게서 정보를 끌어내려면 나는 어떠한 조건을 만족시켜야만 하는 모양이다. …안 그래도 '산쇼쿠인 스미레코가 있는 곳'이라는 커다란 과제가 있는데, 거기에 추가로 '코사이지 스미레의 목적'까지 추가되다니, 진짜 뭐야?! 너무 복잡해!

…하지만 내가 뭐라고 불평하든 코사이지 스미레가 모든 것을 말할 리는 없다.

오히려 기분을 해쳐서 입을 꾹 다무는 게 더 귀찮다.

"…알았어. 그럼 그 하나를 말해 봐."

"그 애는 친구가 많이 생긴 것을 무척 기뻐했어."

"…흠. 그래서?"

"그것뿐이야."

"그것뿐이냐!"

뭐냐고, 그 정보는! 전혀 산쇼쿠인 스미레코에게 도달할 것 같지 않은 정보잖아!

"진짜로 전혀 모르겠어…."

"후후후, 죠로는 바보네."

네~ 바보인 걸로 치고 바보를 위한 정보를 좀 주지 않겠습니까?

"어어… 일단 이야기를 정리하자면, 산쇼쿠인이 어디에 있는지는 아무도 모른다는 소리인가?"

"…그렇게, 되네…."

"응, 그래."

하지만 아무런 정보도 얻지 못한 건 아니다. 딱 하나, 유효한 정보가 있었다.

그것은 코사이지 스미레의 이번 일에 대한 입장이다.

이 녀석은 협력한다고 말했지만, 그것은 어디까지나 '코사이지 스미레의 목적'을 위해서.

즉 완전한 협력자는 아니다.

그러니까 주는 정보도 불명료해진다.

물론 아무런 의미도 없는 정보는 아니겠지만, 아쉽게도 지금의 나는 코사이지 스미레가 주는 정보의 진짜 의미를 모른다.

아니, 진짜로 산쇼쿠인 스미레코는 귀찮은 짓을 하는군!

장소의 힌트는 전혀 주지 않은 주제에, '찾아 달라'는 메시지만 남기고!

"하지만 하나도 모른다고 해도 아무것도 못하는 것은 아냐."

"그게 지금 여기에 있는 이유일까?"

"그래, 그런 거지."

니시키즈타의 도서실에서 우리는 어떤 장소로 이동했다.

목적은 두 가지. 하나는 점심을 먹지 않았기 때문에 배가 고팠으니까.

그리고 또 하나가….

"기다렸지, 죠로. 튀김꼬치 모둠, 그리고 서비스로 된장국도 같이 줄까."

지금 내게 협력해 줄 가능성이 있는 녀석을 동료로 끌어넣기 위해서다.

현재 위치는 '따끈따끈한 튀김꼬치 가게'.

테이블에 요리를 가져온 사람은 나와 같은 반이자 '따끈따끈한 튀김꼬치 가게'의 점장이기도 한 츠바키＝요우키 치하루다.

나도 호스도 산쇼쿠인 스미레코가 어디에 있는지 실마리가 전혀 없다.

더 말하자면 지혜 겨루기에서 녀석에게 이길 거란 생각이 전혀 들지 않는다.

그러니까 가장 필요한 것은 산쇼쿠인 스미레코에게 지혜 겨루기로 이길 수 있는 동료다.

거기에 현재 모두와의 관계치도 넣어서 생각하면, 필연적으로 내가 의지할 수 있는 녀석은 한정된다.

츠바키다. 츠바키만 이쪽 편으로 끌어넣을 수 있으면 간단하다.

이 녀석은 산쇼쿠인 스미레코에게서 '아주 까다로운 상대'라는 평까지 들으며, 다른 의미로 라이벌 취급을 받는 강자니까.

사정을 전하면, 우리가 알아차리지 못한 수많은 힌트를 깨닫고 순식간에 산쇼쿠인 스미레코에게 도달해 주겠지! 아마도!

"음! 고마워!"

그런고로 상쾌한 미소로 감사의 마음을 전한다.

이제부터 협력을 부탁해서 함께 문제를 해결할 동료니까!

당연히 인상이 좋아야….

"죠로. 나한테 뭔가 쓸데없는 말을 하려는 거 아닐까?"

아닌데? 난 단지 산쇼쿠인 스미레코를 찾아 달라고 말하러 왔을 뿐이라고.

전혀 쓸데없는 말이 아니잖아.

"어이, 츠바키. 그렇게 경계하는 얼굴 하지 말아 줘. 그저 조~금 부탁이 있을 뿐이야!"

"하아…. 역시나…. 돼먹지 않은 얼굴을 하고 있다 했더니만 예상 적중일까."

심한 말이다. 하지만 여기까지는 예상한 범위.

산쇼쿠인 스미레코를 찾아내기 위한 첫 미션은 츠바키의 설득.

이것만 성공하면….

"우와아아아아아!! 아야야…. 넘어졌잖아~…. 아, 아앗! 미안, 탄포포찌! 괜찮아?!"

"우부부부부부붐! …푸하아~! 자, 자칫하면 질식사할 뻔했습니다! 왜 설거지를 하다가 얼굴이 개수대에 침몰했던 걸까요?! …주, 죽는 줄 알았습니다…."

"더 이상 가게 보기 싫어! 모르는 사람 무서워! 카네모토 씨, 호랑이 오빠가 오면 쫓아 줘! 나를 지키는 건 카네모토 씨 말고 달리 없어!"

"…이, 이 세 사람을 동시에 상대하긴 힘들어! 키사라기 군, 일 좀 도와줄 수 없을까…."

아무래도 주방 쪽에서 불온한 목소리가 들렸지만, 뭐, 상관없겠지.

"가능하면 짧게 끝내 줄 수 있을까. 내 쪽도 문제가 좀 있으니까."

아무래도 오늘의 '따끈따끈한 튀김꼬치 가게'는 상당한 혼돈을 품고 있는 모양이다.

바보와 덤벙쟁이야 항상 있다지만, 설마 거기에 또 하나의 폭탄이 투입되다니.

힘내라, 점장.

"뭐… 저기… 산쇼쿠인 스미레코를 찾고 싶으니까 츠바키가 좀 협력해 주었으면 해. 우리만으로는 좀 어려울 것 같으니까."

거절당할 가능성이 크다는 건 안다.

하지만 어디까지나 클 뿐이다. 어쩌면 츠바키라면….

"후후후. 그렇게 말할 줄 알았달까."

오옷! 츠바키가 왠지 모르게 부드러운 웃음을 보여 주잖아!

이건 즉….

"좋아. 죠로에게 협력할까."

진짭니까?! 어? 이렇게 쉽사리 승낙을 받아 내도 돼?!

괜찮습니다! 편의주의가 많아서 나쁠 건 없습니다!

"살았다! 정말로 고마워!"

"신경 쓰지 않아도 된달까. 나도 문제를 해결하고 싶다고 생각했으니 마찬가지일까."

이거야말로 천사! 으음~ 역시 난처할 때는 츠바키 씨만 한 사람이 없군요!

"그럼 우리와 함께…."

"너무 서두른달까. 협력은 하겠지만, 조금 준비가 필요하니까 기다려 줄 수 있을까."

"으, 음! 알았어!"

기세를 타고 끄덕였지만, 준비가 필요하다는 말은 대체….

"안심해. 문제를 해결할 방법은 확실히 생각했으니까, 나에게 맡겨 줄 수 있을까."

"정말이야?!"

"물론이랄까."

이렇게 든든할 수가!

이미 산쇼쿠인 스미레코가 있는 곳을 특정할 방법을 생각했다니!

"그건 어떻게…."

"아까도 말했잖아? 아직 준비가 끝나지 않았을 테니 가르쳐 줄 수는 없달까. 게다가 일하던 도중이었고. 너희가 밥을 다 먹을 때까지는 끝내 둘 테니까, 조금 기다려."

"알았어! 고마워, 츠바키!"

"이 정도는 식은 죽 먹기랄까."

슬쩍 시계를 확인하고 주방으로 돌아가는 츠바키.

그 발걸음은 어딘가 경쾌하고 어깨의 짐을 내려놓은 듯한 인상이었다.

"끄으으으!! 맛있어!!"

간신히 광명이 보였다는 달성감 때문인지, 튀김꼬치를 하나 먹으니 더 맛있게 느껴졌다.

츠바키가 우리의 동료가 되어 준다! 이런 최고의 전개가 일어나다니!

"…저기, 팬지. 하나 물어봐도 될까?"

"뭔데?"

들뜨는 마음을 진정시키면서 나는 코사이지 스미레에게 물었다.

'산쇼쿠인 스미레코가 있는 곳'이라는 문제에 대해서는 광명이 보였다.

하지만 그 녀석을 찾아낸다고 다 끝날 만큼 간단한 이야기가 아냐.

"너는 지금 상황에 대해 어떻게 생각해?"

"일이 귀찮아졌다고 생각해."

그렇겠지….

코사이지 스미레는 산쇼쿠인 스미레코에게 이런 일을 시키기 위해서 교통사고로부터 구한 게 아니다.

그저 소중한 친구를 지켰을 뿐.

그 마음이 있었기에 이 문제는 더욱 어려워졌다.

"결국 그 애는 아무리 시간이 지나도 겁쟁이였어. 남에게 거짓말을 하진 않지만, 스스로에게는 거짓말을 하고 도망쳤어. 그 사고가 일어난 날, '서로 지지 않는다'라고 말했는데…. 어째서 그 애가 없어지는 거야…."

투덜거림 속에 숨겨진 마음이 자연스럽게 전해지는, 짜증을 담은 목소리.

두 사람의 관계와 동시에 서서히 보이기 시작하는 코사이지 스미레의 진짜 마음.

어쩌면 이 녀석은….

"그래. 가르쳐 줘서 고마워."

"그런 말을 들을 만한 소리는 하지 않았어."

산쇼쿠인 스미레코와 코사이지 스미레의 일그러진 관계.

그걸 원래대로 되돌리기 위해서라도 산쇼쿠인 스미레코를 반드시 찾아내야지.

라는 각오를 해 보았지만… 뭐, 괜찮으려나!

내게는 바로….

"기다렸지. 준비는 다 되었달까."

슈퍼 어드바이저가 붙어 있으니까!

기다렸습니다, 츠바키 씨!

우리가 식사를 끝낼 타이밍에 맞춰 오다니, 여전히 빠릿빠릿하시네요!

자아~ 그러면 가볍게 문제를 해결해 주는 그 실력에….

"우훗! 우후훗! 이야기는 들었습니다! 정말로 이 탄포포의 힘이 필요하다니…. 키사라기 선배는 난처한 사람이네요~! 우후후훗!"

"아앗! 죠로와 호스가 있어! 아주아주 기뻐~! 두 사람이 잘해 준다면 아무 걱정도 필요 없어~!"

"야호! 죠로찌, 호스찌, 스미… 아니, 팬지찌인가! 너희는 운이 좋네! 내가 때마침 일을 일찍 끝냈으니까 특별히 도와주도록 할게!"

어라? 이상하네?

나는 산쇼쿠인 스미레코의 수색을 위해 츠바키에게 협력을 요청했다.

그리고 '문제를 해결할 방법은 확실히 생각했다'라는 언질을 받았다.

그런데 왜 세 마리의 몬스터가 신난 얼굴로 나타났지?

"저기~ 츠바키 씨?"

"음. 나는 가게가 있어서 못 도와주니까 대신 도와줄 사람에게 말을 해 두었달까. 네게 힘이 되어 줄 만큼 든든한 사람들을….”

츠바키가 말한 든든한 사람들.

그 숫자는 다해서 세 명.

“우훗! 우후후훗! 이 아토믹 포뮬러 아이돌인 탄포포가 있으면 눈 한 번 깜빡일 사이에 산쇼쿠인 선배를 찾을 수 있을 게 틀림없어요! 어떤가요, 키사라기 선배? 너무 기뻐서 두근거림과 허슬이 넘쳐나지요?”

첫 번째 여자는 니시키즈타 고등학교에서 모시는 바보신, 탄포포=카마타 키미에.

아토믹 운운에서 스스로가 핵폭탄급 바보라는 것을 잘 알고 있다.

“하아~! 가게 당번, 무서웠어~! 모르는 사람, 싫어! 나는 죠로랑 같이 스미레코를 찾을 거야! 그럼 호랑이 오빠한테서 도망칠 수 있어! 죠로가 잘해 줄 거야! 일석이조의 최선의 수야~!”

두 번째 여자는 니시키즈타 고등학교에서 문제밖에 일으키지 않는 낯가림, 히이라기＝모토키 치후유.

앞으로 산쇼쿠인 스미레코를 찾으려는데 자기 몸 생각밖에 하지 않으니까 이미 어쩔 도리 없다.

“우히히히! 어쩔 수 없으니까 누나가 힘을 빌려줄게! 죠로찌, 내가 있으면 스미레코찌는 금방 찾을 수… “우와아아아아앗!!” “우갸악!” 미, 미안, 탄포포찌! 그만 발이 미끄러져서…. 괘, 괜찮아?!"

세 번째 여자는 토쇼부 고등학교와 '따끈따끈한 튀김꼬치 가게'에 재해를 흩뿌리는 덜렁쟁이신, 체리＝사쿠라바라 모모. 잔뜩 기합을 넣다가 발이 미끄러져서 탄포포에게 드롭킥을 날리는 점에서 오늘도 베스트 컨디션인 모양이다.

힐끗 주방 쪽을 엿보자, 활짝 웃는 카네모토 씨가 나를 향해 엄지를 번쩍.

무슨 일이 있었는지는 모르지만, 아르바이트복이 평소보다 다섯 배는 더럽다.

"…부탁할게, 키사라기 군!"

아니…. 아니아니아니! 이상하잖아?! 이건 아무리 봐도 이상하잖아?!

이 녀석들, 산쇼쿠인 스미레코가 어디 있는지 분명히 모르거든?!

…잠깐만! 언뜻 보면 그렇게밖에 생각되지 않지만, 총명한 츠바키의 추천이다!

분명 나로서는 생각할 수 없는 멋진 해결책을….

"후우…. 이걸로 우리 가게의 문제는 완벽하게 해결일까."

문제라는 게 그쪽의 문제였냐아아아아아아!!

내 문제와 관계없을 뿐만 아니라, 문제를 나한테 떠넘긴 거잖아!

왜 제일 믿음직한 녀석을 동료로 끌어넣으려고 했더니, 제일 미덥지 않은 삼총사가 세트로 들어온 거지?! 어? 나는 지금부터 이 녀석들이랑 같이 산쇼쿠인 스미레코를 찾아야만 해?!

츠바키의 협력은….

"죠로, 내가 할 수 있는 일은 여기까지야. 뒷일은 맡긴달까. 반드시 그 애를 찾아내 줘…. 이 세 사람이 있으면 괜찮을 테니까. …………아마도."

어이, 마지막에 조그맣게 '아마도'라고 말했지?

그럴 듯한 말을 늘어놓고서 도망치지 말아 줄래?

"잠깐만, 츠바키! 나는…."

"죠로! 나 열심히 열심히 가게 봤어! 그러니까 그만큼 나한테 잘해 줘야 해! 얼른! 얼른!"

"이대로 갈 리가 없잖아! 그보다 이거 봐, 히이라기! 나는 츠바키한테 할 말이 있어!"

"지난번에 보고 또 보네요, 코사이지 선배! 어떤가요? 오늘도 저는 귀엽죠?"

"그래. 지난번하고 전혀 달라진 게 없어서 안심했어. 잘 부탁해, 탄포포."

"우히히! 설마 졸업 전에 이렇게 재미있는 일을 도울 수 있다니 기쁘네! 호스찌, 또 같이 힘내 보자!"

"…죠로. 이거 틀렸을지도 모르겠어…."

나에게 최대급의 문제인 '산쇼쿠인 스미레코의 발견'.

함께 도전하는 것은 내 상위 호환인 호스=하즈키 야스오, 중학교 때 동급생이며 산쇼쿠인 스미레코의 절친이기도 한 '팬지'=코사이지 스미레.

그리고 탄포포(바보), 히이라기(낯가림), 체리(덜렁쟁이).

…뭘 어떻게 하라고?

【나의 시작】

고등학교 2학년 4월 일요일

"신학기가 되어서 학급 교체가 있었어."

나―산쇼쿠인 스미레코는 고2가 되었다.

학급 교체. 1년에 딱 한 번 있는, 아주 중요한 행사.

중학생 때는 아무런 생각도 들지 않았지만, 고등학생이 된 뒤로는 다르다.

발표될 때까지 매일 열심히 빌었지만,

"…죠로랑 같은 반이 될 수 없었어."

역시 내 소망은 이루어지지 않았다.

죠로의 반에는 그의 절친인 오오가 타이요와 소꿉친구인 히나타 아오이가 있다.

하지만 나는 그들과 다른 반. 마치 신이 내게 '죠로에게 접근하지 마라'라고 말하는 듯한 느낌이라서 조금 슬펐다.

"당신은 좋겠네. 3년 동안 계속 같은 반이었잖아?"

병실의 침대에서 잠든 비올라를 향해 작은 소리로 푸념을 했다. 대답은 없다.

들려오는 것은 무기질적인 기계 소리, 병실 밖에서 들려오는 간호사나 입원 환자들의 목소리… 그리고 비올라의 희미한 숨소리.

평소에는 마음에도 담지 않을 숨소리가 지금만큼은 내게 위안을 준다.

숨을 쉰다는 것은 비올라가 살아 있다는 증명으로 이어지니까….

살아 있기만 하면 희망은 있다. 비올라는 반드시 눈을 뜬다.

그도 그렇잖아? 그녀는 아직 소망을 이루지 못했어.

그런데 계속 잠들어 있는 건 말도 안 돼.

그녀의 집념은 내가 제일 잘 알고 있어.

"얼마 전까지 그렇게 잘 떠들었는데, 지금은 아무런 말도 없네. 혹시 사고의 충격으로 어휘력을 잃은 거야? 가엾은 사람이네."

"……."

비올라를 흉내 내어 독설을 날려도 대답은 없다.

잠든 그녀의 손에 내 손을 얹어도 반응은 없다.

"…올해도 도서위원이 되었어."

마음을 바꾸고 나는 다시금 내 고교 생활을 비올라에게 전했다.

평소에는 자기주장을 하는 일이 없는 나도, 위원회를 정할 때만큼은 다르다.

곧바로 손을 들고 도서위원에 입후보했다. 내가 이룰 수 있었던 유일한 수망이다.

1학년 때부터 그랬지만, 니시키즈타에서 도서위원은 인기가 없다.

다른 반에서 도서위원이 된 사람들과 얼굴도 맞댔지만, '적당히 정해서 얼른 끝내자'라고 얼굴에 적혀 있는 사람들뿐.

그런 가운데 '내가 매일 도서실을 관리하겠다'라고 전하자, 일부에게서는 이상한 사람이라도 보는 듯한 시선이 날아왔다. 그저 책을 좋아할 뿐인데 너무하잖아.

"그리고 지난번에 죠로가 도서실에 와 주었어. 학생회에서 필요한 자료를 찾으러 왔다고. 여전히 나를 알아차리지 못하고 잘해 주지도 않으니까, 심술을 좀 부렸어."

내 일상의 사소한 행복은 그와 이야기할 수 있는 때뿐.

그렇게 생각했지만….

"있잖아…. 의논하고 싶은 게 있는데, 들어 줄 수 있을까?"

신이 조금 내게 기회를 주었다.

"실은 조금 재미있는 일이 일어났어."

대단치 않은 일상에 일어난 커다란 변화.

그것은 죠로가 두 여자에게 연애 관련으로 부탁을 받은 것.

그의 소중한 소꿉친구… 히나타 아오이와 동경하는 학생회장… 아키노 사쿠라. 그 두 사람이 오오가를 좋아한다고 한다. 그리고 죠로에게 도움을 부탁했고, 그는 그것을 받아들였다.

"몰래 낌새를 엿보았는데, 아주 재미있었어. 그는 자기가 고백받을 줄 알고 잔뜩 긴장했거든. 하지만 그녀들이 좋아하는 사람은 절친인 오오가. …그렇게 괴로워하는 죠로를 보는 건 처음이었어."

지금이라면 나는 틀림없이 죠로와 거리를 좁힐 수 있다.

가짜 그가 아니라 진짜 그와 이야기하는 나날을 손에 넣을 수 있다.

어쩌면 그대로 연인이 되어서….

"알고 있어. 일단은 오오가와의 관계 말이지."

내 가슴속에서 솟아나는 욕망을 이성으로 억누른다.

팬지가 처음에 해야만 할 일은 죠로의 연인이 되는 것이 아니다.

죠로와 오오가의 일그러진 인연을 원래대로 되돌리는 것.

그걸 위한 최선의 방법은….

"혹시 오오가에게 연인이 생긴다면…."

두 사람의 인연이 일그러진 원인은 연애에 따른 문제.

자기가 좋아하는 사람이 죠로에게 마음을 줬다는 열등감이 오오가의 마음을 일그러뜨렸다. …하지만 오오가가 새로운 사랑을 하고 그 마음이 성취될 수 있다면?

열등감은 완전히 없어지지 않더라도 흐려질 순 있을 것이다.

그리고 그걸 계기로 두 사람의 일그러진 인연도 원래대로 돌아갈지 모른다.

"…혹시 그 애가 있으면…."

문득 머리를 스친 것은 한 소녀의 얼굴.

나와 비올라의 운명이 크게 바뀐 그날. 운명이 뒤바뀐 또 한 명의 소녀가 있었다.

오오가를 만나기 위해 니시키즈타 고등학교로 가려던 소녀.

그녀가 있으면 지금 상황은 크게 변했을지도 모른다.

하지만 그녀는….

"내 사정 때문에 그럴 순 없어."

내 안에서 생겨난 약한 마음을 지우고, 강하게 비올라의 손을 붙잡았다.

지금 상황에서 내가 해야 할 일은….

"히나타와 아키노 선배를 돕는 죠로를 돕는다. 이게 제일이야."

죠로가 히나타와 아키노 선배를 돕는다면, 그런 죠로를 나는 돕자. 그리고 가능하다면 오오가에게 연인을….

"…조금 마음에 걸리는 건 있지만…."

내 작전이 잘 풀려서 죠로를 도울 수 있게 된다고 해도, 내게는 걱정거리가 있었다. 그것은 오오가가 아는 내 비밀… 그리고 그의 마음이다.

작년 지역 대회 결승전 후에, 나는 그에게 진짜 모습을 들켜 버렸다.

죠로를 사랑해 들뜨는 마음과 비올라에 대한 죄악감에 희롱당하던 귀갓길, 우연히도 오오가와 만나서 말해 버렸다. …내 이름을.

그것은 내 실수. 평소라면 절대로 가르쳐 주지 않았을 것을 나는 가르쳐 주고 말았다.

그 이후로 오오가와 복도에서 마주치기라도 할 때면 반드시 내게 말을 걸어왔다.

지나친 생각이란 가능성은 충분히 있다⋯. 하지만 나는 알고 있다.

오오가의 마음을 알아차리지 못해서 큰 실수를 저지른 얼간이 같은 친구를.

그러니까 그것도 생각해서 행동해야만 한다.

절대로 실패할 수 없다. 반드시 오오가와 죠로를⋯.

"그것만⋯ 하면 안 될까?"

욕망이 얼굴을 내밀었다.

나는 죠로가 알아주었으면 한다.

계속, 계속⋯ 아주 오랫동안 당신을 좋아한 팬지의 마음을⋯.

오오가와 죠로의 인연을 원래대로 되돌리는 것이 최우선이란 것은 안다.

하지만, 그래도⋯.

"⋯⋯! 비올라?"

그때. 아주 조금, 정말 아주 조금이지만 비올라의 손이 움직였다.

약하고 전혀 힘이 없지만, 내가 잡고 있던 손을 맞잡아 주었다.

"비올라. 당신, 사실은 깨어 있어?"

"……."

대답은 없다. 손도 더 이상 움직이지 않는다. 하지만 내게는 들린 듯했다.

'당신은 겁쟁이니까 내 용기를 나눠 줄게.'

중학교 때의 기억이 떠올랐다. 팬지가 비올라에게 전했던 말.

─나는 좋아하게 된 순간 바로 마음을 전할 거야.

"…내 나름대로 해 볼게."

아무리 거절당하더라도 결코 포기하지 않는다.

팬지만이 아니라 나도 있고 싶은걸.

…죠로의 곁에.

❀

고등학교 2학년 4월 월요일

수업 종료의 벨소리가 울리는 동시에 나는 일어섰다.

"선생님, 도서위원 업무가 있어서 먼저 실례하겠습니다."

수업 종료의 선언도 않고 관계없는 잡담을 하던 선생님이 '어어, 알았다…'라며 조금 당황하며 말했다. 반 아이들에게서도 선생님의 목소리와 비슷한 시선이 날아들었지만, 나는 담담히 교실을 뒤로했다.

"휴우…. 정말 긴장했어."

문을 닫은 뒤에 조용히 내 가슴에 손을 대고 숨을 내쉬었다.

"자, 서둘러야지."

긴장의 여운에 젖는 것은 잠시.

고양된 마음인 채로 나는 발길을 옮겼다.

"와 줄 거야. …반드시."

오늘 하루 동안, 나는 죠로의 낌새를 엿보았다.

아침부터 죠로는 계속 히나타와 아키노 선배를 돕고 있었다.

그게 괴로워졌겠지.

점점 본성을 숨길 수 없어지고 표정이 일그러지는 죠로는 아주 재미있었어.

반드시 점심시간만큼은 두 사람을 돕지 않고, 어딘가 조용한 장소에서 보내려고 생각하는 게 훤히 보였어. 그리고 니시키즈타 고등학교에서 점심시간에 거의 사람이 오지 않고, 조용히 보낼 수 있는 장소는 도서실밖에 없다.

즉 오늘 점심시간, 죠로는 반드시 도서실에 온다.

학생회 일을 위해서가 아니라, 그저 조용히 점심시간을 보내기 위해서.

그러면 용기를 내서 부탁하는 거야.

'점심시간에는 도서실에서 나랑 이야기를 해 줘'라고….

❀

내가 도서실에 와서 책을 정리하고 있자, 문이 열리는 소리가 들렸다. 그 소리에 이끌리듯이 문 쪽을 확인하자, 거기에는 내가 기다리던 사람의 모습이 있었다.

"어머, 어쩐 일이야."

왔다. 정말로 왔어….

괜찮을까?

평소처럼 말했다고 했는데, 조금 상기된 목소리가 나온 느낌이기도 해.

"점심시간에 어쩐 일이래?"

괜찮은 모양이다. 완전히 초췌해져서 내 변화를 알아차리지 못하는… 그건 그거대로 화나네.

게다가 용기를 내서 말을 걸었는데, 나를 무시하고 독서 스페이스로 갔잖아.

"정말로 왜 그래, 죠로? 평소의 당신은 상한 귤껍질 같은 얼굴인데, 지금 당신은 썩은 귤껍질 같은 얼굴이야."

그런 죠로를 따라가며 말을 걸었다.

무심코 독설이 나왔지만, 심술부린 죠로가 잘못이야.

"미안. 좀 가만히 내버려 두면 안 될까?"

평소라면 조금 정도 퉁명스러운 얼굴을 하는데 오늘 반응은 매우 담백.

이거 본격적으로 약해진 증거네.

"어머, 그건 당신을 없는 걸로 여겨 달라는 소리?"

"그거면 돼."

"알았어."

어쩔 수 없네. 죠로는 많이 지친 모양이고, 조금은 쉬게 해 줘야지.

그사이에 나는….

"무거워! 뭐 하는 거야?!"

가져온 책을 죠로의 위에 놓고 정리해야지.

"책상에서 책을 정리하고 있었어. 책이 많아서 힘들어. 이건 혼잣말이야."

"으으…. 너무 이상한 짓 하지 마…. 아니, 무거워! 무겁다니까!"

충분히 쉬었겠지? 멋대로 낮잠을 자려고 하지 마.

작년 여름 방학 때 말했잖아? 다정하게 대해 주지 않으면 심술을 부리겠다고.

"이상하네. 여기에는 아무도 없을 텐데 목소리가 들려. 환청이려나?"

"저기…. 죄송합니다. 있는 걸로 생각하고 가만히 놔두시면 안 될까요?"

"싫어."

"왜 그렇게 가만 내버려 두질 않는 건가요?"

"당신을 없는 걸로 여겨도 된다고 했잖아? 바보네."

나는 진실을 진실로 숨겼다.

내버려 둘 수 없잖아. 나는 당신을 좋아하니까.

이렇게 같이 있을 수 있는 것만으로도….

"저기~ 산쇼쿠인 씨."

"스미레코라고 해도 돼."

…아냐, 아냐. 나는 팬지야.

자기 마음을 너무 드러내면 안 돼.

"아니, 산쇼쿠인 씨."

"…못됐어."

죠로가 내 성을 부른 것에 안도와 짜증을 느낀다.

하지만 우선되는 마음은 짜증. 스스로를 억누를 수 없어지는 것을 자각했다.

"저기, 나는 지금 엄청 지쳤어. 그러니까 혼자서 좀 쉬고 싶은데…."

"아침에는 소꿉친구, 방과 후에는 학생회장의 사랑을 거들고 있지. 분명히 지칠 만하겠어."

"…뭐?"

죠로의 연인이 되는 것은 팬지. 내가 아냐.

그러니까 이 이상 괜한 짓을 하면 안 돼. 나는 당초의 목적을 수행하기로 결심했다.

"알았어. 나는 오오가에게 당신의 비밀을 귀띔하는 것밖에 못 하겠지만 열심히 해 볼게."

마음을 정리하기 위해서, 뜨거운 내 얼굴을 감추기 위해서, 죠로에게 등을 돌린다.

휴우…. 조금 진정을….

"잠깐 기다려어어어!!"

꺄악! 죠로가 갑자기 내 어깨를 붙잡았어!

어, 어쩌지?! 지, 진정하는 거야…! 평소의 나를 의식해!

"어떻게 아는 거야?"

"뭘?"

가슴속에서 솟아나는 나 자신의 감정을 필사적으로 억누르면서 나는 돌아보았다.

"그러니까, 저기… 아까 말한 그거…."

"확실히 말하지 않는 사람은 싫어."

어떻게든 마음을 진정시키는 것에는 성공했지만, 그 대가로 차가운 목소리가 나왔다.

또 미움을 살지도 모르겠네….

"네가 싫어하든 말든 전혀 상관없는데."

"너무해. 이제 시집 못 가겠어."

"그렇게까지?!"

"그래서 뭐?"

"아니, 어떻게 네가 히마와리와 코스모스 회장 일을 알고 있느냐고…."

"아. 그거 말이지. 분명 토요일에 아키노 선배, 일요일에 히나타랑 상담했지?"

"그것까지 알아?!"

"간단한 이야기야."

"으, 음…."

간신히 여기까지 올 수 있었다…. 겨우 시작할 수 있다.

긴장한 나머지 무심코 스커트 자락을 꽉 붙잡았다.

당장이라도 '당신을 좋아해'라고 전하고 싶다. 하지만 아직 안 돼.

지금 말하면 그것은 팬지의 말이 아니라 내 말이 된다.

그러니까 나는…

"나는 당신을 스토킹하고 있으니까."

팬지에게 어울리는 말을 택해서 죠로에게 전했다.

—매일 죠로와 도서실에서 보낸다! 그게 내 최우선 목표야!

64

자, 죠로, 시작해 볼까?

당신과 팬지의 살짝 별난 러브 코미디를.

고등학교 2학년   12월 29일.

'남은 건 스미밍과 왕자님에게 달렸네. 니힛.'

오래간만에 재회를 이룬 친구는 떠나가고, 나는 다시금 혼자 남았다.

장난스러운 미소와 함께 떠나간, 나의 소중한 친구.

그녀의 모습을 보고 있자면, 자연스럽게 가슴이 따뜻해진다.

"설마 그녀가 썬의 연인이 되다니."

1학기 당초, 나는 그에게 협력해서 히마와리나 코스모스 선배를 썬의 연인으로 만들려고 했다. 하지만 우여곡절이 있었던 결과, 그 작전은 실패했다.

뿐만 아니라 그와 썬의 사이는 더욱 악화되었다.

하지만 그 상황이 반대로 기회로 이어졌다.

그와 썬의 사이가 일그러진 근본 원인은 서로가 진짜 마음을 숨겼던 것. 그런 두 사람이 서로의 마음을 터뜨리는 장소를 만들면서 두 사람의 사이는 원래대로⋯ 아니, 이전보다 더 좋은 것으로 변화했다.

정말로 그는 대단한 사람.

내가 그렸던 미래보다도 더욱 멋진 미래를 만들어 주었는걸.

나는 팬지의 행복만 손에 넣을 수 있으면 그걸로 족했다.

하지만 그는 팬지만이 아니라 내 행복까지 만들어 주었다.

정말로 다정한 사람. 정말로 멋진 사람.

하지만 그렇기에… 나는 어째야 좋을지 알 수 없어졌어.

'들켰으면 솔직해져야 해.'

친구가 남긴 말.

혹시 그가 나를 찾아 주었을 때, 나는 솔직해질 수 있을까?

아니면……… 스마트폰이 진동했다.

"……."

또 그에게서 온 전화일까 싶어서 확인하자, 거기에 표시된 것은 다른 사람의 이름.

전화가 아니라 메시지가 와 있었다.

「나는 소중한 친구에게 협력할 거니까.」

호스다. 아무래도 그는 호스에게까지 도달한 모양이다.

그럼 알아 버렸겠지. 나와 팬지 사이에 무슨 일이 있었는지를…

"……."

그게 잘된 일인지, 안 좋은 일인지, 나로서는 모르겠다.

혼란스러운 머리로 멍하니 스마트폰을 바라보고 있자, 재차 진동.

이번에는 메시지가 아니라 전화였다.

걸어온 것은 내 소중한 후배… 탄포포. 나는 받지 않았다.

다음에 전화를 걸어온 것은 내 소중한 친구… 히이라기. 나는 받지 않았다.

마지막으로 전화를 걸어온 것은 중학교 때의 선배… 체리 선배. 나는 받지 않았다.

"…그런 거네."

아무래도 탄포포, 히이라기, 체리 선배는 그의 편에 붙은 모양이네.

하지만 어째서일까?

호스가 그에게 협력하는 건 이해된다.

이전부터 내 사정을 알고 있었고, 이렇게 됐을 때에는 그에게 협력할 생각이었겠지.

하지만 탄포포나 히이라기, 체리 선배가 자주적으로 그에게 협력한다고는….

"……."

그때 다시금 한 통의 메시지. 그걸 보낸 것은 츠바키였다.

「조금 거들었달까. 나는 너희가 만나야 한다고 생각하니까.」

그런 거네.

세 사람을 그의 밑으로 이끈 것은 츠바키다. 아마도 가게 일도 있어서 자기는 협력할 수 없으니까, 대신 세 사람에게 협력을 의뢰했겠지.

…괜찮아. 내가 어디에 있는지 아는 사람은 아무도 없어.

하지만….

"역시 츠바키는 까다로워."

한 명. 곤란한 사람이 섞여 버렸다.

탄포포, 히이라기, 체리 선배.

세 사람 중에 한 명은 내가 있는 장소로 이어지는 힌트를 알고 있다.

그녀가 어떤 선택을 할지는 모른다.

하지만 혹시 **그 사실**을 그에게 전한다면?

"……."

서서히 나에게 다가오는 그.

대체 나는 어떻게 하면 좋지?

나와 너의 지혜 겨루기

제 2 장

이제부터 나는 산쇼쿠인 스미레코의 소재지를 찾아내, 그 장소에 도달해야만 한다.

당초 계획으로는 가슴은 아이, 두뇌는 어른인 명탐정 츠바키의 힘을 빌려서, 튀김꼬치의 꼬치처럼 날카롭게 장소를 발견할 터였다.

하지만 내게 달라붙은 불편의주의의 망령이 그런 안일한 전개를 허락하지 않았는지, 츠바키의 힘을 빌리는 데에는 실패. 뿐만 아니라….

"히에에에엥!! 산쇼쿠인 선배가 전화를 받지 않습니다! 저를 싫어하는 겁니다아아아!!"

"우에에에엥!! 스미레코가 전화를 받지 않아~! 나를 싫어하는 거야아아아아!!"

"안 받네~…. 하지만 여기서 주저앉으면 안 돼! 다시금 걸어… 앗! 손이 미끄러져서… "꾸엑!" …미, 미안, 탄포포찌! 설마 정수리에 스마트폰이 직격하다니…. 괜찮아?"

엄청난 몬스터 세 마리가 내 밑에 파견되는 꼴이 되었다.

시각은 오후 3시 30분.

'따끈따끈한 튀김꼬치 가게' 밖에서 엉엉 우는 탄포포와 히이라기, 스마트폰을 흉기로 바꾸는 체리.

이미 하나도 잘 풀릴 것 같지 않은 예감밖에 들지 않아서 큰일이다.

"흑! 흑! 평소라면 제가 얼마나 사랑스러운지 전하는 전화에 최소한 3시간은 어울려 주는 산쇼쿠인 선배가 받지 않다니…. 사태는 정말 심각합니다…."

"믿을 수 없어…. 새벽 3시에 왠지 눈이 떠져서 건 전화라도 받아 주는 스미레코가 받지 않다니…. 사태는 매우 심각해…."

"그래…. 내가 10연속으로 전화를 잘못 걸어도 끈기 있게 전화를 받으며 '잘못 거셨어요'라고 말해 주는 스미레코찌가 받지 않는다니…. 사태는 상당히 심각해…."

오히려 이 녀석들이 한 짓이 심각하지 않나?

전화를 안 받는 이유, 달리 있는 거 아냐?

"그래서 죠로. 이제부터 어떻게 할 거야?"

한숨을 내쉬고 있자, 코사이지 스미레가 내 옷을 꾹꾹 잡아당겼다.

"잠깐 기다려. 지금 생각하고 있어."

아무리 빌더라도, 내가 산쇼쿠인 스미레코에게 쉽사리 도달할 수는 없다.

그러니까 현재 전력으로 어떻게 해결할지를 생각해야만 한다.

그걸 위해서는 일단 현재 전력을 확인해 두자.

첫 번째, 코사이지 스미레.

솔직히 말해서 이 녀석이 산쇼쿠인 스미레코로 이어지는 정보를 가장 많이 가지고 있겠지.

당연하다. 애초에 산쇼쿠인 스미레코는 지금까지 코사이지 스미레를 연기했고, 코사이지 스미레가 자유롭게 움직일 수 있게 된 타이밍에서 교대하듯이 모습을 감췄다.

그런 관계성이면서 산쇼쿠인 스미레코가 어디 있는지에 대한 정보를 전혀 모른다는 건 말도 안 된다. 확실히 뭔가 중요한 정보를 이 녀석은 가지고 있다.

하·지·만·말·이·지.

"팬지, 너는 어째야 한다고 생각해?"

"그래⋯. 러브러브러브링링한 데이트를 하고, 최종적으로 죠로가 나를 좋아하고 좋아하기 짝이 없게 되는 게 이상적이라고 생각해."

이거다.

방금 전의 '따끈따끈한 튀김꼬치 가게'에서도 그랬지만, 코사이지 스미레는 100퍼센트의 협력 태세가 아니라 어디까지나 같이 있으면서 조금 도울 뿐인, 회색의 협력 태세.

이 녀석은 이 녀석대로 독자적인 목적을 가지고, 그 목적이 하나 달성될 때마다 정보를 하나 내게 준다는 자세다.

여기서 귀찮은 것은 '코사이지 스미레의 목적'이 무엇인지 모른다는 점.

심플하게 연인다운 일인가 싶었지만, 그렇다고 하기에는 코사이지 스미레의 행동에 모순이 보인다.

말하자면 달리 어떤 의도가 있다는 소리다.

그리고 한심하게도 나는 그걸 전혀 모르겠다.

결과적으로 확실하게 정보를 끌어낼 수 없어졌다.

즉 가장 중요한 정보를 가졌음에도 불구하고, 전력으로서는 미묘한 존재다.

따라서 보류.

"응? 왜 그래, 죠로? 그렇게 진지한 얼굴로….."

두 번째, 하즈키 야스오.

내가 가장 신뢰할 수 있는 상대는 틀림없이 이 남자다.

하지만 대단히 아쉽게도 내가 신용하는 상대일수록 산쇼쿠인 스미레코에게 경계를 산다는 것. 말하자면 지금 시점에서 호스는 내게 100퍼센트의 힘으로 협력해 주고, 본인이 아는 정보를 모두 전해 주었다.

여기서 내가 '정보를 더 가르쳐 달라'고 말해도 아무것도 안 나온다는 소리다.

호스는 내가 하려는 일에 협력해 주는 남자라는 인식으로 있어야겠지.

따라서 보류.

"죠로찌, 크리스마스이브 때는 스미레코찌한테 부탁받았으니까 아무 말도 할 수 없었지만, 오늘은 확실히 협… 우오오오오!

"하웃!" …아야야. 그만 발이 미끄러져서… 우왓! 미, 미안, 호스찌! 괜찮아?!"

세 번째, 사쿠라바라 모모.

덜렁쟁이다. 틀림없이 덜렁쟁이다.

실수로 엄청난 피해를 내는 몬스터다.

지금도 멋지게 발이 미끄러져서 호스의 안면에 자기 둔부를 Nice on.

어떻게 그렇게 되지?

하지만 그게 도움이 안 된다고 판단하는 건 이르다.

분명히 체리는 불가능한 레벨로 덜렁대고, 실수로 엄청난 재해를 일으키는 몬스터. 하지만 결코 생각 없이 행동하는 녀석은 아니다.

수학여행 전에도 우리의 약속에 문제가 있다고 넌지시 충고를 해 주는 등, 든든한 일면도 가지고 있다.

그러니까 이번에도 어떤 힘이 되어 줄 가능성은 충분히 있다.

따라서 기대.

"죠로! 나 홋카이도에 가고 싶어! 홋카이도까지 가면 호랑이 오빠한테서 도망칠 수 있고, 분명 스미레코도 있을 거야! 맛있고 맛있는 생선이 기다리고 있어~!"

네 번째, 모토키 치후유.

낯가림쟁이다. 한없을 정도로 낯을 가린다.

방어 본능이 극에 달했기 때문에 모르는 사람과의 교류는 전력으로 피하는 여자.

최근에는 낯가림 개선을 위해 무조건 가게를 보게 하는 오빠에게서 도망치는 것에 모든 힘을 쏟고 있지만, 홋카이도는 좀 너무했다.

대체 어떤 사고회로를 갖추면 거기에 산쇼쿠인 스미레코가 있다고 생각할 수 있지?

수수께끼는 깊어질 따름이다.

하지만 그게 도움이 안 된다고 판단하는 건 이르다.

히이라기는 니시키즈타 고등학교에서도 특히나 산쇼쿠인 스미레코와 사이가 좋았다.

니시키즈타 도서실 멤버 중에서 유일하게 같은 반.

낯을 가리는 성격도 있어서 반에서는 산쇼쿠인 스미레코와 딱 붙어 있는다.

니시키즈타에서 누가 제일 산쇼쿠인 스미레코와 보내는 시간이 많았을까?

그건 틀림없이 히이라기다. 즉 본인은 모를지도 모르지만, 어떤 귀중한 정보를 가졌을 가능성은… 없지 않다.

따라서 기대.

"후우웃~ 설마 산쇼쿠인 선배가 저를 만나기 부끄러워하는 단계에 들어가다니… 누구에게나 찾아오는 일이지만, 타이밍이 안 좋네요…."

다섯 번째, 카마타 키미에.

바보다. 끝없는 바보다.

평소부터 영문 모를 독자적인 이론으로 모든 것을 자신을 향한 사랑으로 변환하는, 완전히 버그가 난 필터를 가진 몬스터. 지금도 무슨 뚱딴지같은 시기에 산쇼쿠인 스미레코를 돌입시키고 멋대로 고개를 끄덕이고 있다.

그럴 리 없다고 마음속으로 전해 두자.

그런 탄포포의 평소 행동을 생각하면, 무조건적으로 도움이 안 된다는 낙인을 Nice stamp하고 싶지만, 지금 이 순간은 다르다.

이 녀석은 나의 꺾여 가던 마음을 부활시키고, 덤으로 코사이지 스미레가 토쇼부 고등학교에 다닌다는 귀중한 정보를 가져다주는 초특대 장외 홈런을 날려 준 녀석이다.

앞으로도 뭔가 홈런을 날릴 가능성은 충분히 있다.

따라서 기대.

…어라?! 혹시 몬스터 3인방, 다 기대할 만하지 않나?

사실 나는 꽤나 행운아인 거 아냐?!

솔직히 말해서 제일 도움이 안 될 법한 건….

"왠지 아주 안 좋은 생각을 하는 것 같은데, 내 기분 탓인가?"

"신경 쓰지 마, 호스. 그럴 때도 있어."

"말해 두겠는데, 너도 같은 입장이니까."

78

이거야 원…. 자기에게 조금 불리해졌다고 나까지 끌어들이려고 하지 말아 줘.

아무튼 절망밖에 없다고 생각했는데 희망이 보이기 시작했다.

그렇다면 내가 지금부터 취해야 할 수단은….

"어라? 죠로가 뜨겁게 손을 잡아 주었어. 이건 드디어 우리가 같은 묘에 납골될 날이 다가왔다고 생각해도 되겠네."

"그래. 어쩌면 그런 날이 올지도 몰라."

일단 코사이지 스미레의 기분을 해치지 않는 것. 덤으로 기쁘게 하는 것이다.

가장 중요한 정보를 가진 여자… 코사이지 스미레.

하지만 그 정보는 아직 전모가 보이지 않는 '코사이지 스미레의 목적'을 달성하지 않으면 얻을 수 없다. 그럼 내가 짐작하는 '코사이지 스미레의 목적'을 착착 실행시킬 수밖에 없다.

지금의 나는 '팬지의 연인'이다. 그럼 그렇게 행동해 보실까.

물론 이건 나 자신의 마음이 흔들릴 가능성이 있는 양날의 검이지만, 그래도 할 수밖에 없다.

그리고 두 번째가….

"탄포포, 너는 산쇼쿠인 스미레코가 어디에 있는지 짚이는 것 없어?"

"효옷? 저 말인가요?"

"그래. 어디든 좋으니까, 뭔가 떠오르는 게 있으면 가르쳐 줘."

일단 지난번에 장외 홈런을 날린 탄포포를 믿어 본다.

이 녀석이라면 어쩌면….

"죠로! 나는 우리 집 코타츠에 가야 한다고 생각해! 분명히 거기에 스미레코가 있을 거야~!"

히이라기, 조금은 조용히 있어라.

어떤 이론을 이용하면 너희 집 코타츠에 스탠바이를 하지?

그리고 탄포포는….

"우훗! 우후훗! 키사라기 선배가 이런 제게 의지하다니, 정말로 제가 사랑스럽기 짝이 없나 보군요! 알고 싶은가요~? 듣고 싶은가요~?"

머리를 한 대 후려갈기고 싶기 짝이 없지만, 참자.

"그래. 알고 싶고 듣고 싶어. 가르쳐 줘, 귀엽기 짝이 없는 탄포포."

"어머나~! 어쩔 수 없네요~! 좋습니다, 특별히 가르쳐 드리지요!"

간단하군.

"짚이는 데는 분명히 있습니다! 저는 산쇼쿠인 선배와 곧잘 이야기했으니까요! 당연하게도 지금 어디에 있는지 확실히 파악했습니다! 우훗!"

"뭐어어어?! 진짜로?! 그거 진심으로 하는 말이야?!"

"물론이지요!"

"대단해! 역시나 바보 스승이야! 이거면 나는 아무것도 안 해도 괜찮을 것 같으니까, 아주아주 안심이야~!"

가슴을 활짝 펴며 고개를 빳빳이 세우는 탄포포. 옆에서 짝짝 박수를 치는 히이라기.

어이어이, 완전 대박이잖아!

설마 지난번 이상의 초특대 홈런이 나올 줄이야…!

아니, 어쩌면 츠바키는 이걸 알고 있었기에 탄포포를 넘겨준 걸지도 몰라. …참나! 이러니까 츠바키 씨를 포기할 수 없다니까!

"그럼 거기로 안내해 줘! 지금은 네 정보만 믿을게!"

"좋습니다, 특별히 안내해 드리지요!"

"고마워."

좋아! 혹시 이걸로 산쇼쿠인 스미레코와 만날 수 있다면 이야기는 단숨에 진행된다!

"저기, 죠로. 너무 탄포포의 말을 신뢰하는 것은…."

"호스, 분명히 평소라면 그렇게 생각하겠지만, 지금만큼은 상황이 달라. 우리는 아무런 실마리도 없어. 그러니까 믿어 보자. …우리의 믿음직한 후배를."

"뭐, 네가 그렇게 말한다면 괜찮지만…."

호스는 아직 납득하지 않은 표정이었지만, 나는 믿고 있다.

탄포포는 바보에 묘한 짓만 한다.

하지만… 그러니까 특대 홈런을 쳐 준다고.

"자, 다들, 갈까요! 저를 따라오세요! 우후후훗~!"

꽤나 기합을 넣고 선두를 달리는 탄포포.

그 뒤를 따라서 나도 걸음을 옮기려고 했지만… 왠지 누가 내 손을 세게 붙잡아서 꽤 아프다. 더불어서 코사이지 스미레가 아주 퉁명스러운 표정을 하고 있었다.

"죠로. 왜 나라는 사람이 있는데 다른 여자한테 '귀엽다'라고 말하는 걸까? 맹렬히 아무 말도 하기 싫어졌어."

"으음~! 팬지는 귀여워! 정말로 엄청 귀여워!"

"죠로도 참…. 여전히 나를 좋아하는구나."

그 행복한 미소를 그만둬어어어어!! 두근두근하니까!

※

"냠냠냠! 으음~! 맛있습니다! 역시 여기 햄버그는 최고입니다!"

"육즙이 좍좍 나와~! 아주아주 맛있어~!"

"저기, 탄포포찌, 히이라기찌! 내 거랑 좀 교환해! 그쪽의 햄버그도 먹어 보고 싶어!"

"""……"""

현재 위치는 '따끈따끈한 튀김꼬치 가게'에서 도보로 20분 정도 떨어진 곳에 있는 햄버그 가게.

방금 전에 점심을 먹은 나와 호스와 코사이지 스미레는 음료만 주문했지만, 아르바이트를 마치고 그대로 우리와 합류한 나머지 세 명(한 명은 도망치고 있을 뿐이지만)은 점심을 못 먹은 모양인지 기분 좋은 표정으로 햄버그를 먹어 치우고 있다.

　"냠냠냠! …두리번두리번."

　햄버그를 먹을 뿐인 덤벙쟁이와 낯가림과 달리, 바보는 당초 목적인 '산쇼쿠인 스미레코를 찾는다'를 기억하는지, 먹으면서도 날카로운 눈빛으로 가게 안을 둘러보았다.

　"어이, 탄포포."

　"두리번두리번…. 효오? 왜 그러나요, 몸종 선배?"

　"…여기는 뭐야?"

　"사쿠라바라 선배가 가르쳐 준 이래로 제 단골집이 된 햄버그 가게입니다! 전부터 츠바키 님의 가게에서 일하고 돌아오는 길에 사쿠라바라 선배와 곧잘 오지요!"

　"우히히! 조금만 더 있으면 모든 햄버그 메뉴 제패니까 또 오자, 탄포포찌!"

　"네! 물론입니다! 우후훗!"

　응, 그게 아니라.

　내가 질문하려는 것은 왜 여기에 산쇼쿠인 스미레코가 있느냐 하는 이야기인데….

　"냠냠냠! 하지만 이상하네요…. 슬슬 배가 고파진 산쇼쿠인 선배가 올 텐데요…."

"올 리가 없잖아! 이 자식! …아니, 진짜로 너 말이지! 아까 내 기쁨을 돌려줘! 진짜로 엄청 기뻐했다고!"

"우후훗! 키사라기 선배, 성급히 굴어선 안 됩니다! 저는 그저 이 햄버그 가게가 맛있다는 이유만으로 산쇼쿠인 선배가 올 거라고 생각할 만큼 바보가 아닙니다!"

"뭐라고?"

분명히 파워풀 바보라고 생각했는데, 아니었나?

역시 탄포포는….

"이전에 산쇼쿠인 선배와 이야기할 때, 확실히 여기 햄버그가 맛있다고 추천해 두었습니다! 제가 추천한다! 즉 방문할 게 틀림없다!"

파워풀 바보잖아.

이 녀석을 믿은 내가 바보였다….

"그런고로 여기에 있으면 언젠가 산쇼쿠인 선배가 올 테니, 느긋하게 기다리죠! 우후훗!"

그럴 리 있겠냐.

"그러니까 말했는데…."

"닥쳐, 호스! 전에는 의외로 활약했다고! 그러니까 이번에도…."

"진정해, 죠로. 일단은 마음을 진정시키기 위해 나와 같은 컵에 빨대를 꽂고 러브러브우롱차를…."

"안 마실 거고, 로망이라곤 털끝만치도 없어!"

"그래, 안 마시는 거네? 하아…. 아주 서글퍼서 아무런 말도 하고 싶지 않아졌어."

"이얏호오오오오! 렛츠 러브러브우롱!"

"정말 솔직하지 않다니까."

이 녀석, 열 받아! 진짜로 열 받아!

하지만 분하게도 러브러브우롱을 해 보니 두근두근했다! 귀여워!

하아…. 간신히 사태가 진전되나 했는데 또 스타트 지점으로 돌아왔나.

"우훗~! 배부릅니다! 아주 맛있었습니다!"

일단 탄포포는 글렀다.

그렇다면 나머지 두 사람이 중요해지는데.

"저기, 체리 씨는 산쇼쿠인 스미레코가 있을 만한 장소로 생각나는 것 있습니까?"

"어? 나? 그렇군~…."

종이 앞치마를 소스 범벅으로 만드는 덤벙쟁이 마스터.

얼굴에도 꽤나 묻었는데, 왜 그렇게 되었는지 신경 쓰지 않기로 하자.

"여기다! 싶게 자신을 갖고 말할 만한 장소는 없을지도…. 어쩌면 우리가 다녔던 중학교가 아닐까 싶지만, 거기는 죠로찌랑 관계없는 장소고….”

산쇼쿠인 스미레코가 다녔던 중학교라….

분명히 가능성으로는… 아니, 잠깐만.

“왜 나랑 관계가 있어야 한다는 거죠?”

“…어? 하지만 스미레코찌는 어딘가에 숨어 있지만, 죠로찌가 찾아 주었으면 하는 거잖아? 그렇다면 나나 다른 애들은 모르는, 죠로찌와 스미레코찌… 두 사람하고만 관계있는 장소가 아닐까?”

“아!”

듣고 보니 그럴 가능성이 꽤 있잖아!

산쇼쿠인 스미레코가 있는 장소는 ‘나와 산쇼쿠인 스미레코만이 관계있는 장소’.

그렇다면… 지금까지의 일을 떠올려 보자!

나와 녀석… 다른 녀석들과는 관계없는, 우리만의 장소라고 하자면….

“두 군데 짚이는 데가 있다!”

틀림없이 그 두 장소는 나와 산쇼쿠인 스미레코, 두 사람밖에 관계가 없다.

어쩌면 그중 하나에 그 녀석이 있을 가능성이….

“고맙습니다, 체리 씨! 덕분에 괜찮은 걸 깨달았습니다!”

“우히히! 신경 쓰지 마~! 나는 든든하고 다정한 누나니까!”

"그, 그럴지도 모르겠군요…."

"잠깐! 왜 눈을 돌리는 거야!"

아니, 분명히 아주 멋진 힌트를 가르쳐 주긴 했지만, 전과가 있어서 말이지.

뭐라고 할까…. 기본은 덤벙댄다고 할까….

"좋았어! 햄버그를 다 먹었으면 이동하자! 다음으로 갈 곳은…."

"죠로! 나는 츠바키의 가게에 가야 한다고 생각해! 거기라면 츠바키도 있어서 나도 마음 편해~!"

장소를 생각한 건 아니지만, 내게 커다란 힌트를 준 체리.

자기가 추천했다는 이유만으로 햄버그 가게에 올 거라 확신했던 탄포포.

자기 욕망에 따라서 나를 스타트 지점으로 데려가려는 히이라기.

아무래도 정상적인 녀석은 한 명뿐인 모양이군….

※

햄버그 가게를 나서서 우리가 향한 두 장소.

그것은 어느 공원과 강가다.

처음에 간 곳은 공원. 하지만 거기에 산쇼쿠인 스미레코의 모습은 없었다.

그다음에 간 강가는 조금 넓었기에 다른 멤버들에게도 협력을 받았는데,

"틀렸어, 죠로. 어디에도 없어!"

"우홋~…. 산쇼쿠인 선배가 이렇게까지 부끄러움을 타다니…."

"체, 체리, 떨어지면 안 돼! …나 이렇게 넓은 장소에 혼자 있으면 죽어 버려!"

"미안, 죠로찌. 나도 찾을 수 없었어~…."

누구도 산쇼쿠인 스미레코의 모습을 찾을 수 없었다….

"제길! 여기에도 없나…."

"후후후. 이렇게 여럿이서 여러 장소를 탐색하는 건 재미있네."

이쪽은 생각이 빗나가서 힘이 쭉쭉 빠지는데, 기분 좋게 내 손을 붙잡으며 즐거워하는 코사이지 스미레. …불공평하다.

"죠로, 한 가지 물어봐도 될까?"

"뭔데?"

"왜 당신은 아까 공원과 여기 강가 중 한 곳에 그 애가 있을 거라 생각했어?"

"윽! 그, 그건…."

어째서 이 녀석은 괜한 걸 묻는 거지?!

내가 '나와 산쇼쿠인 스미레코만이 관계있는 장소'라는 말에 떠올린 장소니까, 조금 말하기 창피한 이유일 게 뻔하잖아!

그렇게 쉽사리 말할 수는… 아니, 다른 녀석들의 시선도 일제

히 나를 향하고 있는데!

어? 이거 말해야 하는 흐름이야?!

"가르쳐 주면 답례로 나도 뭔가 하나 가르쳐 줄 수 있을지도 몰라."

"으윽!"

사정없이 내 속내를 파헤치고 드는군, 이 여자!

코사이지 스미레에게서 얻는 정보는 미치도록 탐이 난다.

하지만… 하지만, 하지만!

"아니, 꽤 창피한 내용이니까…."

"죠로, 목적을 떠올려. 나도 네가 부끄러움에 몸부림치는 것을 보는 건 재미… 어흠. 정보의 공유를 위해 가르쳐 줘!"

본심이 새어 나오잖아, 짜샤.

하지만 체리의 충고를 기반으로 행동했음에도 불발이었던 것은 사실이고, 우리에게 남겨진 정보원이라면….

"죠로, 나는 지쳤어! 여기서는 휴식을 위해서라도 전에 죠로와 사잔카와 만난 팬케이크 가게에 가야 한다고 생각해! 거기 팬케이크는 아주아주 맛있으니까, 행복해질 수 있어~!"

자기 욕망에 너무 충실한 낯가림쟁이가 되었다.

혹시 그런 장소에 산쇼쿠인 스미레코가 있으면, 가슴을 만지는 정도로 끝낼 자신이 없다.

"알았어…. 말할게…."

그렇다면 코사이지 스미레에게서 얻을 새 정보에 거는 수밖에 없다.

"이 강가랑 아까 공원은 내가 산쇼쿠인 스미레코와 둘이서 왔던 장소야. 여기서 그 녀석과 둘이서 불꽃놀이를 보고, 아까 공원은 전에 크게 싸웠다가 화해한 장소야…."

그러니까 나는 이 둘 중 한 곳에 산쇼쿠인 스미레코가 있을 거라 생각했다.

'나와 산쇼쿠인 스미레코만이 관계있는 장소'라고 하면, 틀림없이 이 둘밖에 없다.

달리 녀석과 단둘만의 추억의 장소라면… 니시키즈타 고등학교의 도서실도 있지만, 거기는 이미 확인을 한 장소다.

"헤에~! 죠로찌랑 스미레코찌가 싸운 적이 있구나!"

"산쇼쿠인 선배에게 상처를 주다니 용서 못 합니다! 키사라기 선배는 못된 사람입니다! 우흣!"

"시끄러! 예전 일이니까 됐잖아!"

이거 보라고! 체리는 꽤나 히죽거리는 얼굴을 하고, 탄포포는 이상한 이유로 화를 내고, 최악이잖아!

"…그래. 그 애는 분명히 자기만의 추억을 만들었구나…."

하지만 코사이지 스미레만은 다른 애들과 달리 꽤나 부드러운 미소를 지었다.

그것은 마치 여동생의 성장을 기뻐하는 언니 같은 표정으로….

90

"후후후…. 고마워, 죠로. 아주 기쁜 사실을 알았어."

"교환 조건은 잊지 않았겠지?"

"물론이야. 특별히 바보인 죠로에게 내가 아는 것을 하나 가르쳐 줄게."

내 부끄러움을 희생으로 얻은 정보다.

이번에야말로 '따끈따끈한 튀김꼬치 가게' 때처럼 어중간하지 않은, 귀중한 정보를….

"그 애는 친구가 생긴 것을 정말로 기뻐했어."

"아까도 한 말이잖아! 정말로 뭐야?! 처음부터 가르쳐 줄 생각 따윈…."

"아직 말이 끝나지 않았으니까 끝까지 들어 줘."

무슨 소리지.

"그 애는 어중간. 찾아 달라는 마음과 찾지 말아 달라는 마음이 혼재해 있어. 그러니까 확실한 장소는 말하지 않았지만, 어떠한 힌트는 반드시 남아 있을 거야."

"그렇다고 해도 그 힌트가 어디에 있는지 모르면 의미가 없잖아?"

"후후후…. 그래서 아까 한 말이 도움이 되는 거야."

"어?"

"그 애는 내가 눈을 뜬 이후로 계속 친구 이야기를 했어. 그러니까 그 애에게 특별히 소중한 친구. 그 사람이 뭔가 이야기를 들었을 거라 생각해."

응? 산쇼쿠인 스미레코에게 특별히 소중한 친구라고?

"내가 눈을 뜬 이후로 많이 들었던 친구 이야기. 그중에서도 특히나 한 사람의 이야기를 그 아이는 곧잘 했어. 2학기 때 온 전학생으로, 같은 반이 된 아이 이야기를."

어이, 잠깐만. 설마….

"그 애는 지금까지 몇 번이나 여러 장소에 가자고 제안했어. 그저 듣기만 하면 꽤 엉뚱한 것처럼 생각돼. 하지만 왜 그 아이는 자신 있게 제안을 했을까?"

산쇼쿠인 스미레코가 특별히 친하게 지냈던 친구. 같은 반.

해당되는 녀석은 한 명밖에 없다.

"히이라기, 너는 산쇼쿠인 스미레코에게 뭐 못 들었어?!"

"히익! 깜짝 놀랐어!"

2학기에 온 전학생, 히이라기＝모토키 치후유.

사이가 좋아진 것은 다른 녀석들과 비교해서 다소 늦지만, 니시키즈타의 도서실 멤버가 전원 산쇼쿠인 스미레코와 다른 반인 것과 달리 히이라기만큼은 같은 반이었다.

낯가림하는 성격도 있어서 니시키즈타에서는 항상 산쇼쿠인 스미레코에게 붙어 있다.

그런 히이라기를 녀석은 꽤나 마음에 들어 해서… 특히나 사이가 좋았던 상대다!

"스, 스미레코한테 이야기? 저기….'"

히이라기가 조금 어색하게 시선을 돌렸다.

평소부터 낯가림에 겁 많은 태도가 눈에 띄는 히이라기지만, 사이가 좋은 녀석에게 이런 태도를 취하는 일은 거의 없다. 그렇다면….

"그러고 보면 히이라기는 햄버그 가게에 가기 전에 말했지. '이거면 나는 아무것도 안 해도 괜찮을 것 같으니까'라고. 즉 네게는 뭔가 할 수 있는 일이 있어?"

"호스, 날카로워! 아주아주 놀랐어!"

역시 그런가! 히이라기는 뭔가 알고 있어!

"혹시나 지금까지 네가 제안한 장소는 **너만이 아는 뭔가**를 기반으로 제안한 거 아냐? 하지만 그 뭔가까지 가르쳐 줘도 좋을지는 알 수 없었다. 네가 제안했던 장소는 뜬금없는 장소뿐이었지만, 그런 이유가 있다고 생각하면 앞뒤가 맞는데?"

"끽 소리도 안 나와! 정곡이야!"

크리스마스이브 때도 히이라기는 말했다. '아무 말도 하면 안 돼'라고.

그건 즉 말해선 안 되는 뭔가를 알고 있다는 소리다!

지금까지 히이라기가 제안한 장소는 '씩씩한 닭꼬치 가게', '홋카이도', '따끈따끈한 튀김꼬치 가게', '이전에 내가 사잔카와 둘이서 갔던 팬케이크 가게'.

언뜻 들어선 공통점이 없는 듯하지만, 분명 뭔가 공통점이 있어!

그걸 알 수 있다면….

"저기… 조금은 들었어…. 스미레코가 있을 장소를…."

"조금이란 게 무슨 소리야?"

"스미레코, 자기가 있을 장소를 **모두**에게 조금씩 말했어…. 내가 수학여행에서 스미레코한테 부탁받았을 때, 아주아주 반대했더니 '그렇다면 소중한 친구들에게 조금씩, 내가 있을 장소를 가르쳐 줄게. 그 사람에게 가르쳐 주고 싶으면 가르쳐 줘도 돼'라고…."

즉 코사이지 스미레의 말처럼 산쇼쿠인 스미레코는 힌트를 남겼다는 소리다.

그리고 그 힌트를 맡긴 이 중 하나가 히이라기였나….

"그걸 가르쳐 줘! 그럼 녀석을 찾아낼 수 있을지도 몰라!"

"우우우…. 하지만, 하지만… 이건 스미레코가 나한테만 가르쳐 준 거야…. 나, 스미레코를 아주아주 좋아해. 그러니까…."

"부탁이야, 히이라기! 이대로 끝내고 싶지 않아! 그러니까 힘을 빌려줘!"

"…우우우우우우!!"

"히이라기, 나도 부탁할게. 지금 그 아이는 본래의 그 아이와는 다른 행동을 취하고 있어. 그 아이의 친구로서 그건 조금 참을 수 없어."

어이어이, 진짜냐. 설마 코사이지 스미레가 이런 말을 하다니….

"……! 평소의 스미레코…. 아, 알았다!"

자기 안의 갈등을 진정시키기 위해서인지, 히이라기가 '억지로라도 애써야만 할 때'만 쓰는 거만한 어조로 변했다.

"나도 마찬가지다! 내가 좋아하는 스미레코는 항상 똑 부러지는 스미레코다! 지금의 스미레코는 이상하다! 평소의 스미레코가 아니다!"

그래. 아무 말도 하지 않고 도망치다니, 산쇼쿠인 스미레코가 아냐.

나도 그렇게 생각해….

"무엇보다… 나는 죠로에게 은혜를 반드시 갚아야 한다!"

"어? 은혜?"

"모르는 사람이 무서워서 도망치기만 하던 나를 도와준 죠로! 이번에는 내가 죠로를 도울 차례다! 그러니까 죠로에게 내가 아는 걸 다 가르쳐 주겠다!"

아직 결심이 서지 않은 건지 꽤나 떨리는 두 다리가 인상적이지만, 그래도 히이라기는 힘차게 내게 전했다.

"내게 말해 준 것. 그것은…."

"'죠로가 괜한 짓을 한 장소'! 거기에 스미레코는 있다!"

그게 어디?

아니, 괜한 짓을 전혀 하지 않았다고 장담할 순 없지만, 너무 추상적이지 않습니까?!

조금 더 알기 쉬운 장소는….

"그러니까 나는 죠로가 괜한 짓을 했을 만한 장소를 제안한 것이다! 그런고로 충분히 애썼으니까 코타츠로 돌격하는 것이다! 얼른! 얼른!"

그건 안 합니다.

하지만 이해는 됐어….

히이라기가 제안한 장소, '씩씩한 닭꼬치 가게', '홋카이도', '따끈따끈한 튀김꼬치 가게', '이전에 사잔카와 둘이서 갔던 팬케이크 가게'는 분명히 내가 괜한 짓을 했다고 할 수 있는 장소다.

하지만 거기에 틀림없이 산쇼쿠인 스미레코는 없다.

그렇다면 다른 장소가 되는데….

"짚이는 데가 너무 많아서 후보를 좁힐 수가 없어…."

"분명히 키사라기 선배는 항상 괜한 짓밖에 하지 않지요…. 우홋~…."

닥쳐, 바보. 너한테만큼은 그런 소리 듣고 싶지 않아.

"그, 그럼, 코타츠는 참고 조금 더 애쓰는 것이다! 나는 이것밖에 모르지만, 스미레코에게서 이야기를 들은 애는 더 있다! 그러니까 그 애들에게 듣는 것이다!"

그래. 아까 히이라기는 말했다.

산쇼쿠인 스미레코는 모두에게 조금씩, 자기가 있을 장소를 전했다고.

아마도 이 힌트는 하나만으로는 의미가 없다. 다른 힌트도 모여야 비로소 의미를 갖는다.

"저기, 히이라기. 산쇼쿠인 스미레코에게서 그 이야기를 들은 것은…."

물으면서도 나는 이미 확신하고 있었다.

누가 그 녀석에게 힌트를 들었을까.

당연하지? 이런 상황에서 산쇼쿠인 스미레코가 믿을 만한 녀석은….

"코스모스 선배, 사잔카, 히마와리, 아스나로다!"

그렇지~…. 녀석들 이외에는 있을 리가 없지~….

하지만 얼마 전에 만났을 때, 녀석들은 모두 그런 사실을 아는 척도 하지 않았다.

다소 인연이 회복되었다고 해도, 아직 녀석들은 산쇼쿠인 스미레코의 편이다.

그러니까 내가 가르쳐 달라고 부탁해도 절대 가르쳐 주지 않겠지.

그렇다면 앞으로 내가 해야 할 일은… 녀석들의 설득인가….

하아…. 어디에 좀 없을까? 쉽사리 녀석들을 설득할 수 있을 만한….

"우훗! 우후훗! 그렇다면 이제 안심이네요! 이 귀여운 천사가 가르쳐 달라고 부탁하면 다들 쉽사리 털어놓을 게 틀림없습니다! 키사라기 선배, 잘됐네요! 이미 문제는 해결된 거나 마찬가지입니다!"

"나도 애써 볼게! 모두에게 스미레코찌가 어디 있는지 가르쳐 달라고 하는 거야!"

현재 내가 손에 넣은 산쇼쿠인 스미레코가 있을 장소와 이어지는 힌트는 둘.

하나가 '키사라기 아마츠유와 산쇼쿠인 스미레코만이 관계있는 장소'.

또 하나가 '키사라기 아마츠유가 괜한 짓을 한 장소'.

희망은 보였지만, 아직 앞날은 까마득하군….

【나의 보고】

고등학교 2학년 여름 방학.

"있잖아, 믿겨져? 나한테 친구가 생겼어…. 그것도 한 명이 아냐. 아주 많은 친구가 생겼어…."

조용한 병실에서 나―산쇼쿠인 스미레코는 잠들어 있는 비올라에게 말을 걸었다.

고등학교 2학년이 된 뒤로 내 세계는 크게 변화했다.

혼자 있는 게 당연했던 내가 혼자가 아닌 것이 당연해졌다.

매일 친구와… 그리고 죠로와 함께 보내게 되었다.

"전에 당신은 '장기 휴가는 죠로와 만날 수 없으니까 얼른 끝났으면 한다'라고 말했지? 하지만 나는 달라. 여름 방학이 되어도 죠로와 만나고 있으니까."

"……."

살짝 흔들리는 눈꺼풀. 그것이 내가 한 말에 반응한 것인지는 알 수 없다.

하지만 나는 계속 말한다. 언젠가 비올라가 눈을 뜨는 그때까지.

"당신과 보낸 시간은 도서실이나 카페에서 보낼 때가 많았지만, 새로운 친구가 생기니 이렇게도 변하네. 죠로의 집에서 나가 시소면을 하고… 아. 다 같이 바다에도 갔어. 사람들 앞에서 수

영복 차림이 되는 건 아주 부끄러웠지만, 죠로가 기뻐해 준다고 생각하고 참았으니까."

모두와 함께 있는 건 즐겁다.

아주 밝고 씩씩한 히마와리, 든든하지만 실은 귀여운 일면도 있는 코스모스 선배, 차분하게 우리를 지켜보는 츠바키, 무슨 일이든 똑 부러지게 말하는 아스나로.

그리고….

"안심해. 죠로와 썬의 인연은 원래대로 돌아왔어…. 아니, 이전보다 더 멋진 인연이 맺어졌어. …조금 지나친 느낌도 있지만."

누구보다도 노력가인 썬, 심술궂지만 아주 다정한 죠로.

두 사람의 인연에서 일그러짐은 사라졌다.

1학기 동안 팬지가 처음에 내세웠던 목적을 달성할 수 있었다.

이걸로 안심하고 다음 목적으로 들어갈 수 있…지만,

"조금 어려운 상황이 되었어…."

중학교 때, 비올라는 곧잘 내게 말했다.

'혹시 다른 여자가 죠로의 매력을 알아차리면 어쩌지?'

당시의 나는 그런 일이 일어날 리 없다고 장담했다.

하지만 지금 바로 그런 일이 일어났다.

그것도 한 명이 아니다. 적어도 세 명의 여자가 죠로에게 아련한 마음을 품고 있다.

항상 밝고 천진난만한, 죠로의 소꿉친구인 히마와리.

학생만이 아니라 선생님에게도 신용을 얻은, 학생회장인 코스모스 선배.

똑 부러지는 언동으로, 적극적으로 죠로에게 접근하는, 신문부의 아스나로.

더불어서 다소 솔직하지 않고 기승스러운 소녀… '사잔카'라고 불리는 여자도 1학기 끝날 즈음부터 죠로를 꽤나 마음 있는 눈으로 보고 있다.

그녀와는 별로 말한 적이 없으니까 어떤 사람인지는 잘 모르지만, 많은 소녀들이 따르는 인기인이다.

다들 나에게 없는 매력을 가진, 아주 멋진 여자들.

그런 아이들이 죠로에게 연심을 품고 있다.

그러니까 어쩌면….

"미안해. 당신이 눈을 떴을 때, 아주 실망할지도 몰라."

그런 약한 소리가 나왔다.

최초의 목적이던 '죠로와 썬의 인연을 원래대로 되돌린다'는 라이벌이라고 해야 할 존재가 없었던 만큼, 그저 목적의 달성만을 목표로 행동하면 되었다.

하지만 이번에는 다르다. 죠로만이 아니라 주위도 살펴야만 한다.

모두가 어떤 행동을 취할까? 죠로가 누구를 신경 쓸까?

대체 죠로는 누구를 좋아할까?

소꿉친구인 히마와리? 학생회장인 코스모스 선배? 신문부의 아스나로?

같은 반의 사잔카? 도서위원인 팬지? 아니면….

"일단은 여름 축제네."

마지막에 생겨난 감정을 감추기 위해, 나는 현재의 최우선 목표를 말했다.

여름 방학, 우리는 죠로에게 비밀로 몇 가지 승부를 하고 있다.

그리고 그 승부에서 제일 많이 이긴 사람이 여름 축제에서 죠로와 둘이서 불꽃놀이를 볼 수 있는 권리를 손에 넣을 수 있게 되어 있다.

누가 죠로의 취향인지를 겨루는 사복 승부.

죠로의 집에서 벌인 카드 게임.

바다에서 한 비치발리볼과 비치 플래그.

그 모든 승부에서 나는 졌다. 더 이상은 물러날 곳이 없다.

하지만 절대로 포기할 수 없다. 죠로와 함께 불꽃놀이를 보기 위해서라도.

"아주 예쁜 유카타 차림을 보여 줘서 죠로를 두근두근하게 만들 거니까."

입으로는 그런 소리를 하면서도 정말로 두근거리고 있는 것은 나다.

좋아하는 사람에게 평소와 다른 자기 모습을 보인다.

그것만으로도 이렇게 가슴이 뛸 거라고는 생각도 하지 못했다.

"…그럼 나는 갈게."

저녁 해가 병실을 비춘다. 슬슬 시간이 되었다.

"또 올 테니까, 그때는 눈을 떠 주면 기쁘겠어."

떠날 때의 버릇이 된 말을 남기고 나는 비올라가 잠든 병실을 떠났다.

하지만 그 전에….

"…미안해."

문 앞에서, 잠든 비올라에게 작은 사죄의 말을 했다.

니시키즈타 고등학교에서 일어난 일은 모두 비올라에게 전했다.

하지만 딱 하나 전하지 않은… 아니, 전할 수 없었던 게 있다.

나는 팬지로서 죠로의 연인이 되어야만 한다.

하지만 딱 하나… 결코 일어나선 안 되는 일이 일어났다.

팬지로서 들어서는 안 되는 말을 죠로에게 들었다.

그 비밀을 가슴에 품은 채로, 나는 병실을 뒤로했다.

✻

"우우~! 누굴까, 누구한테 걸어 줄까?! 나한테 걸어 주겠지! 나는 소꿉친구니까!"

"후후훗! 약하군요, 히마와리! 이럴 때에 평소 많은 정보를 가진 저는 압도적인 신용을 받습니다! 즉 저한테 걸어 줍니다!"

"아스나로, 그렇게 말하자면 학생회장인 내 쪽이 더 신용을 받지 않았을까? 그러니까 나, 나한테 걸어 줄 거야!"

"나도 지지 않아."

"이거, 나한테 걸려오면 어떻게 하면 되는 걸까?"

여름 축제, 강가에 모인 우리는 각자 스마트폰을 한 손에 움켜쥐고서 죠로에게서 전화가 걸려오는 것을 이제나 저제나 하고 기다리고 있었다.

여름 방학에 벌인 승부의 최종 결과는 전원이 2승.

지금까지 1승도 올리지 못했던 나도 축제에서 벌인 사격 게임과 고리 던지기에서 2승을 올려서 모두를 따라잡을 수 있었다.

하지만 그걸로 끝이 아니다.

나는 모두에게 이긴 게 아니라 따라잡았을 뿐.

그리고 전원이 동점이라는 어중간한 무승부로 끝나는 것은 우리의 승부에서 있을 수 없다.

여기에 있는 츠바키를 제외한 전원이 죠로와 둘이서 불꽃놀이를 보고 싶다고 생각하니까.

그러니까 급하게 마지막 승부를 하기로 했다.

　그것이 '죠로는 누구에게 먼저 전화를 걸까'.

　여름 축제에서 죠로와 별도 행동을 한 우리는 불꽃놀이 시간이 되면 그와 합류하게 되어 있다. 하지만 우리는 아슬아슬한 시간이 될 때까지 그에게 가지 않는다.

　그러면 안달이 난 죠로가 누군가에게 연락을 할 터이다.

　그리고 제일 먼저 죠로가 전화를 건 사람이 여름 축제에서 벌어진 승부의 마지막 승자가 되고, 그와 둘이서 불꽃놀이를 볼 권리를 손에 넣는다.

　"……."

　모두가 기대하는 시선으로 자기 스마트폰을 보는 가운데, 나는 어딘가 소극적인 마음으로 스마트폰을 바라보고 있었다.

　죠로가 전화를 걸어 주었으면 한다. 하지만 내 소망은 언제나 이루어지지 않는다.

　그러니까 이번에도 분명….

　"……!"

　한 스마트폰의 화면에 불이 들어오고 진동했다.

　죠로에게서 전화가 걸려온 것이다.

　그리고 그것은….

　"나, 나! 왔어! 전화 왔어! 나한테 전화를 걸었어!!"

　"""에에에에에에에에엑!!"""

강가에 나의 다소 큰 목소리와 세 사람의 낙담한 외침이 울렸다.

너무나도 기뻐서 무심코 스마트폰이 손에서 미끄러지는 바람에 전화를 받을 수 없었다.

하지만 나한테 걸었어! 나한테 걸었어!

즉 여름 방학의 승부는….

"음. 그럼 팬지의 승리로군."

이번 승부에서 공평한 입장에 섰던 츠바키가 단적으로 나의 승리를 말했다.

"와아! …이겼다아아아아아!!"

믿기지 않을 정도로 큰 소리를 냈다고 깨달은 것은 잠시 뒤.

지금의 나는 그런 것조차 깨닫지 못하고, 그저 기쁨에 희롱당하고 있었다.

죠로가 내게 제일 먼저 전화를 걸었다.

그 사실이 너무나도 기뻐서, 너무나도 행복해서….

"우우~! 분해! 분해분해!"

"서, 설마, 마지막 순간에 역전당하다니…."

"그럴 수가~…."

발을 구르는 히마와리, 아연해진 아스나로, 노골적으로 어깨를 늘어뜨리는 코스모스 선배.

냉정해진 내가 제일 먼저 품은 감정은 공포였다.

혹시 이걸로 모두와의 사이에 금이 가면 어쩌지?

나에게 그녀들은 라이벌인 동시에 아주 소중한….

"그럼 이번에는 팬지! 하지만 다음에는 안 질 거니까~!"

"서두르는 게 좋아요, 팬지. 슬슬 불꽃놀이가 시작되니까요."

"팬지라면 괜찮을 거라 생각하지만, 이 길을 똑바로 가면 되니까. 길을 잘못 들지 않도록 조심해."

정말로 멋진 사람들이다….

정말로 마음 착한 사람들이다….

동시에 스스로를 한심하게 느꼈다.

혹시 내가 승부에 졌을 때, 그녀들과 같은 태도를 취할 자신이 없었으니까.

나는 겁쟁이에 비겁자다.

그녀들과 같은 자리에 선 것 자체가 잘못일지도 모른다.

"…고마워."

열등감을 사죄로 숨긴 뒤에 나는 죠로가 있는 장소를 향해 달려갔다.

❋

"고마워, 죠로. 누구보다도 먼저 내게 전화를 걸어 줘서."

강가에서 죠로를 향한 솔직한 마음을 담아 말했다.

그와 합류하여, 늦어진 것을 사죄한 뒤에 나는 오늘까지 벌어진 승부에 대해 그에게 설명을 했다. 자기가 모르는 곳에서 그런 승부가 벌어진 줄 전혀 몰랐던 죠로는 뚱한 기색.

　지금도 나와 단둘이 아니라 모두와 합류해서 불꽃놀이를 보자고 제안했다.

　"…또 하찮은 짓을 벌이고…."

　"하찮지 않아. 우리에게는 정말로 중요한… 절대로 양보할 수 없는 일인걸."

　—언젠가 죠로와 둘이서 불꽃놀이를 보는 거야! 물론 손을 잡고서!

　중학생 때 그런 꿈을 꾸었던 소녀가 있었다.

　그 소망을 반드시 이뤄 내겠다.

　팬지는 반드시 죠로와 둘이서 불꽃놀이를 봐야만 해.

　"그러니까 지금뿐. 지금뿐이면 돼…. 나랑 같이 불꽃놀이를 봐 줘."

　부탁이야, 죠로. 그녀의 소원을, 내 소원을… 이뤄 줘….

　"…안 돼?"

　"알았어. 그럼 나는 너랑 둘이서 불꽃놀이를 볼게. …이러면 만족이냐?"

　"그래. 대만족이야."

　사실은 당장이라도 죠로를 껴안고 싶은 충동을 참으면서 나는 담담히 말했다.

"그럼 한 가지만 더 해 볼게."

"마음대로."

천천히 내 감정을 억누르면서 죠로의 손을 잡았다.

나는 앞으로도 계속 팬지의 소망을 이룬다.

첫 목적이던 '죠로와 썬의 인연을 원래대로 되돌린다'는 끝났다.

그러니까 앞으로는 '팬지로서 죠로의 연인이 된다'.

그것만으로…… 어?

어, 어쩌지? 죠로가 손을 맞잡아 주었어!

여름 축제는 이렇게 대단해?!

"그렇게 세게 쥐면 창피해."

혼란스러운 사고, 내가 무슨 말을 하는지 잘 모르겠다.

"네가 나를 너무 좋아하는 게 원인이야."

"지금 당신의 행동을 보면 그 말은 내가 하는 편이 좋지 않을까?"

"나는 내가 하고 싶은 말을 했을 뿐이야. 아니라면 부정해."

"…사양하도록 할게."

부정할 리 없잖아….

팬지는 당신을 정말 좋아하니까.

아니, 팬지만이 아냐…. 나도… 당신을 좋아해….

"…수고했어, 팬지. 뭐… 고생 많았어."

"고생은 아냐. 승부에는 최선을 다했지만, 그와는 별개로 아주 즐거운 나날이었어. 혹시 내가 여기에 올 수 없었다고 해도 올해 여름 방학은 평생 잊을 수 없는, 멋지고 소중한 보물이 되었어."

"그거 다행이군."

"다들 정말 대단한 사람들이야. 이렇게 멋진 친구가 또 내게 생기다니 꿈만 같아."

고마워, 죠로. 내게 친구를 만들어 줘서….

나는 이제 이걸로 충분하니까. 이것만으로도 충분히 행복하니까….

"**또**라는 소리는 전에도…. 아, 그러고 보면 중학생 때 다른 학교에 친한 친구가 있댔나."

"…알고 있었네."

내 실언을 후회한 것은 잠시. 내 안에 한 가지 가능성이 생겨났으니까.

나는 지금 본래 여기에 있을 터였던 소녀를 연기할 뿐인 존재.

하지만 혹시 죠로가 그녀를 떠올려 준다면….

우리의 관계를 알아준다면… 나는 '산쇼쿠인 스미레코'로 돌아갈 수 있을지도 모른다.

"그렇지. …호스에게 들었어."

"그러고 보니 하즈키에게 한 번 말한 적이 있었어."

아무래도 죠로는 하즈키에게서 '내게 친구가 있었다'라는 말을 들었을 뿐, 그 사람이 그녀라는 것은 모르는 모양이다.

그래…. 하즈키 자신도 내 친구가 그녀라는 것은 모르니까….

"그 녀석은 어떤 녀석이었어?"

"아주 심지가 굳어서 자기가 정한 일을 반드시 해내려고 노력하는 여자애야. 정말로 대단한 사람이라서 많이 동경했어."

죠로, 기억해? 그 애는 3년 동안 계속 당신의 곁에 있었어.

몇 번이나 나는 들었어.

—죠로가 칭찬해 줬어! 자기가 결정한 일을 반드시 해내려고 노력하는 점이 대단하대! 정말로 너무나… 너무나 기뻤어!

당신이 그녀에게 전한 말을 나는 다시금 전했을 뿐.

조금이라도 좋아…. 조금이라도 좋으니까 떠올려….

그러면 나는 당신에게 모든 걸 전할 수 있어.

나와 그녀에게 무슨 일이 일어났는가. 어째서 내가 여기에 있는가를….

"너도 비슷하잖아."

"그렇게 말해 주다니 기뻐. 나는 '그녀'를 동경해서 그렇게 되려고 노력했으니까. 지금 나는 '그녀'가 있었기에 존재한다고 말해도 과언이 아냐."

나의 니시키즈타 고등학교에서의 모습은 그녀와 똑같잖아?

그녀가 있었으니까 나는 지금의 내가 되었어.

그녀 대신 팬지로서 당신의 앞에 나타났어.

내가 팬지로 있을 수 있는 시간은 그녀가 눈을 뜰 때까지의 시간뿐이야….

"아주 사이가 좋았어. 특히나 인상적인 것은 '그녀'가 과자를 만들 수 있게 되고 싶다고 말했을 때야. 처음에는 정말로 지독해서 나는 몇 번이나 포기하라고 말했지만 포기하지 않았어."

그리고 그 과자를 받아 준 것이 당신이야.

맛있었어? 나도 아주 열심히 가르쳤으니까.

"익숙하지 않은 작업으로 손에 화상을 입고, 아무리 맛없는 과자를 만들어도 절대로 좌절하지 않았지. …그리고 마지막에는 제대로 맛있는 과자를 만들게 되었어."

"그거 대단하네. …아, 혹시 '팬지'라는 별명도 그 녀석이 지어 준 거야?"

아주 조금, 아주 조금만 더 하면 죠로는 떠올릴지도 모른다. 죠로가 떠올려 준다면, 앞으로 내가 하려는 잘못을 저지르지 않아도 될지도 모른다.

…부탁이야, 죠로.

"아냐. 이 별명을 받은 건 중학생 때가 맞지만."

"헤에. 그럼 또 그 이전의 친구가 지어 준 거야?"

"그것도 아냐. 내게 '팬지'란 별명을 붙여 준 건, …당신이야, 죠로."

떠올려!

중학생 때, 당신에게 애칭을 붙여 달라고 부탁했던 소녀가 있었지?

그 아이에게 당신이 '팬지'라는 애칭을 주었어.

나의 '팬지'는, 그때 당신이 붙여 주었으니까, 나는 팬지가 되었어.

"뭐? 무슨 소리야? 나는 1학년 때 네가 '팬지'라고 불린다는 걸 다른 녀석한테 들었는데?"

…그래. …알고 있었어.

죠로와 둘이서 불꽃놀이를 본다는 소망이 이뤄진 것 자체가 기적.

그 이상의 기적을 바라는 것은 내게 배부른 짓.

죠로는 그녀를 떠올리지 못한다.

앞으로도 나는 계속 팬지로 있어야만 해….

"그래. 그 무렵에는 이미 '팬지'라는 별명으로 불리고 있었으니까 스스로 그렇게 말했어."

많은 사람에게 나는 내가 '팬지'라는 것을 전했다.

혹시 죠로에게 '팬지'라는 말이 전해졌을 때, 그녀를 떠올려 줄지도 모른다고 기대하고. 참 알아차리기 어려운 방법이지….

"일단 묻겠는데…. 니랑 네가 처음 만난 건?"

"고등학교 1학년 때야. 참고로 대화는 작년의 그곳이 처음이야.”

두 가지 이야기를 마치 하나의 이야기인 것처럼 나는 전했다.

분명 죠로는 우리가 처음 만나서 대화한 것은 작년 지역 대회 결승전 날이라고 생각하겠지. 그건 절반은 정답이고, 절반은 오답.

처음 만난 장소는 다르다.

나와 당신이 처음으로 만난 것은 당신 교실 앞.

그때는 당신이 정말로 싫어서, 얼굴을 보기도 싫었으니까.

“죠로. 당신의 질문에 대답한 상으로… 부탁이 하나 있는데…”

“뭔데?”

“있잖아, 사실은 여름 방학 동안에 나 이외의 모두가 당신에게 들었던 말이 있어. 하지만 나만큼은 제대로 듣지 못했어. 그게 너무 쓸쓸했어.”

—언젠가 죠로에게 그 말을 듣는 거야! ‘아주 예쁘네’라고!

그것은 팬지의 소망. 계속 본래의 모습을 보이지 못했던 그녀이기에 나온 소망이다.

나는 팬지. 그러니까 그녀의 소망을 이루기 위한 행동을 하자.

“그런 게 있었나?”

“정말로 당신은 이해력이 전혀 없네…. 조금은 날 보고 배우면 어떨까?”

“애석하게도 나는 인류라서 말이야. 에스퍼 요괴랑 비교하면 곤란해."

"…못됐어."

하아…. 이 사람, 정말로 깨닫지 못했잖아.

조금 정도는 생각하고 물어보란 말이야.

"그럼 힌트를 줄게. 히마와리는 자스민 언니와 옷을 사러 간 날. 코스모스 선배는 나가시소면을 한 날. 아스나로는 바다에 간 날. 츠바키는 축제에 가기 직전에 그 말을 들었어."

여름 방학 동안, 나는 몇 번이나 죠로에게 '예쁘다'라는 말을 듣기 위해 노력했어.

하지만 절대로 말해 주지 않아서, 그런데 다른 애한테는 해 줘서… 분했어.

"…아."

"어머, 겨우 알아차렸나 보네."

"아니, 너한테도 말했잖아? 누나가 옷을 골라 줬을 때…."

"'뭐… 괜찮지 않나?' 같은 어중간한 말은 싫어."

팬지는 당신에게 확실히 '예쁘다'라는 말을 듣고 싶어.

다른 애처럼 확실한 칭찬을 듣고 싶어.

"말하고 싶지 않으면 말 안 해도 돼."

"하는 말과 그 얼굴이 전혀 다른데?"

"기분 탓 아닐까?"

"…알았어. 말할게."

"…으, 으음."

어, 어쩌지! 진짜로 말해 주는 거야?!

내가 꺼낸 얘기지만… 어, 엄청 긴장돼!

"그 유카타, 잘 어울려. …자, 이거면 됐지?"

"별로네. 더 구체적인 말을 나는 요구하겠어."

이 사람, 무슨 소리를 하는 거야? 기대했던 내 마음을 돌려줘.

"…큭! 팬지는 귀여워! 그래, 아주 귀여워!"

"마음이 담겨 있지 않아. 그렇게 대충 말하지 마."

"또 나를 휘두르고…."

"여자의 특권이잖아? 당신이 그렇게 말하지 않았어?"

뭐, 좋아. 덕분에 마음을 진정시킬 수 있었고, 특별히 용서해 줄게.

"하아… 최악이군."

이걸로 팬지의 소망을 또 하나 이룰 수 있었어.

팬지가 꿈꾸던 것을….

"……예뻐. 진짜로."

~~~~~~~!! 어, 어떻게 된 거지….

진정했으니까 이제 괜찮을 거라 생각했는데, 전혀 괜찮지 않아!

좋아하는 사람에게 칭찬을 듣는 게 이렇게 기쁜 거야?! 미, 믿기지 않아!

"…패, 팬지?"

진정해…. 진정해야만, 해….

이대로 있다간 내 마음이….

"후홋. 그럼 불꽃놀이를 구경할까."

간신히 그 말을 쥐어 짜내고 나는 죠로와 함께 불꽃놀이를 보는 분위기로 들어갔다.

그러자,

"…어, 드디어 시작됐군."

타이밍 좋게 불꽃놀이가 시작되었다.

죠로의 얼굴을 보는 게 부끄럽기 짝이 없으니까, 나는 잡아먹을 듯한 기세로 불꽃놀이에 집중했다.

하지만 역시 이야기를 하고 싶어서….

"멋져, 죠로."

"그래."

"불꽃과 나 중 어느 쪽이 좋아?"

괜한 소리를 해 버렸다.

"그야 물론……야, 당연히."

중요한 부분이 불꽃놀이 소리와 겹쳐서 들리지 않았다.

틀림없이 노리고 한 거네….

"어차, 이거 아쉽군. 불꽃놀이 소리 때문에 지워졌네."

봐, 역시나.

"죠로. 그런 걸 의도적으로 하는 건 안 좋다고 생각해."

"그런 단정은 안 되지. 어쩌다 우연히 운 나쁘게도 겹쳤을 뿐이야."

"그럼 한 번 더 말해 주면 기쁘겠어."

"이런 건 한 번 말하면 창피해서라도 다시 말 못하는 거라고 생각하는데?"

"단정은 좋지 않아. 어쩌다 우연히 운 좋게도 나는 다시 듣고 싶어."

"……귀찮지 않은 쪽."

역시 어느 쪽인지 알 수 없잖아.

지금의 나는 아주 시끄럽다. 심장 소리가 터지는 불꽃 이상으로 울리고 있다.

이런 순정만화 같은 경험을 할 수 있다니.

"…그래."

다시금 불꽃이 솟았다. 그런 가운데 나는 조금이라도 죠로에게 내 몸을 밀착시켰다.

어쩌면 내일이라도 그녀는 눈을 뜰지도 모른다.

그러면 내 시간은 끝을 향해 다가간다. 진짜 팬지가 찾아온다.

그러니까 조금, 아주 조금이면 되니까… 나만의 시간을 줘.

"저기, 죠로. 이 불꽃이 끝나면 다른 사람들과 합류해서 츠바키의 튀김꼬치 가게에 가지 않을래? 이 시간이라면 연습도 끝나서 썬도 올지도 몰라."

하지만 그런 생각도 잠시. 이대로 쿄로와 둘이 있으면 내 마음을 억누를 수 없어진다는 확신을 품은 나는 곧바로 도망쳤다.

나는 가짜니까….

그저 그녀 대신 여기에 있을 뿐.

그리고 앞으로도 그녀의 대역을 연기하며, 그녀의 소망을 계속 이루어 간다….

고등학교 2학년 12월 29일.

"안… 오지?"

근처에 있는 시계탑이 오후 6시를 가리킨 타이밍에 나는 주위를 확인했다.

그리고 낯익은 인물이 아무도 없는 것을 보고, 나는 그 자리를 떠나서 집으로 돌아갔다.

이유는 간단해서, 많은 사람들이 나타나기 시작했으니까.

내가 있는 장소는 저녁이 되면 서서히 사람이 늘어나기 시작해서, 최종적으로 대혼잡이 일어난다.

그러니까 거기 있는 건 6시까지. 그때까지 아무도 오지 않으면 나는 돌아오기로 했다.

"…이미 히이라기에게서 들었을까?"

문득 여기에 없는 그를 생각했다.

나는 내가 어디에 있는지 아무에게도 가르쳐 주지 않았지만, 소중한 친구들에게 힌트만 전했다.

히이라기는 2학기 때부터 계속 나와 있어 준, 아주 소중한 친구.

그녀는 낯을 가리고, 교실에 있을 때면 항상 내 곁을 떠나지 않는다.

자리 교체가 있어도 아주 낯을 가려서 누군가와 이야기하기를 두려워하면서도 필사적으로 간청해 내 옆자리 애와 자리를 바꿨다.

'나는 팬지와 같이 있을 거야! 아주아주 사이 좋아~!'

천진난만하게 웃으면서 그렇게 말해 주는 그녀는 내 마음의 커다란 버팀목이었다.

나는 니시키즈타 고등학교에서 친구가 생겼지만, 같은 반 사람들과는 도무지 친해질 수 없었다.

하지만 히이라기가 전학을 온 뒤로 그런 내 세계는 크게 변했다.

그녀는 낯을 가리기에 반대로 사람들의 흥미를 끌었다.

그런 그녀의 존재가 계기가 돼서, 히이라기 말고도 학생회장이 된 프리뮬러나 수예부의 파인과도 친구가 되었다.

쉬는 시간이면 조금 적적했는데, 그것도 사라졌다.

변화하는 세계에서 차츰 행복이 늘어난다.

이런 게 당연하다고 말하는 사람도 있을지 모르지만, 내게는 특별.

초등학생이나 중학생 때와는 다른, 아주 즐거운 고교 생활을 보낼 수 있게 된 나는 학교가 싫지 않아졌다.

매일매일이 즐거워서….

─당신만 그렇게 행복해져도 되는 걸까?

내 안의 팬지가 그렇게 묻는 듯했다.

니시키즈타 고등학교에 있어야 할 터인 또 한 명의 소녀.

내가 손에 넣은 행복은 본래 그녀가 손에 넣었을 행복이다….

좋아하는 사람의 곁에 있을 수 있는, 멋진 친구와 보낼 수 있는 매일.

중학생 때에 그녀가 계속 꿈꾸고… 잃어버린 이상.

"그러고 보니 아무것도 안 먹었네…."

오후 6시, 내 배에서 공복을 호소하는 소리가 울렸다.

아무도 안 들었을 거라 생각하지만, 그런 소리를 내는 것 자체가 창피하다.

혹시 전철 안에서 울렸으면 어쩌지?

어딘가에 좀 들러서 밥을 먹는 편이 좋을지도 모르겠네.

전에 탄포포가 가르쳐 준 햄버그 가게.

아주 맛있으니까 한 번은 꼭 가야 한다고 그녀는 열변을 토했다.

모처럼이니 거기에 가 보는 것은….

"아니, 역시 돌아가자."

지금의 내가 혼자 햄버그를 먹어도 분명 맛이 없을 것이다.

괜한 생각 하지 말고 집에 돌아가자.

서서히 늘어나는 사람들과 정반대 방향으로 발길을 옮기기 시작하는 나.

오늘도 그는 나타나지 않았다.

그 사실에 안도하고, …낙담한다.

크리스마스이브부터 매일, 귀갓길에 내게 생겨나는 마음.

이 마음을 정리해야만 한다.

그러니까 내가 여기서 그를 기다리는 것은 앞으로 하루… 섣달그믐날이 될 때까지.

나와 그녀의 생일인 그날이 될 때까지 기다려서 그가 나타나지 않는다면….

"나는 더 이상 팬지가 아니게 돼…."

내가 바라는 하나의 종말이 다가오겠지.

나를 좋아하는 건
너 뿐이냐

나와 너의 숨바꼭질

제 **3** 장

12월 30일.

"어라? 아마츠유, 오늘도 나가니~?"

오전 8시 30분, 현관에서 신발을 신는 내게 기분 탓인지 귀여운 발소리를 내며 다가온 것은 내 어머니… 키사라기 케이키(如月桂樹). 풀네임에서 '如'를 떼면 '로리에(月桂樹)'가 되기 때문에 친한 이에게서는 그렇게 불리지만, 나한테는 그냥 '어머니'.

나이에 안 어울리는 하트 무늬 앞치마에 관해서는… 뭐, 괜찮겠지.

"음, 어쩌면 늦어질지도 모르니까 그때는 연락할게."

"어머나~! 늦어지다니, 로리에 두근두근~!"

아침부터 눈가에 진한 화장, 요란스러운 파마.

굼실거리는 동시에 파마머리가 이리저리 흔들렸다.

이런 어머니의 모습을 누가 볼까 싶어서 아마츠유 두근두근이다.

"하지만 아마츠유는 아직 고등학생이니까 절도는 지켜야 해."

꽤나 펑키한 성격과 외견이면서, 그런 쪽으로는 까다로운 어머니다.

그 절도의 선이 어느 정도인지 모르지만, 아마도 그걸 돌파할 일은 없겠지.

"알았어. 근데, 그런 게 아니라니까."

"그래~?"

"그래."

"우후후! 그럼 좋아!"

이유는 모르겠지만, 왠지 어머니는 기분이 좋아졌다.

"아마츠유도 남자다워졌네! 힘내! 분명 잘될 거야!"

"아니, 그리 대단한 일을 하는 것도…."

"주위에서 보면 그럴지도 모르지만, 아마츠유에게는 대단한 일이잖아?"

"윽! 뭐… 그럴지도 모르지만…."

"그럼 힘내야지!"

"으악!"

기운차게 등짝 스매싱. 충격치고는 별로 아프지 않았다.

내가 어떤 얼굴을 하고 있었는지 모르지만, 어머니는 뭔가 느낀 모양이다.

힘내서… 잘되면 좋겠는데….

어제까지의 연이은 실패 때문인지, 자연스럽게 무거워지는 다리. 이제 곧 출발해야만 하는데, 좀처럼 현관 밖으로 나가려 하지 않는 나 자신 또한 사실이다.

이런 식으로….

"꺄아! 이런~ 커피 흘렸어! 좀 씻어야…."

"다녀오겠습니다!"

일단 전속력으로 집을 출발했다.

우리 어머니는 평소에는 슈퍼 파마 스타일이지만, 왜인지 대량의 물을 뒤집어써서 화장을 지우고 파마가 풀리면 성모가 된다.

그 모습은 다른 의미로 내 정신을 파괴하니까 위험하다.

※

드디어 섣달그믐까지 하루가 남았다.

혹시 오늘 중에 산쇼쿠인 스미레코에게 도달하지 못하면 그때는 게임 오버.

우리는 좋아도 친구, 나쁘면 같은 학교에 다니는 학생 사이라는 관계가 되겠지.

그 미래를 내가 선택할 가능성은 0이 아니다.

하지만 가령 그 결론에 도달한다고 해도… 아니, 그 결론에 도달해야 할지 판단하기 위해서라도 나는 만나야만 한다. …모든 것을 말하지 않고 사라진 산쇼쿠인 스미레코와.

그 녀석이 있는 장소를 아는 인간은 아마 아무도 없겠지.

그래도 힌트를 가진 인간이 있다는 건 알았다.

코스모스, 사잔카, 히마와리, 아스나로.

일찍이 내가 소중한 인연을 이었던 네 소녀가 산쇼쿠인 스미레코가 있는 곳으로 이어지는 힌트를 알고 있다. …하지만 그 녀석들 네 명 모두가 산쇼쿠인 스미레코의 편.

내가 가르쳐 달라고 부탁해도 고개를 끄덕일 녀석은 아무도 없겠지.

그럼 어떻게 한다? 뻔하다. 설득하는 거다.

어떻게든 그 네 사람을 설득해서 힌트를 손에 넣는다.

그리고 '산쇼쿠인 스미레코가 있는 곳'에 도달한다.

짧으면서 긴, 초특대 문제도 드디어 절정에 도달한다.

그걸 확실히 달성하기 위해서라도 나는⋯.

"안녕, 죠로. 오늘도 장래성이 털끝만치도 느껴지지 않는 얼굴을 하고 있네. ⋯후후후. 좋아해."

"우훗! 이틀 연속으로 탄포포와 보낼 수 있다니, 키사라기 선배는 행복하겠네요~! 어떤가요? 너무 기뻐서 뇌세포의 주름이 반들반들해지지요?"

"죠로, 대단해! 죠로를 돕겠다고 말했더니 가게를 안 봐도 된대! 나, 앞으로도 죠로를 돕는다고 말할 거야~!"

"기다렸지, 죠로. 조금 이른 시간에 집합하게 되었지만, 상황을 생각⋯ 꾸악!"

"와아아아아앗!! ⋯이런, 미, 미안. 호스찌. 괜찮⋯ 와아아아앗! 왜 내 엉덩이가 호스찌의 얼굴 위에 있지! 와! 와와왓!!"

오전 9시. 어제에 이어서 내게 협력해 주기 위해 모인 다섯 명의 동료들.

아침부터 나를 좋아한다고는 생각할 수 없는 독설을 내뱉는 코사이지 스미레.

이유 모를 바보 이론으로 내 뇌세포를 무단으로 반들반들하게 만드는 탄포포.

가게 당번에서 도망칠 겸해서 천진난만한 미소와 함께 나타난 히이라기.

조금 멋진 모습을 보이나 싶다가 바로 러브 코미디 주인공 파워를 발휘하는 호스.

도착하자마자 자기 둔부를 호스의 얼굴에 Nice on 하는 체리.

이 사람은 하루에 한 번, 호스의 얼굴에 둔부를 올리지 않으면 성이 차지 않는 걸까?

한 번 정도는 내 얼굴에도 Nice on 해 보라고.

이야기가 샜군.

아침부터의 미니 러브 코미디는 넘어가고, 오늘 설득에는 한 가지 문제가 있었다.

그것은 근본적으로 그 녀석들이 어디서 뭘 하고 있는지 모른다는 점.

직접 물어본다는 수단도 물론 있지만, 녀석들이 산쇼쿠인 스미레코의 편을 드는 이상 그런 짓을 한 결과 오히려 경계를 사서 가르쳐 주지 않을 뿐만 아니라 도망쳐 버릴 가능성이 있었다. 그러니 어떻게 해야 할지 고민해 보았는데,

「코스모스 선배는 아침부터 학생회 인수인계를 프리뮬러와 할

거고, 사잔카는 아이리스나 다른 애들과 놀 거야. 히마와리와 아스나로는 집 대청소를 거든달까.」

어젯밤에 츠바키가 내게 보낸 메시지.

점장 업무에 임하면서도 내가 앞으로 어떻게 할지 파악하고 든든한 정보를 제공해 주니까, 역시 츠바키는 대단하다.

이렇게 무사히 코스모스, 히마와리, 아스나로, 사잔카의 정보를 얻은 내가 제일 먼저 설득 상대로 고른 것은….

"후후후…. 또 여기에 올 수 있다니 아주 기뻐."

"회장 자리에서 물러난 뒤에도 후배를 돌보다니, 코스모스찌는 대단하네!"

학생회장이었던 코스모스다.

츠바키의 정보를 토대로 살펴보자면, 집안일을 돕는 히마와리와 아스나로는 오전 내내 바쁠 가능성이 크고, 사잔카는 그 위치가 막연하다.

그렇다면 틀림없이 니시키즈타 고등학교에 있으며, 만나면 확실히 이야기할 수 있는 코스모스부터 설득한다.

물론 확실히 성공한다는 보증은 없지만….

"…잘되면 좋겠는데…."

니시키즈타 고등학교에 집합해 안으로 들어가서 한 발짝씩 발을 옮길 때마다 불안이 커진다.

코스모스…. 소녀틱 모드일 때면 조금 뭐한 면도 있지만, 평소에는 냉정침착, 두뇌명석한 이전 학생회장이다. 어중간한 상대가 아니란 것은 내가 제일 잘 알고 있다.

"우후훗! 괜찮아요, 키사라기 선배! 이 탄포포의 귀여움이 있으면 아키노 선배는 '부탁합니다! 가르쳐 주게 해 주세요!'라고 말할 게 틀림없습니다!"

정말로 그래 준다면 좋겠는데.

하아…. 일단 사오토메 사쿠라… 프리뮬러네 교실로 가는 것만 생각할까.

"저기, 죠로. 하나 물어봐도 될까?"

"왜 그래?"

"왜 당신은 사오토메의 교실로 가는 거야? 학생회 인수인계라면 보통 학생회실에서 하지 않아?"

내 손을 잡고, 키 차이 때문에 살짝 올려다보며 묻는 코사이지 스미레.

그 의문은 지극히 당연하지만,

"코스모스 선배는 2학기가 끝나면 더 이상 학생회실에 가지 않겠다고 말했어. 자기가 있으면 세대 교체가 되지 않은 느낌이 든다면서. 그러니까 학생회 일이라도 다른 장소… 코스모스 선배의 교실이나, 프리뮬러의 교실에서 할 거야."

"그렇구나. 후후후…. 가능하면 후자라면 고맙겠어."

"왜? 어느 교실이든…."

"그 애의 교실에는 나도 흥미가 있으니까."

"…그런가."

아무래도 산쇼쿠인 스미레코에게서 들은 친구 중에는 프리뮬러도 포함돼 있었던 모양이다.

그러니까 코사이지 스미레는 산쇼쿠인 스미레와 프리뮬러가 같은 반이라는 것을 알고 있다.

그리고 그 교실에 흥미를 가졌다는 소리는….

"히이라기 외에도 같은 반에 친구가 더 있다니 성장했네… 아니, 리리스 말고 친구가 없었던 내가 그런 소리를 할 입장은 아닌가."

아직 나는 '코사이지 스미레의 목적'에 대해서 확신에 이르지 못했다.

하지만 조금씩 보이기 시작했어. 이 녀석이 무슨 생각을 하는지….

"…어차, 슬슬 다 왔나."

소소한 잡담을 하면서 복도를 걸으니 보이기 시작한 어느 교실.

그러자 우리 외에는 학생이 없기 때문인지,

"으음~! 어렵네~! 뭐랄까… 파악 하고 분위기가 뜰 만한 게 있으면 좋겠는데~!"

"그래…. 니 때는 딱히 그런 걸 신경 쓰지 않았지만, 생각해 보니… 좀처럼 떠오르지 않네…."

교실 안에서 두 소녀의 목소리가 잘 들렸다.

"으음…. 이왕이면 야마다에게도 물어볼 걸 그랬네. 야마다라면 나와는 다른 관점에서 뭔가 제안해 주었을지도 모르고."

참고로 야마다라는 것은 **이전** 회계다.

크게 중요하지도 않고, 소개는 가볍게 끝내지.

야마다, 배경 캐릭터. 이상. 하지만 나중에 조금 나올 듯한 예감은 든다.

"어디…."

무심코 교실의 문을 노크하고 싶은 충동에 사로잡혔지만, 여기는 학생회실이 아니다.

노크하려던 손을 멈추고 평범하게 문을 열었다.

"어머? 이런 날에 대체 누가…. 어, 어라?! 죠로잖아!"

"어라라?! 이건 예상 밖의 난입자다! 죠로와 히이라기와 탄포포… 어, 미안! 다른 애들은 모르겠네용! 요란제 때 만난 것도 같지만!"

우리의 등장에 솔직히 놀라움을 보이는 코스모스와 프리뮬러.

사복인 우리와 달리, 니시키즈타 고등학교에 오기 때문인지 두 사람은 교복 차림.

사실은 프리뮬러에게 다른 이들을 소개해 주고 싶지만,

"코스모스 선배, 또 보네요."

"아…. 응, 그래…"

어딘가 서먹서먹하게 내게서 시선을 돌리는 코스모스.

그 이유는 이전까지의 인연이 사라진 것만이 원인은 아니겠지.

이미 코스모스는….

"…히이라기에게서 들었습니다…."

내가 뭘 위해서 여기에 왔는지 알아차렸기 때문이다.

잘된 일인지, 아닌지, 그것은 지금부터….

"이거 잘됐네! 있잖아, 죠로! 내 이야기 좀 들어 주겠어?"

왠지 프리뮬러가 꽤나 신이 난 기색으로 다가왔다.

"아, 미안, 프리뮬러. 시간이 별로…."

"실은 3학년 졸업식에서 재학생이 코스프레 송영을 하면 좋겠다고 생각하는데, 어떤 코스튬이 좋을 거라고 생각해?"

"…뭐라고?"

그럴 수가! 졸업식에서 코스프레 송영이라고?!

그건 어떤 레벨의 코스프레지?! 지극히 건전한 코스프레인가?!

아니면….

"나는 말이지, 꽤나 에로에로한 코스프레가 좋겠다고 생각하는데. …그렇긴 해도 어떤 코스프레가 좋을지 모르겠어! 흔한 거로는 간호사나 메이드, 그리고 버니 같은 것도 좋겠다 싶은데, 여기서는 남자인 죠로의 의견을 들어 볼까 싶네!"

전부 다 좋다고 생각합니다! 아니, 전부 다 해 버리죠!

에로에로한 코스프레라니, 이 얼마나 멋진 졸업식인가!

"그런고로 학생회실로 좀 와 주겠어? 실은 여러 의상을 준비했거든! 그걸 여기에 있는 애들에게 입혀 보는 것은… 나이스 아이디어 아니겠어?"

"자, 잠깐만, 프리뮬러! 그건 안 돼! 차, 창피해…."

키이이이이이!! 뭘 그리 머뭇거리는 거냐!

됐으니까 신경 쓰지 말고 에로에로한 의상으로 갈아입….

"저기, 죠로. 왠지 숨이 가쁜데, 설마 이상한 생각을 하는 건 아니지? 예를 들어서 본래 목적을 잊고 학생회실로 간다든가…."

"헛! 그럴 리가 없잖아!"

"그, 그런가? 왠지 눈에 이상하게 핏발이 서 있는 것 같은데…."

괜찮아. 나는 지극히 냉정하고 건전한 남학생.

물론 에로에로한 의상에 흥미가 없는 건 아니지만, 상황은 파악하고 있다.

"어이어이, 호스. 아무리 나라도 그 정도로 바보는 아냐."

여기서 학생회실로 이동해서 이 녀석들에게 코스프레를 시키면 시간이 너무 많이 걸린다.

그런 짓을 할 시간이 있으면 틀림없이 코스모스의 설득을 우선해야 한다.

"프리뮬러, 미안하지만 거기에 응해 줄 여유가 없어."

"어라? 그래? 으음~ 아쉽지만 알았어!"

"역시나 죠로도 그렇게까지 바보는 아닌가. 의심해서 미안해…."

"하핫! 신경 쓰지 마, 호스!"

내 목적은 산쇼쿠인 스미레코가 있는 곳으로 이어지는 힌트를 얻는 것.

그것을 달성하는 것 외에 다른 걸 할 생각은 전혀 없다.

그러니까….

"으으음! 아무래도 좀 급해서 말이야! 미안, 잠깐 꽃을 따고 올 테니까* 잠깐만 기다려 주겠어?"

"어? 응, 알았어…."

"그동안 이쪽은 맡길게! 금방 돌아올 테니까!"

참나…. 타이밍도 나쁘긴.

설마 이 타이밍에 꽃을 따고 싶다는 마음이 들다니.

나는 조금 서둘러서 교실 밖으로 나갔다.

"후우…."

문을 닫고 교실에서 세 걸음 정도 걸어갔을 때 심호흡을 한 번.

가령 지금부터 내가 학생회실로 간다고 해도, 에로에로한 의상만이 있고 그걸 입을 미소녀들은 아무도 없다. 그러니까 언뜻 봐선 의미가 없다고 여겨지지만….

※여성이 주로 사용하는 화장실에 다녀오겠다는 말의 비유적 표현.

의미는 분명히 있단 말이야아아아아아아!!

지금 학생회실에는 미소녀가 한 명도 없다?! 그런 건 관계없어! 내게는 무(無)에서 무한을 만들어 내는 멋들어진 분이 붙어 있으니까!

그러면 여러분! 오랫동안, 정말 오랫동안 기다리셨습니다아아아!!

본래 짝수 권에서는 꼭 했던 행사! 하지만 그걸 넣을 수 없었던 14권!

그 욕망이 쌓이지 않았을 거라 생각했나? 그럴 리가 없잖아!

이번에야말로… 이번에야말로 위대한 분의 힘을 현현시키도록 하지!

…하지만 어떻게 한다? 양면? 양면으로 가?!

최종권이잖아?! 최종권의 귀중한 양면을 이런 곳에 써 버려도 되나?!

거기서 한 말씀 드리도록 하지요! 됩니다!

에로에로한 코스프레 송영. 수많은 에로스가 뒤섞인 광란의 연회.

그걸 단면으로 표현하는 건 어리석음의 극치! 나는 수많은 미소녀의 에로에로 코스프레를 보고 싶다!

어어~…. 그럼 드디어… 위대한 분의 힘을 보시도록 할까요!!

후오오오오오오!!

친애하는 우리 세계의 지배자(일러스트레이터)… 신(브리키)이시여! 내게 위대한 힘을 내려 주시옵소서!

만세에에에에에에에에!!

좋았어! 대체 어떤 코스프레가 나올지 몰랐지만, 이거고 저거고 다 멋들어지기 짝이 없는 코스프레였어! 절묘한 선이 최고였어!!

그렇지! 모처럼 등장했으니까! 코사이지 스미레가 없을 리가 없지!

덤으로 여기에 없는 미소녀들도 많이 있었잖습니까!!

이얏호오오오오오오!!

※

"코스모스, 산쇼쿠인 스미레코에게 들은 이야기를 내게 가르쳐 주지 않겠습니까?"

고요해진 교실에서 엄격한 표정을 한 나는 그 표정 그대로의 말을 꺼냈다.

'산쇼쿠인 스미레코가 있는 곳'에 도달한다.

나는 그 목적만을 위해 행동하고, 다른 불필요한 것은 일절 않기로 결심했으니까.

"죠로, 뭔가 이상해! 아까까지 아주아주 풀어진 얼굴이었는데, 갑자기 진지한 얼굴이 되었어!"

히이라기, 시끄러.

아주 진지한 이야기를 하고 있으니까 조용히 있어.

"자, 자, 히이라기. 신경 쓰지 마~! 아무튼 조용히 있어~!"

"알았어. 그럼 나는 프리뮬러한테 붙어 있어야지! 프리뮬러! 나 아주아주 애썼어~!"

"오오. 그래, 그래, 장하네, 히이라기~"

같은 반인 것도 있어서 히이라기는 프리뮬러와 사이가 좋은 모양이다.

아무튼 그런 것보다 코스모스가 먼저다.

여기서 쉽사리 가르쳐 주면 좋겠는데,

"그걸 전할 거라면, 지난번에 만났을 때 전했을 거라 생각하지 않아?"

그렇지…. 그렇게 쉽지 않을 거란 건 알고 있었…어.

방금 전과 비교해서 날카로운 눈동자. 거기에는 명확한 적의가 떠올라 있는 듯했다.

하지만 그렇다고 포기할 수는 없지.

"하지만 가르쳐 주고 싶으면 가르쳐 줘도 된다고 했다고…."

"즉 가르쳐 주고 싶지 않으니까 가르쳐 주지 않는다는 뜻이겠지."

그렇다….

혹시 코스모스가 처음부터 가르쳐 줄 생각이었다면, 지난번에 만났을 때 내게 그 사실을 전했을 것이다. 하지만 코스모스는 내게 전하지 않았다.

그 이유는,

"지금의 너와 나는 이전과 다른 관계야. 관계가 변한 이상, 생각도 변해."

그런 거겠지….

"우훗~! 아키노 선배는 구두쇠입니다! 어떤가요? 여기서는 저의 귀여움을 봐서 샤샤샥 하고 가르쳐 주시는 것은?"

"탄포포에게만이라면 가르쳐 줘도 좋아."

"정말인가요?! 그럼 얼른….'"

"하지만 그걸 죠로에게 말하지 않는 게 조건이야."

"우훗! 그러면 들어도 의미가 없지 않습니까!"

온화한 미소를 띤 코스모스가 조금 심술궂은 말을 했다.

하지만 거기에는 방금 전 내게 향하던 적의 같은 감정은 없었다.

역시 나만 다른 거군….

"저기, 코스모스 씨. 왜 그렇게 가르쳐 주기 싫은 겁니까?"

"나한테는 내 사정이 있어, 호스."

"그럼 먼저 그 사정을 말해 주는 건….'"

"애석하게도 그렇게까지 친절해질 수는 없어."

"…그렇군요."

호스도 침몰.

알고 있던 일이지만, 학생회장 모드의 코스모스는 거의 무적에 가깝군.

평소의 소녀 모드였으면, 조금은 더 어떻게 할 수 있었겠는데….

"이야기는 끝이야? 그럼 지금 바로 나가 줘. 내가 여기에 있는 건 프리뮬러와 졸업식 관련으로 의논을 하기 위해서야. 결코 죠로에게 내가 아는 것을 가르쳐 주기 위해서가 아냐. …죠로, 너는 여기서 훼방꾼이야."

아직 앞날이 까마득한데 시작부터 이 모양인가….

"저기, 코스모스찌. 잠깐 괜찮아?"

"왜 그러지, 체리?"

"아까부터 뭔~가 이상하지 않아?"

체리 녀석, 갑자기 무슨 소리지?

딱히 코스모스에게 이상한 점이라고는 없다. 평소의 학생회장 모드다.

"그래? 나는 그냥 평소처럼…."

"죠로찌에게만 조금 많이 엄하지 않나 싶은데."

아니, 그건 당연하잖아.

코스모스는 산쇼쿠인 스미레코에게 협력하고 있다.

그러니까 필연적으로 나에게는 엄해지….

"……! 아, 아니아니아니! 처, 천만의 말씀이올시다! 소생은 평소처럼 내추럴~한 자세를 유지하고….”

응. 어떻게 된 일인지 설명해 주시겠어?

왜 사무라이가 되는데? 동요할 포인트는 전혀 없었잖아?

“저기, 코스모스찌…. 혹시 죠로찌를 화나게 하려는 거야?”

“뽀오옷?!”

진정해라, 코스모스. 이미 사무라이도 아니다.

…그리고 왜 코스모스가 나를 화나게 하려는 거지?

“아! 역시나! 죠로찌가 조금 서먹서먹한 태도인 게 그러니까, 화나게 해서 평범하게 이야기하고 싶은 거지? 얼마 전까지는 경어도 안 썼고~!”

“아, 아냐! 나는 딱히 그런 생각을….”

“그러고 보면 코스모스 선배가 아까 말했지! ‘이제 곧 졸업인데 죠로가 이전과 다른 태도인 게 쓸쓸하다’라고! 그건 그런 거였나!”

“아니! 프리뮬러!”

어이어이, 잠깐 기다려.

나는 분명히 코스모스가 힌트를 가르쳐 주지 않는 것은 산쇼쿠인 스미레코에게 협력하기 때문이라고 생각했다. 하지만 실제로는….

“즉 아까 내게 말했던 ‘내 사정’이란 ‘죠로가 경어로 말한다’는 것?”

"어쩌면 이전에 만났을 때도 같은 이유로 코스모스 선배는 죠로에게 쌀쌀맞았던 걸지도 몰라. 어떻게든 죠로를 화나게 해서 경어를 그만 쓰게 하려고…."

"아! 아우우우…."

하찮아! 아니, 진짜로 하찮아!

이 녀석은 그런 이유로 중요한 정보를 은닉하고 있었나!

"그게 뭐야…."

"죠로. 당신에게는 중요하지 않을지도 모르지만, 코스모스 선배에게는 중요한 일이었어. …이전에 비슷한 경험을 한 적은 없으려나?"

"…음."

알고 있어. 1학기… 아직 내가 둔감순정BOY를 연기하던 무렵, 유일하게 꽤나 독설을 날려 대는 여자가 있었다. 나는 그게 너무 싫었지만, 그 독설의 목적은… 내 본성을 끌어내기 위한 것이었지….

"그, 그래…. 나는 설령 관계가 변했어도 죠로가 경어를 쓰지 않았으면 했어. 모두들 중에서 나만 3학년이고, 조금 소외되는 기분이 들어서…."

"우히히! 나도 그 마음은 조금 알아! 고작 1년인데, 그게 아주 큰 차이가 되지~!"

체념하고 사정을 말하는 코스모스와 어딘가 즐거운 듯이 웃는 체리.

동갑… 같은 3학년이니까 체리는 코스모스의 마음을 알아차렸다.

아주 고맙고 감사하고 있지만….

과연 이 사람은 평소의 덤벙쟁이신과 동일인물인 걸까?

어제도 그렇고, 오늘도 그렇고, 너무 든든해서 무섭다.

"자, 죠로찌! 이제 네가 해야 할 일을 하면 코스모스찌는…."

"무뱌뽀!"

"아! 미안, 탄포포찌! 돌아보다가 그만 엘보를! 괘, 괜찮아?!"

다행이다. 평소의 체리였다.

어디, 내가 해야 할 일이라.

그걸 코스모스가 바란다면 상관없지만….

"죠로, 얼른 경어를 그만둬! 코스모스 선배, 불쌍해!"

"그래, 그래! 경어를 얼른 그만둬~! 우쿠쿠쿠…."

"죠로, 코스모스 씨의 마음을 존중해 줘."

"나도 코스모스 씨의 마음을 아주 잘 이해하니까, 부탁을 들어주도록 해."

귀찮아! 진짜로 껄끄러워!

왜 이렇게 주목받는 가운데, 코스모스에게 쓰던 경어를 그만두라는 거야?!

다음에 만날 때 그만둘 테니까 오늘은….

"죠로가 경어를 쓰지 말아 줬으면 해~"

네! 왠지 엄청 반짝거리는 눈으로 보고 있습니다!

완전히 소녀 모드로 돌입했습니다!

아아아아! 으으! 알았어! 그만두면 되잖아! 그만두면!

"어어~ 저기…. 코스모스…."

"…이름은 안 불러 줘?"

가아아아앗데엠!! 아주 신이 나셨구만!

그건 이미 요망이 아니라 명령이니까!

"저, 저기…. 사, 사쿠라."

"와아아아아아!! 응! 뭐야, 죠로!"

리액션이 엄청 과장스러운데! 그렇게 기쁜 얼굴 하지 않아도 되니까!

"바보 스승! 죠로가 왜 코스모스를 이름으로 부르고 싶었는지 모르겠어! 설명해 줘!"

"우훗~…. 연애 마스터인 저로서도 이해하기 어렵네요. 대체 왜 키사라기 선배는 이름으로 부르는 것에 집착을…."

내가 부르고 싶었던 게 아니니까! 사실을 왜곡하지 마!

진정해라, 나! 목적을 위해! 목적을 위해서야!

"사쿠라, 산쇼쿠인 스미레코에게 들었던 걸 내게 가르쳐 주지 않겠어?"

"~~~~!! 와, 와아아아아아…."

소녀틱하게 기쁨에 젖은 모습은 귀엽네. 그것만큼은.

"…헛! 어, 어흠! 어어, 죠로, 그 전에 한 가지 괜찮을까?"

자기가 소녀틱 모드에 들어간 것을 깨달았는지 헛기침을 한 번.

그 전환 속도가 보통이 아니지만, 지금은 그걸 신경 쓸 때가 아니겠지.

"왜 너는 그녀를 만나고 싶은 거지? 네 곁에는 팬지라는 멋진 여성이 있어. 일부러 그렇게까지 할 필요는 없을 것 같은데?"

나이에 어울리지 않는 요염한 눈동자가 나를 시험하듯이 바라보았다.

…그래. 코스모스의 말에도 일리가 있다.

지금 내게는 코사이지 스미레라는, 내게 분에 겨운 연인이 있다.

그런데도 산쇼쿠인 스미레코를 찾는 이유는….

"일단 불평을 하지 않으면 성이 차지 않아. 모두를 끌어들이고, 이렇게 말도 안 되는 짓을 일으킨 녀석에게 잔뜩 불평을 할 거야. 전부 다 후련해진 뒤에 다음 한 걸음을 내딛겠어. 그러니까 나는 산쇼쿠인 스미레코를 만나고 싶어."

"…그런 거네."

부드러운 미소. 그것은 내 말이 코스모스에게 닿은 것을 증명하는 듯해서, 이런 상황임에도 불구하고 나는 무심코 심장이 뛰었다.

150

"솔직히 말하자면, 나도 어째야 좋을지 몰랐어…. 그녀가 하는 행동이 잘못되었다는 건 알아. 하지만 소중한 친구의 행동이잖아. 나는 거기에 협력해야 하지 않나 싶어. 하지만…."

어딘가 복잡한 표정으로 자기 마음을 말하는 코스모스.

분명 산쇼쿠인 스미레코의 이야기를 들었을 때부터 계속 고민했겠지.

대체 나는 어떻게 해야 할까, 라고….

"학생이 잘못된 행동을 한다면 때로는 엄하게 바로잡아야만 해! 설령 이미 학생회장 자리를 물려주었다고 해도, 나는 학생회장! 그 마음은 잊지 않아!"

소녀 모드의 앳됨과 학생회장 모드의 어른스러움, 두 가지 매력을 겸비한 아름다운 미소를 지으며 코스모스가 나를 바라보았다.

"죠로, 지금까지 미안했어. 앞으로는 나도 네게 협력할게. 물론 내가 아는 건 다 말할게. …그러니까 반드시 그녀를 찾아내줘!"

"물론입니다."

"후후후…. 그럼 전하도록 할까. 그녀가 있는 장소, 그건…."

"'행복과 불행을 동시에 낳은 장소'! 이게 내가 들은 힌트야!"

그러니까 그게 어디인데?

※

"지쳤다…. 시작부터 진짜 지쳤어…."

오전 11시. 니시키즈타 고등학교를 뒤로한 우리는 다음 목적지를 향해 이동을 시작했다.

그 뒤에 코스모스는 꽤나 만족한 미소를 지으며 '반드시 그녀를 찾아내 줘! 분명 죠로가 오는 걸 기다리고 있을 테니까!'라면서 우리를 응원하는 말을 남겨 주었지만, 그런다고 내 피로가 해소되는 일은 없다.

더불어서 아직 3학기가 남아 있는데, 코스모스에게 하던 경어를 그만두고 이름으로 불러야만 한다는 십자가를 짊어지게 되었다.

"으음. 정보는 늘어났지만… 죠로, 어딘가 짚이는 장소 있어?"

"아니, 전혀 없어…."

현재 우리가 입수한 힌트는 세 가지.

첫 번째가 체리의 힌트에서 예상해 세운 '키사라기 아마츠유와 산쇼쿠인 스미레코만이 관계있는 장소'.

두 번째가 히이라기가 산쇼쿠인 스미레코에게 들은 '키사라기 아마츠유가 괜한 짓을 한 장소'.

세 번째가 코스모스가 산쇼쿠인 스미레코에게 들은 '행복과 불행을 동시에 낳은 장소'.

이 세 가지에 공통되는 장소는… 있기는 있다.

니시키즈타 고등학교다.

거기라면 나와 산쇼쿠인 스미레코에게만 공통된 장소가 있고, 내가 괜한 짓도 했고, 행복과 불행을 동시에 낳았다.

하지만 니시키즈타 고등학교에 산쇼쿠인 스미레코가 없다는 건 확인이 끝났다.

코스모스에게서도 '나도 비어 있는 시간에 찾아봤지만, 그녀는 니시키즈타 고등학교의 어디에도 없었어'라며 추가로 조언까지 해 주었으니까 틀림없다.

즉 아직 정보 부족.

우리는 남은 힌트를 가진 사람을 만나서 반드시 그 힌트를 손에 넣어야만 한다.

그런데….

"죠로, 나 배고파! 점심, 먹고 싶어!"

"저도 히이라기 선배에게 찬성입니다! 배가 고프면 싸울 수 없습니다! 여기서는 어제도 갔던 햄버그 가게에 다시금 가서, 산쇼쿠인 선배가 오는 것을 기다리는 작전을 실행하지요! 우훗!"

"나도 찬성! 일단은 밥이야! 밥!"

"분명히 적당한 시간이네요. 나도 찬성입니다."

"나도 그래. 다 같이 식사…. 후후후. 아주 기대돼."

이 녀석들, 할 마음이 있긴 해?

…아니, 마음은 있다.

일부러 아침부터 나와 함께 니시키즈타 고등학교까지 와 주었고, 체리를 보자면 나한테 힌트를 알려주거나 코스모스의 설득에 나서 주는 등 대활약했고.

하지만 그런 느긋한 소리를 하고 있을 때가 아니잖아?!

나는 어떻게든 오늘 중에 산쇼쿠인 스미레코가 있는 장소에 가야만 하거든?!

"그럼 그렇게 결정되었으니 햄버그 가게로…."

"아, 잠깐 기다려, 탄포포. 햄버그 가게도 좋지만, 얼마 전에 새로 생긴 피자집으로 하지 않을래? 난 거기에 한번 가 보고 싶었어."

"효왓! 새로운 피자집! 그건 아주 흥미가 생깁니다! 하지만 햄버그 가게도…. 우홋~! 대체 어떻게 하면…."

"난 피자집이 좋아! 전에 아주아주 맛있는 피자집이 있다고 들었으니까 한번 가 보고 싶었어~!"

"우후우우우~! 햄버그와 피자…. 고민되네요…."

"너무나도 귀여운 탄포포가 내 부탁을 들어줬으면 하는데~"

"우후웃~! 어쩔 수 없네요~! 그럼 특별히 피자집으로 해 드리지요!"

정말로 즐거운 모양이구나, 너희들!

호스를 보자면 가볍게 캐릭터가 붕괴되기도 했어!

햄버그집도 피자집도 안 가! 점심 따위는 가볍게 때우고….

"죠로, 나는 갑자기 피자집에 가고 싶어졌어. 거기에 가면 그 애에게 이르는 멋진 정보를 새롭게 당신에게 제공할 수 있을지도…."

그렇게 말하면 어쩔 수 없어지잖아!

니시키즈타 고등학교에서는 얌전히 있나 싶었는데, 오늘도 아주 신이 나셨구만!

"걸으면서 먹는다는 선택지는?"

"없어. 나는 죠로의 옆에 앉아서 피자를 먹는 것에 심상찮은 흥미를 보였는걸. …후후, 서로 먹여 주도록 하자."

키이이잇! 열 받게도 귀엽네, 어이!

"왠지 코사이지는 즐거워 보이네."

"응, 그래. …호스."

"어?!"

어이어이, 갑자기 왜 그래, 코사이지 스미레 녀석?

어제까지는 계속 호스를 '하즈키'라고 불렀는데 왜 갑자기….

"어, 어어…. 왜, 왜 그래?"

여기에는 호스도 예상 밖이었는지 조금 당황해하는 기색이 보였다.

아마도 뭔가 이유가 있다고 생각하지만….

"친구는 별명으로 부르는 거잖아?"

"……!"

이건 솔직하게 놀랐다. 설마 코사이지 스미레가 호스를….

"후후후…. 이것도 그 애가 경험해 온 일일지도 모르겠네."

그래…. 산쇼쿠인 스미레코는 딱히 나하고만 보냈던 게 아니다.

오히려 제일 많은 시간을 보냈던 것은….

"많은 친구와 보내는 시간. 우리가 계속 꿈꾸었던, 이루고 싶었던 희망 중 하나. 경험해 보니 전혀 달라. 내가 생각했던 것보다도 훨씬 더… 멋진 시간이야."

어딘가 겸연쩍은 듯한 미소를 나 이외의 멤버에게 보내는 코사이지 스미레.

"고마워, 히이라기, 탄포포, 체리 선배, …호스."

그런 코사이지 스미레를 향해 다른 애들은 꽤나 기쁜 얼굴을 하고,

"인사 같은 건 필요 없어! 나는 아주아주 즐거워!"

"우후후! 그렇지요! 즐거운 건 마찬가지! 그러니까 인사는 필요 없어요!"

"우히히! 다음에는 리리스찌랑 츠키미찌도 데려와서 같이 놀자! 즐거운 일은 더 많이 있으니까!"

"뭐, 저기…. 왠지 그런 말을 들으니 창피하지만…. 이쪽이야 말로 고마워. 어어… 팬지."

조금씩 성장하는 코사이지 스미레의 우정에 나도 어딘가 기쁜 마음이 들었다.

"자, 가자, 죠로. 내 목적이 또 하나 달성되었으니까 피자집에 도착하면 또 하나 새로운 걸 가르쳐 줄게."

"어, 그래…. 알았어…."

※

"타임 리밋은 오늘 오후 6시까지야."

"푸핫!"

현재 시각은 12시 15분. 현재 위치는 호스가 제안한 피자집. 12일 30일이라는 연말임에도 불구하고 대단히 혼잡해서 거의 만석. 비어 있는 것은 우리의 옆 테이블뿐.

거기서 코사이지 스미레는 엄청난 정보를 말했다.

"죠로, 갑자기 피자를 뱉어 내지 말아 주겠어? 더럽거든?"

"네가 갑자기 그런 엄청난 정보를 말하니까 그렇지!"

"너무해. 아주 기뻤으니까 사례로 아는 것을 가르쳐 줬는데…."

고마운 이야기지만, 그 정보를 들어도 그저 난처할 뿐이니까!

뭐? 오후 6시?! 아니, 조금은 더 여유가 있을 거라 생각했는데!

이를테면 31일이 되기 직전까지 내가 도착! 아슬아슬하게 통과!

같은 엔터테인먼트 넘치는 패턴도 일단 상정하고….

"죠로. 상식적으로 생각해서 그런 시간까지 여자를 혼자 기다리게 하는 건 너무 실례된다고 생각해. 그 순간의 로맨틱보다도 그때까지의 고생을 생각해야 해."

지극히 당연한 에스퍼 정론이군요, 제길!

이거 큰일인데…. 현재 시각은 12시 17분. 나는 오늘 중으로만 도착하면 된다고 생각했는데, 남은 시간이 단숨에 절반으로 줄었다.

그때까지 사잔카와 히마와리와 아스나로에게서 힌트를 입수하고, 또 그 힌트를 기반으로 산쇼쿠인 스미레코가 있는 장소를 특정해서 가야만 하나!

"…그보다 왜 6시야?"

"그건 몰라. 하지만 마지막에 만났을 때 '매일 6시까지 거기에 있겠다'고 말했으니까 틀림없어."

"진짜냐…."

아니, 잠깐 기다려.

혹시 그게 사실이라면 6시가 되면 산쇼쿠인 스미레코는 집에 돌아온다는 소리야?

그럼 그 타이밍을 노려서 그 녀석의 집으로 돌격하면….

"죠로, 그 수단을 취하면 안 된다는 건 잘 알고 있지?"

네! 추가로 또 에스퍼당했습니다!

알고 있습니다! 알고 있다고요! 비겁한 짓은 하면 안 되지요!

어디에 있는지 확실히 알아주었으면 하는 거지요!

진짜로 귀찮기 짝이 없어어어어!!

"우후~웅. 이 마르게리타, 아주 맛있습니다! 하즈키 선배, 나이스 초이스입니다! 나이스 초이스!"

"그렇게 말해 주니 기뻐. …응, 정말로 맛있네."

"이건 또 오는 거 확정이야! 목표는 모든 메뉴 제패야!"

"으음~! 녹진녹진 주왁주왁이야~! 팬지, 이쪽의 페스카토레도 먹어! 아주아주 맛있어~!"

"응, 알았어."

저기, 그런 엄청난 정보 뒤에 왜 온화하게 피자를 먹고 있는 거야?

지금 당장이라도 행동을 해야 하는 상황이잖아!

"죠로, 진정해. 그렇게 서두르면 오히려 일이 잘 안 풀려."

"하지만 말이지, 호스. 이대로 가다간 시간에 늦을 가능성이…."

"그럼 너는 사잔카가 어디에 있는지 알아?"

"윽!"

그렇지….

이번 설득에서 유일하게 발견하기 어려운 녀석이 있다.

사잔카다.

코스모스는 이미 힌트를 얻었으니까 문제없음.

히마와리와 아스나로도 어떻게 하면 만날 수 있을지 예상이 간다.

하지만 사잔카만큼은 그 방법이 떠오르지 않아….

츠바키가 가르쳐 준 '사잔카의 예정'.

아이리스나 다른 카리스마 그룹 애들과 놀고 있다.

하지만 그게 문제다.

사잔카는 한 곳에 머물지 않고 여러 장소를 이동할 가능성이 크다.

더불어서 나나 다른 멤버가 연락해서 만나고 싶다고 하더라도, 이쪽이 무슨 꿍꿍이인지 간파하고 만나 주지 않을 가능성이 크겠지.

그러니까 이상적인 것은 이쪽이 사잔카가 있는 장소로 가는 건데….

"모르겠어…. 사잔카만큼은 어디에 있는지 전혀…."

"그렇지."

확실히 전진은 했다. 하지만 시간이 부족하다….

어떻게 하면 사잔카와 만날 수 있을지….

"그럼 슬슬 나도 도움이 되는 모습을 보여 줄 수 있으려나."

"뭐?"

왠지 호스가 아주 의기양양한 얼굴을 하는데, 대체 무슨 생각이지?

"호스, 혹시 사잔카가 어디에 있는지 알아?"

"아니, 몰라. 하지만 그녀를 찾을 필요는 없다고 생각해."

"무슨 소리야? 사잔카를 찾지 못하면 장소의 힌트를…."

"죠로, 여기에 올 때까지의 과정을 생각해 봐. 나는 어디서 점심을 먹을 건지 이야기할 때, 이 피자집을 열심히 밀었잖아?"

분명히 평소와 다른 분위기로 말한다 싶었는데.

응? 그건 설마….

"나한테는 내 특기가 있어. 너한테는 절대로 지지 않는 점이 딱 하나 있지. 그건…."

"편의주의에게 사랑받는다는 거야."

"죄송합니다~! 6명인데, 자리 있나요?"

그 직후 내가 익히 들은, 조금 기승스러운 소녀의 목소리가 가게 입구에서 들려왔다.

그게 누구인지는 확인할 것도 없다. 나타난 것은,

"와앗?! 사, 사잔카아?!"

"엇! 죠로, 너 왜 이런 곳에 있어?!"

나와 같은 반인 사잔카＝마야마 아사카.

그리고 카리스마 그룹 애들과 아이리스의 연인인 민트다.

놀라는 우리 중에서 유일하게 홀로 자신만만하게 웃는 호스.

아니아니아니! 편의주의에게 사랑받는다고 해도 이건 심했잖아!

왜 이런 절호의 타이밍에 사잔카가….

"실은 어제 니시키즈타 고등학교에 오기 전에 저 애들을 봤거든. 그때 들었어. '내일 점심은 여기 피자집에 가자. 30일이니까 평소보다 쉽게 들어갈 수 있을 거야!'라고. 설마 이런 형태로 도움이 될 줄은 몰랐어."

우와아아아아! 아니, 진짜로 대단해!!

편의주의를 아군으로 삼는 게 이렇게 편리한가! 몰랐어!

"서로 자리가 떨어진 곳이면 어떻게 할까 싶었지만, 역시나 나네. 설마 우리 옆 테이블 말고는 죄다 차 있다니."

내가 하고 싶은 말이 그 말이야.

뭐라고 할까, 도움이 안 된다고 생각해서 미안합니다. 오히려 대활약입니다.

"이, 이런 곳에서 우연이네! 설마 너희가 있을 줄은 몰랐어!"

그래. 나로서는 드물게도 진짜로 '우연히' 만났지.

실은 우연을 필연으로 바꾸는 주인공이 있다는 사실은 넘어가고….

"그럼… 앉는다! 앉을 거니까!"

왜인지 열심히 확인한 뒤에 사잔카나 카리스마 그룹은 우리 옆 테이블에 착석.

그러자 카리스마 그룹 애들이,

"왔다! 왔어! 제2차 사잔카 찬스! 이걸 놓칠 수는 없어!"

"최근 겨우 기운이 났으니까! 그 기세로 팍팍 밀어붙이자!"

"할 수 있어! 할 수 있어, 사잔카! 큐웅에서 큐큐웅이야!"

"노릴 거면… 지금 말고 없어~! 팍팍 가자!"

아무래도 아주 기운이 넘치시는 모양이다.

"너희들, 시끄러워! 조용히 해!"

새빨간 얼굴로 카리스마 그룹에게 소리치는 사잔카. 하지만 효과는 없음.

다른 네 사람은 히죽거리는 표정으로 사잔카를 바라볼 뿐이다.

"아무튼 일단 주문을 정하자! 자, 얼른!"

새빨간 얼굴로 메뉴를 테이블에 내리쳤다. 이 이상 하면 안 좋다고 판단했는지, 카리스마 그룹 애들도 사잔카와 함께 메뉴를 확인.

나만 그동안 심심했는지,

"키사라기 선배~! 오래간만입니다! 건강해 보여서 안심했습니다! 정말 걱정했으니까요!"

　아이리스의 연인인 민트가 나이스 윙크를 날려 왔다.

　괜찮아. 그는 단순히 나를 선배로 따를 뿐.

　애초에 그에게는 아이리스라는 멋진 연인이 있다. 나에 대한 감정 같은 건….

　"이 사람은 위험인물일지도 모르겠네….“

　잠깐, 코사이지 스미레 씨. 조용히.

　"죠로, 내가 할 수 있는 건 여기까지. 뒷일은 너한테 달렸어."

　알고 있어. 조금 예상 밖의 일에 동요하긴 했지만, 본래 목적은 잊지 않았어.

　내가 해야 할 일. 그것은….

　"저기, 사잔카. 부탁이 하나 있는데, …괜찮을까?"

　"안 가르쳐 줄 건데?"

　"큭! 아, 아니, 아직 아무 말도….“

　"히이라기가 있는 시점에서 알았어. 너는 그 애가 어디에 있는지 알고 싶지. 그러니까 내가 아는 걸 가르쳐 달라는 거잖아?"

　"어, 어어….“

　괜찮아, 여기까지는 예상의 범주.

　사잔카 문제에서 내가 제일 고민했던 것은 '어떻게 사잔카와 만날까' 하는 점. 혹시 만났을 때의 경우를 생각해서, 설득하기 위한 플랜을 완벽하게 짜 두었다.

164

방금 전에 설득한 코스모스는 내가 경어로 말했기 때문에 정보를 말해 주지 않았다.

다시 말해서~! 사잔카에게도 이걸 적용하면….

"아사카~ 부탁이야~ 네가 아는 걸 가르쳐 줘~"

이거야, 이거! 이미 한 번 했으니까 두 번 해도 괜찮아!

창피고 체면이고 무시하고, 대신 비브라토를 섞어서 말하는 거지.

어떠냐, 사잔카! 이거라면 틀림없이 정보를….

"우엑! 우와아! 토 나와!"

"진짜야…." "우훗~ 기분 나쁩니다…." "기분 나빠." "죠로, 이상해!" "이건 심하네…." """"Unbelievable…."""" "와아~! 키사라기 선배, 멋있어!"

심한 반응이다.

창피고 체면이고 버리고 도전했는데, 폭언의 폭우가 쏟아진다고 표현해야 할까?

유일하게 칭찬해 준 것은 민트뿐. …응, 으음, 고마워….

"죠로, 혹시 자기가 멋있다고 생각한 거 아냐?"

"으윽!"

"죠로, 안심해. 나는 당신의 썩은 귤껍질 같은 외견만이 아니라, 상해서 어떻게 할 수 없는 귤 속 같은 내면에 끌렸어. 그러니까 자신감을 가져…."

위로가 안 된다. 외견도 속도 틀려먹었잖아.

"괘, 괜찮잖아, 이 정도야! 아무튼 사잔카, 좀 가르쳐 줘!"

내가 세운 작전이 멋지게 실패하고, 될 대로 되라는 듯이 도전.

하지만 그런 게 통할 만큼 만만한 상대는 아니라서,

"싫어. 나는 그 애에게 협력하기로 했어. 그러니까 안 가르쳐 줘."

사정없이 내 희망을 분쇄했다.

이런…. 가능성이 전혀 없는 것은 아니라고 생각했는데, 막상 수단이 떠오르지 않는다.

어제와 오늘, 너무 든든해서 큰일이었던 체리에게 시선을 보내지만….

"아아아아아앗! 좋았어! 나이스 캐치! …아, 아아아앗!! 옷이 끈적끈적해졌어~…."

아무래도 평소의 덤벙쟁이신이 된 모양이다….

피자를 동시에 두 개 떨어뜨려서 가슴으로 나이스 캐치.

옷 위이긴 하지만, 좀처럼 구경할 수 없는 피자 브래지어를 보여 주고 있다.

어떻게 하면 거기로 캐치할 수 있지?

"이야기는 그것뿐? 그럼 이 이야기는 끝이야."

"""……."""

카리스마 그룹 애들은 사잔카에게 조금 복잡한 시선을 보냈지만, 내 편을 들어줄 마음은 없는 모양이다.

"있잖아, 그보다 봄 방학에 뭐 할 건지 이야기하자! 나는 모두랑 하고 싶은 게 많이 있어!"

"아주아주 멋져! 나도 다 같이 놀러 가고 싶어~!"

"그렇지? 그래서 히이라기는 뭘 하고 싶어?"

방금 전까지 하던 내 이야기는 끝이 나고, 다음에 나오는 것은 봄 방학 이야기.

부드럽게 웃는 사잔카와 천진난만한 미소의 히이라기.

사잔카가 말하는 '모두'에는 분명 산쇼쿠인 스미레코도 들어 있겠지.

하지만 그때 나와 녀석은….

"어어…. 아! 나, 예쁜 저녁 해를 보고 싶어!"

그러고 보면 전에 사잔카와 둘이서 지냈을 때 본 저녁 해는 아름다웠지….

뭐, 마야마 아저씨가 갑자기 나타난 바람에, 둘이서 볼 순 없었지만… 그래도 그 공원에서 본 저녁 해는 지금도 잘 기억한다.

"저녁 해? 왠지 의외의 제안이네. 왜 히이라기는…."

"전에 사잔카가 말했던 저녁 해가 보고 싶으니까!"

아니, 설마 그 저녁 해 말이냐!

…응, 잠깐만 내버려 둘까. 왠지 공통점이 많지 않아?

오늘 저녁 해 이야기도 그렇지만, 애초에 여기 피자집도 전에 사잔카와 내가 둘이서 왔던….

"사잔카가 말한 건 틀림없어! 전에 사잔카가 '죠로랑 둘이서 가려고 했다!'고 말했던 이 피자집의 마르게리타랑 페스카토레도 아주아주 맛있고, 공원 저녁 해도 아주아주 예쁠 게 틀림없어~!"

네. 그리고 보면 그때도 마르게리타와 페스카토레였지요.

"자, 잠깐만, 히이라기!"

어차, 사잔카 씨의 얼굴이 새빨갛게 변했네요.

혹시 이대로 가면….

"다, 다른 내용! 다른 내용으로 하자, 히이라기! 저녁 해는 안 돼!"

"아우…. 알았어…. …그럼 커다란 관람차가 있는 유원지에 가보고 싶어! 사잔카가 제일 꼭대기까지 올라가면 거기서 쪼옥 한다고 했던 거!"

"히이라기이이이이이이이이이!!"

좋아, 히이라기. 더 해라.

"이, 이 이야기는 끝! 뭔가 다른…."

"좋아~! 나도 왠지 봄 방학 예정을 세우고 싶어졌어! 어이, 히이라기! 달리 하고 싶은 거 뭐 있어? 주로 사잔카가 말했던 걸로 부탁해!"

"많이 많이 있어! 사잔카는….."

"안 돼! 그 이상은 말하면 안 돼! 다른 이야기 하자! 다른 이야기!"

"즉 아까 이야기로 되돌아가도 된다는 소리?"

"…헛!"

괜찮아, 사잔카. 네가 정보를 말하고 싶지 않다면 말 안 해도 돼.

하지만 그 경우에는….

"우키키키키키! 자, 사잔카, 선택해라! 이대로 봄 방학 예정을 계속 이야기할 건지, 솔직히 내게 정보를 줄 것인지! 나는 어느 쪽이든 좋은데~? 이대로 미주알고주알 다 늘어놓게 해 주마!"

"너, 너 더러워! 그런 건….."

"죠로, 괜찮아! 사잔카는 죠로의 조금 비겁한 면도 좋아한다고 전에 그랬어!"

"꺄아아아아아아아아!!"

가게 안에 울리는 사잔카의 절규.

왜인지 뜨악한 시선을 내게 보내는 다른 이들. 멈추지 않는 히이라기.

그런 상황에서 혼란에 빠진 사잔카는….

"아, 알았어! 가르쳐 줄게! 가르쳐 주면 되잖아! …우우우. 처음부터 조금만 심술부리고 말하려고 했는데….."

아무래도 체념한 모양이다. 덤으로 처음부터 가르쳐 줄 생각이었던 것 같다.

뭔가 좀 못된 짓을 한 걸지도 모르겠군. 반성은 하지 않지만, 마음속으로 사죄는 해 두자.

안 하겠지만.

"하지만 가르쳐 주기 전에 죠로한테 듣고 싶어."

"응? 나?"

왼손 새끼 손가락으로 뺨을 긁적이면서, 어쩐지 겸연쩍은 듯이 나를 바라보는 사잔카. 왠지 모르게 아직 사잔카가 날라리 패션이었을 무렵에 학생 식당에서 이야기하던 때가 떠올랐다.

"그 애를 어떻게 생각해? 그 애는 너를 만나기 싫은 마음도 있으니까 사라진 거야. 그 애는 네게 계속 중요한 걸 숨기고 있었어."

듣고 보니 분명히 찾는 것만 생각했지, 그쪽으로는 생각하지 않았군.

내가 산쇼쿠인 스미레코를 어떻게 생각하는가. 그건….

"미안, 사잔카. 말할 수 없어…."

"어째서?"

"제일 먼저 녀석에게 전하고 싶으니까."

"…그래."

"미안. 너한테만 말하라고 하고, 이쪽은 질문에 대답할 수 없

170

다니…. 음.”

“그래. 거기까지.”

사잔카의 검지가 내 입술과 겹쳤다.

“됐어. 이미 충분히 전해졌으니까.”

평소의 기승스러운 사잔카가 아니다. 다정한 미소의 사잔카.

그 매력적인 미소에 나는 시선이 못박혀 버릴 뻔했다.

“고마워, 죠로. 덕분에 나도 결심이 섰어. 계속 그 애에게 협력하려고 생각했지만, 이걸로 끝. 네가 하고 싶은 일을 하겠다면, 나도 협력해야지! 나는… 너를 좋아하고!”

“윽! 저, 저기… 고마워….”

창피도 체면도 없이 그렇게 선언하는 사잔카에게 다른 멤버가 눈을 크게 떴다.

아니, 나도 놀랐어. 설마 이런 장소에서 한가운데 직구로 그런 말을….

“나는 그 애가 무슨 생각을 하는지 몰라. 하지만 이대로 죠로와 만나지 않고 끝나는 건… 저기, 나에게 좋은 일이긴 하지만, 왠지 납득이 가지 않아! 그러니까 죠로, 알겠어?! 그 애를 꼭 찾아내!”

“꼭 찾아낼게….”

“후훗! 착각하지 마! 나를 위해서가 아니라 그 애를 위해서 말하는 거야!”

얼굴을 붉히면서 부드러운 미소와 함께 그렇게 말하는 사잔카.

항상 그렇지. 사잔카는 난폭해 보여도 누구보다도 남을 잘 돌보고 마음 착한… 매우 매력적인 소녀다.

"그 애가 있는 장소. 그건…."

"'모두의 장소'. 이게 내가 그 애에게 들은 힌트야."

저기, 역시 니시키즈타 고등학교 아냐?

※

오후 3시. 타임 리밋까지 앞으로 세 시간.

사잔카는 힌트를 가르쳐 준 뒤에 나와 함께 산쇼쿠인 스미레코 탐색을 거들어 주려고 했지만, 어딘가에서 나타난 중년 남성의 '아사카아아아아!! 어째서 연말인데 아빠랑 있어 주지 않는 거냐아아아아!! 설마 계속 말했던 신경 쓰이는 남자랑… 아빠는 용서 못한다아아아!!'라는 외침이 들린 순간, 카리스마 그룹 애들과 함께 질풍 같은 속도로 모습을 감추었다.

나날이 딸의 호감도를 착착 떨어뜨리는 마야마 아저씨가 또 풀 죽지 않기를 빈다.

아무튼 지금까지 순조롭다고 할 순 없지만, 어떻게든 힌트를 늘리는 것에 성공했다.

 '키사라기 아마츠유와 산쇼쿠인 스미레코만이 관계있는 장소'.

 '키사라기 아마츠유가 괜한 짓을 한 장소'.

 '행복과 불행을 동시에 낳은 장소'.

 '모두의 장소'.

 지금 현재 우리가 입수한 힌트에서 볼 때 산쇼쿠인 스미레코가 있으리라 생각되는 장소.

 짚이는 장소는 하나.

 그리고 아마도… 아니, 틀림없이 거기에 산쇼쿠인 스미레코는 없다.

 하지만 가슴속에서 솟구치는 의혹에 견딜 수 없어진 나는… 다시금 니시키즈타 고등학교를 찾아왔다.

 "없어! 스미레코, 안 보여!"

 "우후~ 분명히 제 교실에 있을 줄 알았습니다만… 없었습니다…."

 "미안! 나도 못 찾았어!"

 "죠로, 여기에 그 애는 없다고 생각해."

 "지금까지의 힌트로 보면 불가능하지는 않지만… 팬지의 말이 맞겠지."

 본래 낙담해야 할 일이지만, 오히려 모두의 보고를 듣고 나는

174

안심했다.

이걸로 틀림없이 니시키즈타 고등학교에 산쇼쿠인 스미레코가 없다는 확신을 얻을 수 있었기 때문이다.

"그렇지. 나도 그럴 거라 생각했어."

물론 의혹을 확신으로 바꾸는 것만을 위해서 니시키즈타 고등학교에 온 것은 아니다.

오히려 이쪽은 덤.

나는 어느 인물들과 연락을 해 니시키즈타 고등학교에서 만나기로 한 것이다.

그 녀석들이 올 때까지, 한가하니까 산쇼쿠인 스미레코를 찾았을 뿐.

…오호, 슬슬 온 모양이로군.

"죠로! 난 절~~~~대로 안 가르쳐 줄 거니까!"

"지난번에 보고 또 보네요, 죠로! 간신히 우리에게까지 도달했습니까!"

마지막 힌트를 가진 두 소녀가.

교정에 울리는 한 소녀의 씩씩한 목소리, 어딘가 발랄한 다른 소녀의 목소리.

나타난 것은 소꿉친구인 히마와리＝히나타 아오이, 같은 반인 아스나로＝하네타치 히나.

부름에 응해 나타났으니 희망은 있다고 생각하고 싶지만… 왜 히마와리는 이 정도의 거절 반응을?

지난번에 만났을 때에는 코사이지 스미레 덕도 있어서 이전 정도까지는 아니라고 해도 최악의 관계에서 한 걸음 전진했다고 생각했는데….

내가 또 묘한 짓을 저질렀나?

"다른 애들은 가르쳐 줬을지 몰라도, 나는 절대로 안 가르쳐 줘! 그 애는 말했어! '만나도 좋을지 모르겠어'라고! 모른다면 만나면 안 돼!"

음? 뭔가 이상하지 않아?

분명히 히마와리는 나한테 뭔가 생각하는 바가 있어서 힌트를 가르쳐 주지 않으려는 줄 알았는데, 지금 발언은….

"나 화났어! 우리, 모두 열심히 했어! 최선을 다했어! 그런데 그 애는 도망쳤어! 너무해! 그런 건 너무해, 너무해, 너무해!"

역시 그쪽이냐!

큰일인데…. 히마와리가 힌트를 내게 가르쳐 주지 않으려는 이유.

그건 산쇼쿠인 스미레코에게 화가 났기 때문이다.

그럼 아스나로는….

"후후후, 히마와리가 말하지 않겠다면 저도 말하지 않겠습니다. 혹시 서로 다른 내용이라면 전했을지도 모르지만, 우리는 둘이서 같은 내용을 들었기에."

즉 어떻게든 히마와리를 설득하란 소리네.

하아…. 아직 앞날은 까마득하군….

"쬬로! 쬬로는 팬지의 연인이야! 그러니까 팬지만 생각해! 이해 못하는 애 같은 건 생각하면 안 돼!"

"아니, 아직 그렇게 결정난 건…."

"그렇게 정했어! 쬬로는 팬지의 연인! 그러니까 나도 도왔어! 계속 쬬로랑 못 만나서 쓸쓸했던 팬지. 그걸 조금이라도 채워 주고 싶었으니까 같이 놀았어! 쬬로가 그 애를 찾으면 지난번 일이 거짓이 돼! 그런 건 안 돼!"

"윽!"

얼마 전에 니시키즈타 고등학교에서 코사이지 스미레와 히마와리와 아스나로와 넷이서 했던 테니스.

그건 히마와리가 나와 코사이지 스미레의 관계를 더 좋게 만들려는 생각으로 한 것이다.

하지만 여기서 내가 산쇼쿠인 스미레코를 우선하면 그 테니스의 의미가 사라진다.

히마와리로서는 자기 노력이 부정당한 것처럼 느껴지겠지.

"팬지! 팬지는 쬬로를 좋아하지? 쬬로랑 계~~속 같이 있고 싶지?

"응, 물론이야."

히마와리의 필사적인 호소에 웃으며 대답하는 코사이지 스미레.

그것은 히마와리가 바라는 대답이었겠지. 방금 전까지의 화가 머리끝까지 난 표정에서 일변해 밝은 미소를 지었다.

"와아! 그럼 죠로는 팬지랑 함께! 그 애를 찾으면 안 돼!"

이번에는 나를 바라보며 삿대질을 해 댔다.

히마와리가 하는 말은 틀리지 않았다. 어떤 의미에선 정답의 한 형태다.

그런 미래가 찾아올 가능성도 0은 아닐지도 모른다.

"죠로, 당신은 이미 충분히 애썼어. 그러니까 여기서부터는 내가 당신의 연인으로 있으며 애쓰는 시간으로 해 줬으면 해. …안 될까?"

나에게 열렬한 시선을 보내는 코사이지 스미레.

그 갸륵함에 무심코 고개를 끄덕일 뻔했지만,

"아직 타임 리밋은 오지 않았어…."

"…알았어."

그래도 포기할 수는 없어.

"우우우우! 죠로, 지난번 일을 거짓으로 만들려고 해!"

"그럴 생각은 없어. 너희 덕분에 나는 팬지의 장점을 깨달았어. 그러니까 설령 내가 그 녀석을 찾더라도 그게 거짓이 되지는 않아. 하지만…."

지금까지 나를 따라와 준 호스, 탄포포, 히이라기, 체리.

나에게 산쇼쿠인 스미레코를 찾아 달라며 정보를 맡겨 준 코스모스, 사잔카.

혹시나 내가 여기서 녀석을 찾기를 포기하면….

"여기서 그만두면 거짓이 되는 게 달리 있어."

나는 무책임하고 대충인 남자다.

하지만 다른 녀석들의 마음을 무시하는 짓만큼은 절대로 하지 않아. 지금까지 나를 도와준 녀석들에게 답하기 위해서라도, 어떤 일이 있어도 히마와리에게서 정보를 듣겠다.

"됐어! 내가 안 가르쳐 주면 끝이니까!"

분명히 언뜻 보면 상황은 최악이다.

히마와리는 산쇼쿠인 스미레코에게 화가 났다.

그 분노를 진정시킬 수 있는 것은 본인뿐.

그런데 문제의 본인이 어디에도 없다.

무슨 수가 없는 것처럼 생각되겠지.

하지만 히마와리. 소꿉친구인 나는 잘 알고 있거든?

너는….

"히마와리, 정말로 나한테 가르쳐 줄 생각이 없어?"

"어, 없어!"

시선의 방향이 오른쪽으로 1초, 왼쪽으로 2초. …그건 히마와리가 거짓말을 할 때의 버릇이다.

이게 증명하고 있다. 히마와리는 내게 가르쳐 줘도 좋다고 생각하고 있다.

다만 산쇼쿠인 스미레코에게 화가 나서 가르쳐 주기 싫다고 생각한다.

그런 두 개의 감정이 맞부딪쳐서 망설이는 상태다.

다행이다…. 그렇다면 내 작전은 잘 통할 테니까….

"그럼, …승부로 결정하자."

"승부?"

갑작스러운 내 제안에 히마와리가 놀란 얼굴을 했다.

뭘 위해 이런 한겨울에 니시키즈타의 교정에 왔을 것 같아?

이걸 히마와리에게 제안하기 위해서다.

"그래. 우리랑 너희가 승부를 하는 거야. 거기서 우리가 이기면 너희가 아는 걸 가르쳐 줘!"

솔직히 말해서 꽤나 말도 안 되는 소리라는 건 안다.

이 승부에 이겨도 히마와리 쪽에는 메리트가 없다.

하지만 그런 부조리한 조건을 깨닫지 못하고 눈앞의 재미있는 일에 덤벼드는 게,

"재미있겠어! 그거 할래!"

내 소꿉친구, 히나타 아오이다.

방금 전까지의 분노는 순식간에 사라지고, 천진난만한 미소로 달려오는 히마와리.

평소와 같은 그 미소를 보니, 어딘가 가슴이 훈훈해졌다.

"그래서? 뭘로 승부해?! 테니스? 달리기? 아니면 카드 게임?"

사정없이 자기 특기 종목만 말하지는 말아 줘.

그런 쪽으로 우리가 히마와리한테 이길 수 있을 리가 없잖아.

어디까지나 승부는 공평하고. 어느 쪽에게든 이길 기회가 있는….

"홈런 챌린지로 승부다."

"뭐?"

"지난번 요란제에서 했던 거 말이야. 히마와리가 투수고, 우리가 타자. 누구 한 명이라도 히마와리의 공을 치면 우리의 승리. 그리고 아무도 못 치면 그쪽의 승리야."

"와아아아! 아주 재밌겠어! 좋아! 그거라면…."

"기다려 주세요. 그 승부에는 조금 이의를 제기하고 싶군요."

칫. 아스나로는 이쪽 편에 붙어 주나 싶었는데, 그렇게 녹록하지 않나.

안 좋은데…. 히마와리는 생각 없이 행동하는 구석이 있지만, 아스나로는….

"왜 그래, 아스나로?"

"생각해 보세요, 죠로가 말을 꺼낸 승부잖아요? 언뜻 봐선 공평한 것처럼 생각되는 승부지만, 절대 그렇게 되지 않습니다. 죠로는 비겁하고요."

"듣고 보니 그랬어!"

이거야 원…. 너무 심하지 않아?

말해 두겠는데, 이번 승부에서 비겁한 수단은 생각하지 않았거든?

진짜로 정정당당한 승부로….

"그러고 보면 전에 나랑 했던 승부에서 여러 술수를 부렸어…."

"내 가슴까지 만졌어…."

"죠로, 나중에 양손을 분쇄할 테니까, 시간을 비워 줄 수 있겠어?"

너희들 내 편 아니냐?

아니, 그 승부는 어쩔 수 없잖아? 사정이 있었잖아!

"죠로, 승부는 받아들이죠. 하지만 이쪽에서 몇 가지 룰을 제안하도록 하겠습니다. …괜찮겠지요?"

"그래. 상관없어."

훗. 아스나로는 의심이 많아서 큰일이야.

딱히 무슨 룰을 덧붙이든지, 애초에 조건은 똑같으니까….

"일단 요란제의 홈런 챌린지에서는 테니스공과 테니스 라켓을 사용했습니다만, 이번 경우에는 일반적인 야구공과 배트를 사용하지요. 라켓으로는 명백히 타자 쪽이 유리하니까요."

Goddam! 벌써부터 첫 번째가 박살났다!

왜 그걸 알아차리냐고, 제기랄!

하지만 여기까지는 예상한 범주다! 내 작전이 잘 안 되는 거야

일상다반사!

그런 내가 작전 하나만으로 승부에 임할 거라 생각했어?! 당연하지만….

"이어서 홈런 챌린지라는 이름이니까 홈런을 쳤을 경우만 죠로 쪽의 승리로 하지요. 그냥 맞추기만 해선 안 됩니다."

지저스! 두 번째도 다짜고짜 박살났습니다!

키이이이이잇!! 맞추기만 해도 된다면 가능할 거라 생각했는데!

아니, 당황하지 마! 아직 비장의 작전이 남아….

"마지막으로 도전 횟수 말입니다만, 한 명당 한 번까지. 아까 죠로는 '우리'라고 말했으니까요. 한 명 한 명이 순서대로 계속 도전해서 히마와리의 스태미나가 바닥나는 것을 노리는 방식은 안 됩니다."

Unbelivableeeee!! 저기, 왜 그래? 왜 그렇게 꼼꼼하게 다 박살내는 거야?

나는 정정당당히 싸우려고 했거든? 그런 건 불공평하다고 생각해.

"싫으면 안 해도 되거든요? 그런 경우엔 승부를 받아들이지 않으면 그만입니다."

끄아아, 완전 협박이다아아아아아!!

제기이이이일!! 요란제에서도 야구부 저리 가라 할 정도의 공을 던져 댄 히마와리에게서 진짜 공과 배트로 홈런을 쳐야만 한다니, 난이도가 너무 높잖아!

이 중에서 칠 만한 녀석은….

"부탁해, 호스! 우리의 운명은 모두 너에게 맡겼다!"

"갑자기 말도 안 되는 책임을 떠넘기지 말아 주겠어?!"

아니, 호스뿐이잖아.

요란제에서 히마와리로부터 안타를 쳐 낸 건.

편의주의에게 사랑받는다면, 타이밍 좋게 호스의 차례에 밋밋한 공이 온다든가 하는 일이 있지 않겠어?

"뭐, 할 수 있는 일은 다 해 볼게…. 어떤 의미로 좋은 기회고."

"기회?"

이 상황에 대체 무슨 기회가 있다는 거지?

오히려 모든 기회가 박살났다고 생각하는데….

"전부터 한번 해 보고 싶었던 게 있어. 너한테 당하고 분했던 것을."

그 든든한 주인공 스마일은 뭐야?

※

"크림, 빵!"

"꺄악! 대단하네, 히마와리…. 전혀 건드리지도 못하겠어."

"에헤헤! 그렇지! 나, 엄청 연습했어!"

시각은 오후 4시 30분.

본래 금방 승부를 시작하고 싶었지만, 아무래도 자신 있어 보이는 호스가 '조금 연습을 한 뒤에 승부를 하고 싶다'고 제안했기에 그러기로 했다.

그동안 히마와리는 아스나로와 피칭 연습을. 우리는 배트를 휘두르든가 하면서 배팅 연습을. 하지만 문제의 호스는 스마트폰을 만지작거릴 뿐.

연습이라는 이름으로 히마와리의 스태미나를 깎는 작전인가?

혹시 그렇다면 작전은 실패다. 시작된 승부에서는….

"아우우~…. 히마와리, 대단해~…."

"우훗~ 한 번도 치지 못했습니다…."

"한 번 정도는 칠 줄 알았는데~…."

"보는 거랑 하는 건 전혀 다르네. 아주 재미있었어."

이미 히이라기, 탄포포, 체리, 코사이지 스미레가 멋지게 삼진. 그래도 아슬아슬하게 칠 가능성이 있는 나와 호스를 뒤로 돌리고, 히마와리의 스태미나를 깎는 작전을 감행했지만,

"히마와리, 이거 드세요! 아마오우 크림빵입니다!"

"고마워, 아스나로!"

그 대책은 완벽.

요란제 때 크림빵이 바닥나서 약해진 히마와리는 호스에게 안

타를 맞았다.

이번에는 그 전철을 밟지 않을 모양이다.

하지만 그렇다고 이쪽에게 전혀 기회가 없는 건 아니다.

왜냐면….

"…평소보다 맛없어."

좋아하는 아마오우 크림빵을 먹고 있는데도 왠지 뚱한 표정.

어떤 때라도 '아마오우 크림빵은 최고야!'라며 천진난만하게 웃던 히마와리가 아마오우 크림빵을 먹으며 흐린 표정을 짓는다.

역시 히마와리는 망설이고 있는 것이다….

"히마와리, 혹시 싫으면 억지로 승부를 계속할 필요는…."

"아니! 난 제대로 할 거야! 진검 승부니까!"

아스나로의 질문에 고개를 세게 내저었다.

"어떤 때라도 최선을! 나는 최선을 다할 거야!"

자신의 아이덴티티를 뒤흔드는 짓은 결코 하지 않는다.

아무리 망설이더라도, 어떤 결과로 끝나더라도, 승리를 양보하지 않는다.

그래…. 어떤 때라도 최선을 다한다. 그게 내 소꿉친구지.

"죠로, 기다렸습니다! 다음은 당신 차례입니다!"

"그래, 알고 있어. …와라! 히마와리!"

그러니까 나도 전력으로 히마와리에게 승부를 청한다.

설령 승산이 전혀 없더라도, 포기하는 일은 결코 없다.

"⋯⋯! 좋아~! 나 절대로 안 질 거야!"

마운드 위에서 침울한 표정에서 씩씩한 미소로 변하는 히마와리.

아주 조금이지만, 소중한 소꿉친구가 기운을 되찾은 것에 안도했다.

"이쪽이 할 말이야!"

그립을 꽉 움켜쥐고 타석에 섰다. 심장 소리가 이상하게 머리에 울렸다.

우연이라도 좋아, 그냥 행운이면 돼.

어떻게든 내가 여기서 홈런을 치면⋯ 히마와리의 망설임을 없앨 수 있어!

한 방이면 돼⋯.

"크림, 빵!"

"⋯읍! 아아아아아! 제길!!"

"스트라이크! 타자 아웃입니다!"

하지만 세상에 기적이란 것은 그리 쉽게 일어나지 않는다.

운동 신경 발군, 테니스부의 에이스인 히마와리. 아무런 운동도 하지 않는 평범한 나.

남녀의 차이와는 관계없이, 나도 지금까지의 녀석들과 마찬가지로 삼진.

이걸로 호스만이 남았다.

"죠로! 왜 못 치는 거야! 제대로 치지 않으면 안 되잖아!"

삼진시킨 녀석이 할 말이냐.

나도 치고 싶었어!

"어쩌겠습니까, 히마와리? 죠로에게만 특별히 다시금 기회를 줘도…."

"안 돼! 룰은 룰이야! 죠로는 삼진으로 끝!"

정말로 그런 쪽으로는 고집도 세다니까.

아니, 잘못한 건 아니니까 뭐라고 말할 입장이 아니지만….

"알겠습니다! 그럼 남은 건… 호스 차례로군요!"

"응. 알았어."

드디어 남은 도전자는 단 한 명.

토쇼부 고등학교의 도서위원이자, 나의 상위 호환.

더불어서 과거에 히마와리로부터 안타를 쳐 낸 경험이 있는 호스다.

이만큼 몰린 상황인데도 불구하고 왜인지 자신만만한 기색.

타석으로 향하기 전에 순간 탄포포를 바라본 게 인상적이었다.

"크림, 빵!"

"…얍!"

"파울! 제법이네요, 호스! 설마 히마와리의 공을 맞추다니!"

"뭐, 맞추기만 하는 거라면 어떻게든….."

시작된 히마와리와 호스의 승부는 누가 봐도 히마와리가 우세했다.

그만큼 자신만만한 태도였으니까 분명 홈런이라도 치려나 싶었는데, 그렇게 쉽게 되지는 않을 모양이다.

아니, 애초에 이 승부의 조건은 이쪽에게 너무 불리하다.

우리는 홈런을 치는 것 외에 전혀 승리의 길이 없다.

반대로 히마와리는 가령 안타를 맞더라도 승리로 이어진다.

덤으로 요란제에서는 테니스 라켓을 사용한 도전이었지만, 지금은 야구 배트.

근본적으로 보통 배트로 히마와리에게서 안타를 치는 것 자체가….

"스트라이크! 타자 아웃입니다!"

풋내기인 우리에게 너무 어려운 일이다.

마지막 타자인 호스도 파울볼로 꽤나 버텼지만, 최종적으로는 삼진.

이걸로 승부는…… 히마와리 쪽의 승리다.

"어어, 어…. 우리의, 승리…?"

"그런… 모양이네요."

이겼을 터인데도 어딘가 복잡한 표정을 짓는 히마와리와 아스나로.

그렇다고 해도 한 번 정한 것을 굽힐 만한 성격도 아니라는 것은 내가 제일 잘 알고 있다.

이거 정말로 낭패로군….

이대로 가다간 산쇼쿠인 스미레코가 있는 곳을 알 수 없게 된다.

뭔가 다른 수단으로 두 사람에게서 정보를 끌어내야….

"어어, 역시 다시금 모두에게…. 아니! 역시 안 돼! 승부는 승부! 모두가 못 쳤으니까 끝! 그러니까 나는…."

"아직이야."

거기서 고개를 숙인 채로 있던 호스가 조그맣게 중얼거렸다.

녀석은 대체 무슨 소리를 하는 거지?

"무슨 소리를 하는 겁니까, 호스? 당신은 이미 삼진을 당하지 않았습니까?"

아스나로의 말이 맞다.

이 승부의 도전권은 1인당 한 번. 더불어서 홈런을 못 치면 패배.

지금까지 히이라기, 탄포포. 체리, 코사이지 스미레, 나, 호스까지 전원이 히마와리에게 도전했다가 멋지게 전원이 당했다. 이 이상 승부를 계속할 순 없다.

"그래…. 분명히 **나는 졌어**. 어떻게든 버텨 봤는데, 역시 안 되네. 정말로 히마와리의 운동 신경은 대단해. 하지만… **우리는 아직 지지 않았어!**"

""우리?""

응? 지금 대사는 어디에선가 들은 듯한데….

"아스나로, 히마와리, 왜 내가 홈런을 못 치면서도 파울볼로 버텼다고 생각해? 왜 이 승부가 시작될 때까지 연습 시간이라는 필요 없는 것을 만들었다고 생각해?"

"우우? 그건 어떻게든 홈런을 치고 싶었으니까…."

"응. 그래. …하지만 그 홈런을 치는 건 내가 아니야. 내 역할은 시간을 버는 것. **틀림없이 홈런을 칠 수 있는 사람**이 여기에 오기까지의 시간을."

"틀림없이 홈런을 칠 수 있는 사람? 설마 당신은…."

"기다리게 했군, 호스."

그때 내 뒤에서 한 남자의 목소리가 울렸다.

이런 연말에도 트레이닝을 게을리 하지 않는 걸까, 아니면 서둘러 여기까지 달려왔기 때문일까, 체육복 차림. 온몸에서 뿜어져 나오는 열기를 진정시키는 듯한 하얀 숨결.

서 있기만 해도 관록마저 느껴지는 190센티미터의 장신. 단정한 얼굴.

나타난 것은….

"참나…. 꽤나 하찮은 승부에 나를 끌어들이는군?"

토쇼부 고등학교 4번 타자. 작년 지역 대회에서도, 올해 지역 대회에서도 코시엔 준우승 투수인 썬에게서 안타를 양산한… 후우＝토쿠쇼 키타카제다.

"에에에엑!! 후, 후우입니까?! 아, 아무리 그래도 그건 반칙이…."

"어째서? 처음에 말했잖아. 우리 중 누군가가 홈런을 치면 우리의 승리라고. **처음부터 거기에 후우도 포함되어 있었던 거지?** 그렇지, 죠로?"

"어? …음! 당연하지! 우리 중에는 후우도 포함되어 있었어!"

아니, 난 처음 듣는데요?!

설마 호스 녀석, 후우에게 연락할 줄은 몰랐어!

아니, 이 상황은….

"호스…. 당신, 꽤나 비겁한 수를…."

"아핫! 전에 이걸로 아프게 당했으니까! 자그만 답례랄까?"

그렇지. 바로 올해 지역 대회 결승전과 똑같은 상황이다.

결승전 뒤에서 치러진 머리핀 모으기 승부에서 호스는 마지막 순간에 나에게 역전당했다.

하지만 그 승부의 결판을 낸 것은 내가 아니다.

썬이다.

썬이 도우러 와 주었기에, 나는 호스에게 이길 수 있었다.

"그보다 호스! 어떻게 후우를 부른 거야?! 후우의 성격상 이런 승부에는⋯."

요란제의 홈런 챌린지에서도 '썬이 투수가 아니면 안 하겠다'고 말했을 정도다. 필시 후우는 야구에 관해서는 전력을 다하는 상대 이외에는 흥미가 없다. 그런데 어째서⋯.

"아~ 그건 말이지⋯."

"우후후훗! 토쿠쇼 선배도 참, 그렇게 저를 도우러 와 주고 싶었나요~? 아니면 저에게 멋진 모습을 보여 주고 싶었다든가! 우후웅~! 어쩔 수⋯."

"닥쳐라, 계집!! 너 따위는 요마아아아아안큼도 신경 쓰지 않는다! 나는 순수하며 그릇된 마음 따윈 일체 없이, 그저 우연히 히나타에게서 홈런을 치고 싶었을 뿐이다! 하찮은 소리 마라!!"

"효오오오옷!! 갑자기 소리를 질렀습니다! 역시 토쿠쇼 선배는 못됐습니다!"

"알까 보냐! 알겠냐? 다시금 말하지. 나는 그릇된 마음 따윈 일체 없다!!"

어어, 혹시⋯.

"'탄포포가 후우의 홈런을 보고 싶어 해'라고 말해 봤어."

그릇된 마음 MAX잖아!

아니, 크리스마스에 둘이서 데이트를 했을 정도니까 분명히 관계가 진전되었다고 생각했는데, 전혀 그런 게 없나!

언젠가 후우가 솔직해지는 날이 오기를 일단 빌어 두자.

힘내라, 후우. 더불어서 탄포포도.

"탄포포가 있어 줘서 다행이야. 어쩌면 츠바키는 처음부터 이렇게 될 것을 알았을지도 모르겠어…."

아무리 츠바키 씨라도 여기까지 생각한 건 아니지 않을까?

왜 '홈런'이라는 단어가 얽히면 탄포포가 활약할까? 영원한 미스터리다.

"어쩔 거야, 히마와리, 아스나로? 두 사람이 룰 위반이라고 말한다면 후우의 참가는 없는 걸로 해도 좋은데?"

어딘가 자신만만한 미소를 띠고, 뻔한 질문을 호스가 던졌다.

정말로 이 녀석이 있어 줘서 다행이야….

"에헤헤! 물론 좋아! 하지만 난 안 질 거니까~! 어떤 때라도 최선을 다해! 그게 나야!"

그렇지, 히마와리에게 필요한 것은 계기다.

히마와리의 신조에 타협은 없다. 그러니까 자기가 말을 할 수밖에 없는 상황을 만들어 주기를 녀석은 바라고 있었다.

"후우, 간다아아아! 나는 절대로 안 질 거니까!"

"호오…. 하찮은 승부인가 했더니, 제법 재미있군. …좋다. 그럼 나도 전력을 담아서 상대해 주지!"

뭐지? 저기만 세계관이 변하지 않았어?

"크리이이이임! 빠아아아아아앙!!"

"……흠!!"

오늘 최고의 기합 소리와 함께 던진, 히마와리의 오늘 최고의 공.

우리로서는 틀림없이 칠 수 없는 속도와 구위를 가졌지만… 후우에게는 다르다.

해후는 한순간. 니시키즈타 고등학교에 울리는 기분 좋은 소리.

동시에 공은 깨끗한 포물선을 그리며 높고 높게 날았다.

그것은… 후우가 홈런을 친 증명이다.

"이 정도는 일도 아니지."

일단 본인 나름대로 멋지게 말한다고 한 거지만, 시선이 완전히 탄포포에게 가 있다.

이미 탄포포밖에 보지 않는다.

"와아아아아! 역시나 토쿠쇼 선배입니다! 우후후훗! 아주 멋진 홈런이라서, 정말 멋있었습니다!"

"멋……. 커윽!"

그리고 승천했다.

"효왓! 어째서인지 토쿠쇼 선배가 기절했습니다! 설마 지금 홈런에 힘을 너무 담아서…. 어쩔 수 없네요! 특별히 제가 간호해 주지요!"

"나, 나한테 이 이상 다가오지 마라! 거기서 한 발짝만 더 떼 봐라! 심장이 터진다!"

"효오오오오! 제가 대체 뭘 했다는 건가요! 역시 토쿠쇼 선배는 무섭습니다!"

그래, 터지겠지. 후우의 심장이.

후우와 탄포포의 앞날은 어쩌면 누구보다도 험난할지 모르겠다.

"아하하…. 맞아 버렸네…."

"그렇, 군요…."

승부에 졌는데도 전혀 분하다는 기색이 없이 달관한 히마와리의 미소.

소꿉친구로서 오랫동안 함께 지냈지만, 저런 표정은 처음 봤을지도….

"자, 죠로. 이제부터는 네 차례야."

"흥. 하찮은 일 따윈 얼른 해결해라."

내 어깨를 탁탁 두드리는 호스와 차분한 미소를 보이는 후우.

이 녀석들과 이런 관계가 되다니…. 1학기 때는 생각도 못했지….

"저기, 죠로. 한 가지 물어봐도 돼?"

마운드에서 내 곁으로 내려온 히마와리가 조금 어른스러운 미

소로 나를 보았다.

항상 본인은 '중학생으로 보이는 게 싫다'고 나한테 푸념했지만, 지금의 히마와리는 나이에 어울리게… 신기하게도 고등학생 소녀로 보였다.

"뭔데?"

"죠로는 뭣 때문에 그 애를 만나게? 그 애와 만나도 아무것도 안 변할지 몰라. 그 애와 만나도 하나도 좋아지지 않을지도."

그래…. 히마와리가 하는 말의 의미는 알겠다. 가령 그 녀석과 만나더라도 하나도 변하는 것 없이, 심플한 끝을 맞을 가능성은 충분히 있겠지.

하지만 그래도 녀석과 만나고 싶은 것은,

"또 다 함께 웃기 위해서야."

지금 우리의 세계를 만들어 낸 것은, 지금 우리의 관계를 만들어 낸 것은 산쇼쿠인 스미레코.

그런데 녀석이 모두와 함께 웃을 수 없는 것은 납득할 수 없다.

그러니까 나는 녀석을 찾아낸다. 녀석을 또 모두에게 데려온다.

그걸 위해서 녀석을 찾아내야만 한다.

"…응! 역시 죠로는 죠로야!"

내 대답에 만족했는지 히마와리는 활짝 웃었다.

"그럼 나도 도울게! 나도 모두와 즐거운 게 제일! 왜냐면 우리는 계속 함께 친구니까!"

"후후후, 물론 저도 히마와리에게 찬성입니다."

옆에 선 아스나로와 미소를 주고받는 히마와리.

아무리 화가 났더라도 역시 산쇼쿠인 스미레코는 소중한 친구로군….

"죠로! 나 가르쳐 줄게! 내가, 나랑 아스나로가 들은 정보! 그럼 확실히 찾아 줄 거지?"

"물론이야."

"약속이다? 진짜에 진짜로 꼭 찾아 줘!"

"그래, 약속이야."

"응! 고마워, 죠로!"

천진난만한 미소를 띠는 히마와리.

드디어… 드디어 마지막 힌트를 손에 넣을 수 있다.

"그럼 아스나로. 하나둘에 말하자!"

"알겠습니다!"

아스나로와 히마와리가 서로를 바라보며 고개를 끄덕였다.

""하나, 둘!""

그리고 그 아름다운 눈동자를 내게 향하더니,

""'시좌의 장소'! 거기가 그 애가 있는 곳이야(입니다)!""

어? 그, 그것뿐? 그것뿐이야?

아니, 잠깐만 있어 봐! 역시 이건 니시키즈타 고등학교 아냐?!

하지만 히마와리와 아스나로가 오기 전에 니시키즈타 고등학교 안은 거의 다 확인했다.

즉 여기에 산쇼쿠인 스미레코는 절대로 없다.

"죠로, 어디에 그 애가 있는지 알았어?"

"죠로! 스미레코의 위치, 확실히 찾아내 줘!"

"우훗~! 아무래도 고민스러운 얼굴이로군요. 괜찮습니까?"

"죠로찌, 혹시 아직 모른다던가?"

지금까지 내게 협력해 준 호스, 히이라기, 탄포포, 체리가 조금 걱정하는 표정으로 나를 바라보았다. 힌트를 말한 히마와리와 아스나로도.

…생각해! 잘 생각해 봐!

"죠로, 이제 시간이 얼마 안 남았거든?"

알고 있어! 그러니까 필사적으로 생각하고 있다고!

다시금 지금까지 모은 힌트를 떠올려!

'키사라기 아마츠유와 산쇼쿠인 스미레코만이 관계있는 장소'.

'키사라기 아마츠유가 괜한 짓을 한 장소'.

'행복과 불행을 동시에 낳은 장소'.

'모두의 장소'.

'시작의 장소'.

애초에 이 힌트를 모두 생각하면 묘한 점이 있다.

첫 힌트와 네 번째 힌트다. 혹시 산쇼쿠인 스미레코가 '키사라기 아마츠유와 산쇼쿠인 스미레코만이 관계있는 장소'에 있다면 '모두의 장소'라는 힌트는 나오지 않는다.

첫 힌트는 체리의 예상이지만, 그게 틀렸다는 소린가?

그럼 그 힌트를 제외하고… 아니, 잠깐만. 고정관념에 사로잡히지 마.

아직 힌트가 하나 더 있잖아!

타임 리밋이 오후 6시라는 거야!

녀석이 아무런 이유도 없이 6시까지밖에 그 장소에 있지 않는다는 건 말이 안 돼!

아마도 어떠한 이유가 있어서 그 시간까지밖에 있을 수 없는 거야!

"'시작의 장소', 6시까지밖에 있을 수 없다. 지금은 연말… 설마!"

있다. …있어!

딱 한 곳, 이 힌트 모두에 들어맞는 장소가 니시키즈타 고등학교 이외에….

"알았다아아아아아아아아!!"

그 녀석, 진짜로 왜 그런 곳에 있는 거야!

그러니까 타임 리밋이 6시였던 건가!

분명히 지금 시기면 **그 장소**는 그 시간 즈음부터 사람이 엄청 늘어나지!

사람이 많은 걸 싫어하고, 자기를 찾기도 힘들 테니까, 산쇼쿠인 스미레코는 6시가 되면 거기를 떠났던 거야!

하지만 어디지?! 그 장소의 어디에 산쇼쿠인 스미레코가 있지?!

몇 군데 후보는 좁힐 수 있다. 하지만 어디인지 모르겠어!

게다가….

"호스! 지금 몇 시야?!"

"어어, 딱 5시가 되었는데…."

"아니!"

그 정보가 내게 절망을 주었다.

산쇼쿠인 스미레코가 어디에 있는지는 알았다.

하지만 그 정확한 위치를 모른다.

물론 해당되는 장소에 가서 이 잡듯이 뒤지면 찾을 수는 있겠지.

다만….

"트, 틀렸어…. 시간이, 모자라…."

타임 리밋은 오늘 오후 6시까지.

그런데… 산쇼쿠인 스미레코가 있는 장소는 여기서 꽤나 떨어진 곳이다….

덤으로 꽤나 광대해서 후보는 무진장.

정확한 장소를 모르면, 찾는 데에 무진장 시간이 들겠지.

그리고 그 즈음에는… 산쇼쿠인 스미레코는 그 자리를 떠난다.

"…뭐냐고, 그게…."

간신히 힌트를 모았거든? 간신히 어디에 있는지 알았다고?

그런데 나는 늦는다. 나는 녀석과 만날 수 없다.

그런 건….

"죠로, 실망하지 마. 어디에 있는지 안 것만 해도 대단해. 당신과 그 아이의 마음이 통했다는 거잖아."

코사이지 스미레가 내 어깨에 두 손을 올리고 부드럽게 말을 이었다.

"하지만 시간만큼은 어떻게 할 수 없어. 충분히 애썼잖아? 이제 쉬어도 좋지 않아? 나는 곁에 있으니까…."

그런, 가? 나는 이제 코사이지 스미레를 받아들이면 되나? 받아들여야 하나?

그럴, 지도…. 할 수 있는 일은, 열심히 했다.

미안, 모두들. 모처럼 힘을 빌려줬는데….

"어라?"

그때 내 주머니에 들어 있던 스마트폰이 진동했다.

신동 회수는 두 번. 그것은 전화가 아니라 메시지가 도착했다는 알림이다.

이미 어떤 메시지가 왔던 이 상황은 어쩔 수 없다.

반쯤 자포자기로 스마트폰을 확인하자, 거기에는….

「연장전으로 돌입이다. 내가 시간을 벌어 주지.」

썬의 메시지가 표시되어 있었다.

【나의 예상 밖】

고등학교 2학년 10월.

"2학기가 되고 우리 반에 전학생이 왔어."

그 사고로부터 반년이라는 시간이 경과해도 비올라는 눈을 뜨지 않았다.

그녀는 아직 병실의 침대에서 계속 잠들어 있고, 나는 잠든 그녀에게 계속 말을 걸었다.

"아주 멋진 애야. 사실은 낯을 가리지만, 여차할 때면 엄청난 힘을 발휘하는 애. …조금 당신과 비슷해."

모토키 치후유. 2학기가 되고 우리 반에 온 전학생.

츠바키와 상당한 인연이 있는 모양인지, 전학 첫날부터 그녀와 뜨겁게 불꽃을 튀겼다.

게다가 평소의 고교 생활 중에서는 좀처럼 들을 수 없는 '성전'이라는 것을 츠바키와 한다니까 또 재미있다.

승부의 내용은 '체육제에서의 노점 매상 승부'.

그리고 승자에게는 '패자에게 어떤 명령이든 할 수 있다'라는 특권이 부여된다.

언뜻 봐선 서로 대립하는 츠바키와 모토키지만, 그런 특권이 있는 승부를 하는 시점에서 그녀들의 신뢰 관계가 잘 보였다.

사실은 서로를 아주 소중히 생각하는 거겠지.

"나도 친해지고 싶어."

모토키 치후유… 히이라기라고 불리는 소녀에게 나는 처음 만났을 때부터 흥미를 품었다.

게다가 우연히도 내 옆자리로 왔으니까 운이 좋다.

어떻게든 친해지고 싶어서 그럴 기회를 엿보았지만, 좀처럼 잘 풀리지 않았다.

그녀가 수업 중에 지우개를 떨어뜨렸을 때에는 좋은 기회라고 생각했지만, 엄청난 속도로 주워 가는 바람에 결국 말을 걸 수 없었다.

그 점은 아쉬웠지만, 그걸로 모든 기회가 없어진 건 아니다.

모토키와 친해질 방법은 이미 생각해 두었다.

"두 사람의 승부에서 나는 모토키 쪽에 붙을까 해."

츠바키와 모토키의 성전. 히마와리나 아스나로, 게다가 코스모스 선배는 츠바키에게 협력하기로 한 모양인데, 나는 다르다. 모토키에게 협력한다.

그러면 자연스럽게 이야기할 기회가 늘어나고 친해질 수 있을지도 모른다.

물론 모토키에게 협력하는 것은 그녀와 친해지고 싶다는 이유만이 아니다.

"죠로도 그녀에게 협력하는 모양이고."

아무래도 츠바키는 모토키의 낯가림을 개선하고 싶은지, 자기는 적이 되면서도 그녀의 지원을 쿄로에게 부탁했다.

물론 직접적이 아니라 간접적인 말이었지만, 금방 알 수 있었다.

용기를 낼 수 없어서, 하고 싶은 말을 솔직히 하지 못하는 소녀.

내가 도와줄 수 없었던 애를 이번에는 돕고 싶다. 나는 그걸 거들고 싶다.

더불어서 거기에 쿄로도 있으니까 이상적. 그러니까 나는 모토키에게 협력한다.

그녀의 낯가림을 개선할 계기를 만들기 위해서.

그리고….

"있잖아, 슬슬 깨어나지 않으면 늦어버릴걸?"

비올라가 눈을 뜰 계기를 만들기 위해서.

비현실적인 방법을 택한다는 것은 충분히 알고 있다.

그래도 이 가느다란 실을 나는 결코 놓지 않는다.

왜냐면,

"2학기가 끝날 때 쿄로에게 연인이 생길지도 몰라."

"……."

아주 조금 흔들리는 비올라의 몸.

반년 동안 여기를 계속 다니면서 내가 발견한, 잠들어 있는 그녀의 특징이다.

비올라는 죠로와 관련해 위기감을 부채질하는 말을 던지면, 반드시 어떤 반응을 보인다.

어쩌면 그대로 눈을 뜰 가능성도….

"실은 이번 츠바키와 모토키의 승부에서 뭘 좀 시도해 볼까 해."

비올라의 위기감을 더욱 부채질하기 위해서 나는 말을 이었다.

"'패자는 승자의 명령을 반드시 듣는다'라는 멋진 특권이잖아? 그러니까 나는 죠로에게 협력하면서… 그에게 이 특권을 쓸까 해."

"……."

다시금 비올라의 몸이 흔들렸다.

"'내 연인이 될 것'이라면 아주 멋진 명령이라고 생각하지 않아?"

"……!"

그렇게 말하자, 지금까지 중에서 가장 강한 반응을 비올라가 보였다.

어떻게든 몸을 일으키려고 하면서도 잘 되지 않는 모습.

내 행동을 저지하려고 열심히 발버둥 치는 것처럼도 보였다.

"미안해. 조금 심술이 지나쳤네."

조금 지나쳤을지도 모른다 싶어서 스스로를 꾸짖었다.

죠로의 연인이 되는 건 내가 아니다. …팬지다.

"내가 당신 대신 죠로의 연인이 될게. 당신이 눈을 떴을 때 당신이 가장 곁에 있고 싶은 사람의 옆자리를 준비할게."

내 역할은 어디까지나 대역.

잠든 팬지를 대신해 그녀가 눈을 뜰 때까지만 곁에 있는 존재.

그거면 된다. 그러면 되니까….

"부탁이야. 얼른 눈을 떠…."

소망을 담아서, 잠든 비올라의 손을 꼭 붙잡았다.

"슬슬 가야겠네."

오늘도 비올라는 눈을 뜨지 않았다. 하지만 분명 머지않았다.

조금만 있으면 그녀는 눈을 뜬다. 그러면 슬슬 내 마지막 계획이 실행된다.

누구에게도 전하지 않은, 최악의 계획.

내가 죠로의 연인이 되고 비올라와 바꿔치기 한다.

죠로의 연인이 될 수 있을지는 모르지만, 어쩌면… 반드시 잘될 거야.

"……."

병실을 나서서 조용히 문을 닫았다.

마치 병실에 내 죄악감을 가두는 듯한 감각이었다.

거기서 도망치듯이 출구를 향해 다소 서둘러 걷다가,

"어! 왜, 왜 네가…."

"······!"

조금 떨어진 곳에서 결코 들어선 안 되는 목소리가 들려왔다.

하지만 나는 결코 그 방향을 보지 않는다.

심장이 불가능할 정도로 세게 고동을 연주하지만, 나는 어떻게든 냉정함을 가장하고 병원 출구로 향했다. 저쪽도 내 존재를 알아차렸지만, 말을 걸 생각은 없는 모양이다.

그래. 지금의 그는 '나와 내 친구들에게 접근해선 안 되고, 말도 걸면 안 된다'.

올해 지역 대회 결승전에서 만든 제약이 아슬아슬하게 나를 구했다.

하지만···.

"왜 하즈키가 있지···."

계획에 생겨난 약간의 뒤틀림에 나는 푸념을 했다.

✻

고등학교 2학년 금요일 체육제 전날.

내일 체육제에서 하는, 츠바키와 히이라기의 노점 매상 승부.

나는 내 희망대로 히이라기 팀에 소속될 수 있었다.

하지만 거기서부터가 고생의 연속이었다.

보통 도서실에서 보내는 모두와 썬을 포함한 야구부 사람들은 츠바키 팀.

어떻게든 그 전력 차를 메우려고 죠로가 사잔카나 토쇼부 고등학교의 토쿠쇼나 사쿠라바라 선배를 히이라기 팀에 끌어들였지만, 아직 차이가 컸다.

승부의 열쇠를 쥔 것은 히이라기다.

그녀가 만든 닭꼬치는 아주 맛있어서, 츠바키의 튀김꼬치에도 뒤지지 않았다.

하지만 히이라기에게는 커다란 결점이 있었다.

극도로 낯을 가려서, 사람들 앞에 나가면 도무지 닭꼬치를 굽지 못한다는 점이다.

그 결점을 극복할 수 없다면 우리에게 승리는 없다.

그러니까 어떻게든 히이라기의 낯가림을 개선시키려고 체육제 1주일 전에 다른 장소에 노점을 내고 연습을 했는데… 거기서 큰 실수를 했다.

아무래도 남을 두려워하는 히이라기가 두려운 나머지 도망친 것이다.

그런 자신의 실수에 크게 상심한 그녀는 현재 제대로 기능하지 않는다.

츠바키와의 승부에서 도망칠 생각은 없는 모양이지만, 이대로 가다긴 당일에도 히이라기는 아무것도 하지 못한 채로 우리는 패하게 되겠지.

그러니까 어떻게든 히이라기를 다시 일으켜 세워야만 한다.

승부에 이기고 싶다는 마음도 있지만, 무엇보다도… 히이라기가 소중한 존재니까.

아식 함께 있었던 시간은 짧다. 하지만 그녀와 보내는 시간은 무척 즐겁다.

그녀가 나를 필요로 해 주는 것이 크나큰 행복. 그녀와 만나서 다행이라고 진심으로 생각한다.

괜찮아. 히이라기라면 용기를 낼 수 있어. 나도 곁에 있으니까 같이 노력하자.

그것을 전하고 싶은데….

"할 말이라는 게 뭐야?"

나는 어떤 인물에게 불려 나와서, 히이라기에게 가지 못하고 있었다.

"하핫! 일부러 와 줘서 고마워!"

평소처럼 씩씩한 미소. 몸에 걸친 유니폼에서는 땀으로 생긴 얼룩이 눈에 띄었다.

그것은 그의 노력의 증거. 나를 불러낸 것은….

"실은 팬지에게 전하고 싶은 게 있어서!"

오오가 타이요. 죠로의 절친이자, 썬이라고 불리는 소년이다.

이렇게 그와 단둘이서 만나는 것은 1학기 이후 처음이라서 조금 긴장된다.

"가능하면 얼른 끝내 줘. 난 좀 급해서."

긴장과 짜증 때문에 무심코 가시 돋친 말을 던졌다.

"그래?! 미안! 그럼 바로 본론으로 들어가지!"

두 손을 모으며 사죄의 뜻을 보이는 썬.

묘하게 가슴이 뛰었다. 뭔가 나에게 아주 안 좋은 일이 일어날 것 같았다.

"실은 어떤 녀석에게 팬지에게 말을 전해 달라는 부탁을 받았어."

"…전언을? 뭔데…?"

긴장이 한층 심해졌다. 누구의 전언인지는 묻지 않았다.

하지만 나는 알고 있다. 우연히도 한 번 보았다.

여름 방학에 썬과 즐겁게 보내는, 나의 소중한 친구를….

"'나는 행복하게 살았습니다. 당신도 당신을 위해 살아 주세요.'"

"……!!"

아아…. 역시 그렇구나….

썬의 전언은 그 아이가 보내는 전언이구나….

"아네모네가 보내는 말이야."

조용히, 그리고 어딘가 달관한 표정으로 썬은 그렇게 말했다.

"…나는 이치카라고 부르고 있었어."

긴신히 쥐어 짜낸 말은 그것뿐.

예상했던 인물이 보내는 말에, 나의 생각은 한없이 혼란스러워졌다.

어째서 썬에게 전언을 맡겼어? 어째서 당신이 말하러 오지 않았어?

"그래? 음, 내가 이름으로 부르려고 하면 싫어했는데…."

그렇겠지. 그녀는 보탄 이치카이며 보탄 이치카가 아니다.

그래서 항상 자신의 이름을 자신의 이름으로 받아들이지 않았다.

내가 뭔가 다른 호칭을 붙일 것을 제안했지만, 그녀는 그것을 거절했다.

그 이유는….

"'내 이름은 왕자님이 정해 주는 겁니다. 니힛'. 그녀의 말이야"

장난스러운 미소와 함께 내게 강한 결의를 전한 이치카.

그러니까 나는 그녀와 보낼 때, 잠정적으로 '이치카'라고 불렀다.

"…그런가."

"저기, 왜 썬이 전하는 거야? 이치… 아네모네는…."

안 좋은 예감이 들었다. 제발 그게 틀리길 바랐다.

강하고 강한 바람을 담아서 썬에게 그렇게 물었지만,

"…이미 사라졌어…."

내 바람은 이루어지지 않는다.

"……!! 그, 그렇구나…."

눈시울이 뜨거워졌다. 어떤 감정을 품으면 좋을지 알 수 없었다.

그녀가 사라진다는 것은 보탄 이치카가 돌아온다는 뜻.

그것은 그녀들의 가족이 갈망했던, 보탄 이치카의 해피 엔딩.

하지만… 하지만 내게는….

"이, 이치카…. 이치카…."

뜨거워진 눈시울에서 불필요한 것이 넘쳐났다.

어째서? 어째서 항상 내 소중한 사람은 사라지는 거야?

어째서 내 친구들은 없어지는 거야?

"저기, 팬지. …너는 무슨 생각을 하는 거야?"

본래 해서는 안 되는 말이다.

하지만 감정의 파도에 휘말린 나는 거스를 수 없었다.

나에게… 아니, 우리에게 무슨 일이 일어났는지.

내가 뭘 하려는지를 썬에게 모두 전했다.

"그게 무슨 소리야! 비, 비올라가 교통사고?! 게다가 계속 잠든 상태라니…. 살아 있는 거지?! 비올라는 살아 있는 거지?!"

"……."

허둥대는 썬에게 나는 조용히 고개를 끄덕여 주었다.

내 이야기는 썬에게도 예상 밖이었던 모양이다.

"왜 녀석이 그렇게…. 제길!"

썬이 주먹을 움켜쥐었다. 근처에 있는 벽에 주먹을 휘두르려다가, 가까스로 이성이 움직였는지 그것을 멈추었다.

그는 투수다. 손을 다쳐선 안 된다.

"…사정은 알았어…. 하지만 팬지, 그건 안 되잖아!"

벽에 휘두르려던 손을 간신히 멈춘 그는 내게 강하게 호소했다.

"지금 당장 그만둬! 너는 너야! 아무리 도움을 받았다고 해도, 아무리 은혜를 입었다고 해도, 녀석 대신 죠로의 연인이 되다니…. 잘못되었어!"

"잘못되지 않았어. 나는 팬지니까."

"……!"

역시나 그는 제지했다. 하지만 그런다고 간단히 양보할 수 있는 마음이 아니다.

내가 여기에 있을 수 있는 것은 모두 비올라 덕분. 내 목숨은 비올라가 이어 준 것이다.

그러니까,

"썬, 부탁이야. 누구에게도 이 이야기는 하지 마. 나는 팬지야. 나는 팬지로서 죠로의 연인이 되어야만 해."

"아, 아니, 그건…."

"부탁이야. …나는 비올라의 소망을 이뤄 주고 싶어…."

"……."

216

나의 필사적인 애원에 썬은 아무런 대답도 하지 않았다.

내일은 체육제. 나는 얼른 히이라기에게 가야만 하는데, 얼른 죠로에게 가야만 하는데… 그 마음이 모두 사라진 듯한 착각에 사로잡혔다.

"…이건 죠로와 너희의 이야기…로군."

긴 침묵 끝에 썬은 그렇게 말했다.

그리고 평소처럼 씩씩한 미소가 아닌, 냉정한 눈동자를 보이더니,

"알았어…. 나는 이 사실을 아무에게도 말하지 않겠어. …약속하지."

그 말에 나는 진심으로 안도했다.

"고마워. …정말로 고마워…."

"하지만… 아무 짓도 안 하겠다는 건 아냐."

"무슨, 소리?"

"나는 네가 하려는 행동이 잘못되었다고 생각해. 그러니까 내 나름대로의 방법으로 손을 쓰도록 하겠어."

왜 그렇게 되는데?

왜 내 소망은 이뤄지지 않는 거야?

순조로울 터였다. 커다란 장벽은 있지만, 내 계획 자체는 누구에게도 알려지지 않을 터였다.

그런데 하즈키에게 들킬 뻔하고, 썬에게는 알려졌다.

"뭘 하려고?"

"조금 메시지를 보낼 뿐이야. 나는 너와 비올라를 도울 수 없어. 그러니까 도울 수 있는 녀석에게 전할 뿐이야."

썬이 부드러운 미소와 함께 나를 똑바로 바라보았다.

사실은 그런 메시지도 막고 싶다. 하지만 나는 막을 수 없다. 마음속으로 바라고 있으니까.

"팬지가 팬지가 될 수 있게 해 주라고."

그가 나를 구해 주는 것을.

❄

고등학교 2학년 토요일 체육제 후.

체육제는 끝을 맞았다. 최종적인 결과는 모두 내 생각대로.

히이라기는 (아직 완전하다고 할 수 없지만) 용기를 가질 수 있었고, 낯가림을 극복하는 첫걸음을 떼기 시작했다. 승부도 히이라기 쪽이 승리하고… 내가 슬쩍 츠바키 쪽으로 이름을 옮겨 두었던 죠로에게 어떤 명령이든 하나 할 수 있게 되었다.

하지만 모든 게 생각대로 굴러가진 않았다.

"있잖아, 죠로. 이렇게 있으니 뭔가 떠오르지 않아?"

'씩씩한 닭꼬치 가게'의 근처에 있는 인적 없는 주차장에서, 나는 정면에 선 죠로에게 말했다. 옆에는 코스모스 선배, 히마와리, 아스나로, 사잔카.

모두 어딘가 진지한 표정으로 죠로를 바라보고 있다.

"떠오르다니… 뭐가?"

"올해 지역 대회 결승전에서, 당신이 하즈키에게 이긴 뒤가 말이야."

"윽!"

체육제의 결과 자체는 내 생각대로.

하지만 거기에 이르기까지는 예상 밖의 일이 너무 많았다.

병원에서 하즈키와의 만남, 체육제 전날 썬과의 대화, 그리고 체육제 당일의… 보탄 이치카와의 재회. 그것도 있어서 나는 바로 본론에 들어가지 못했다.

"그때 당신은 모두에게 마음을 전했어. 하지만 그걸로는 역시 납득할 수 없어."

망설임은 한순간. 병원에서 잠든 비올라, 조금씩 깨어날 조짐을 보이는 그녀의 소망을 이루기 위해서라도 나는 이 말을 죠로에게 전해야만 한다.

"설마… 네가 나한테 시키는 명령은…."

"그래. 이번에야말로 확실히 한 명… 죠로가 제일 소중한 사람에게만 당신의 마음을 전해 줘."

자연스럽게 손에 힘이 들어갔다.

지금부터 내가 전하는 것은 잘못되지 않았을까?

"그러니까… 죠로."

"뭐, 뭐야?"

아니, 설령 잘못되었다고 해도 해야만 한다.

지금 우리의 관계는 대단히 비뚤어졌다.

비올라만이 아니다. 다른 모두를 위해서라도, 앞으로를 위해서라도 전해야만 한다.

"한 명에게만 당신의 대답을 들려줘."

"나, 나는…."

있잖아, 죠로. 당신은 누구를 제일 좋아해?

지역 대회 결승전에서는 모두를 좋아한다고 했지만, 전원에게 같은 마음이야?

아니면….

"2학기가 끝날 때에."

"…어? 지, 지금이 아니라… 2학기가 끝날 때?"

"응, 그래."

간신히 냉정함을 지키며 전했지만, 몸은 솔직하다. 손이 떨렸다.

내가 정한 타임 리밋. 혹시 나 이외의 사람이 죠로의 연인이 된다면, 혹시 비올라가 2학기가 끝날 때까지 눈을 뜨지 않으면….

그리고 혹시 내가 죠로의 연인이 되고 비올라와 바꿔치기 하면….

"한심하지만… 우리도 무서워."

"무서워?"

"완성된 관계에 변화를 주는 건… 큰 용기가 필요해."

"⋯⋯!"

사실은 계속 이 관계로 있고 싶다.

계속, 계속 죠로와… 모두와 함께 도서실에서 지내고 싶다.

하지만….

"하지만 우리는 언제까지 고등학생으로 있을 순 없어. 언젠가 반드시 변해. 그때 답을 모르는 건 싫어. …그러니까 2학기 끝. 지금이 아니라, 3학기도 아니라, 2학기가 끝날 때에 당신의 마음을 가르쳐 줘. 이건 반드시야."

그것은 결코 이뤄지지 않는 소망. 우리가 고등학생인 이상, 언젠가 졸업이라는 이별이 온다.

한정된 시간 속에서 취사선택을 하고, 해야 할 일을 해야만 한다.

내 말에 함께 죠로를 바라보던 이들도 고개를 끄덕였다.

죠로, 당신은 정말로 마음 착한 사람.

하지만 그 마음이 있기에 언제나 자기보다도 주위를 우선한다.

괜찮아. 때로는 자기 마음을 우선해서, 우리 중 누군가를 배려하지 않고 마음을 전해도….

"알았어. 2학기 끝… 그때 확실히 전할게."

"그래. 기대하고 있을게. …죠로."

이걸로 내 끝이 정해졌다.

하지만 신기하게도 슬픈 마음은 들지 않고, 어딘가 온화한 마음이 생겨났다.

분명 각오가 섰기 때문이겠지.

나는 결코 죠로의 연인이 될 수 없다. 아니, 본래 바라서도 안 된다.

마음속에 남아 있던 잔재가 이번에야말로 완전히 사라졌다.

나는 팬지.

팬지로서 죠로의 연인이 되고, ……사라지자.

고등학교 2학년　12월 30일　오후 5시 45분.

"…앞으로 15분이네."

드디어 진정한 의미로 끝의 시간이 내게 다가오고 있다.

12월 30일의 오후 6시.

내가 여기서 그를 계속 기다리는 것은 그 시간까지.

혹시 시간이 되어도 그가 나타나지 않으면 이번에야말로 진짜로 끝.

"역시 무리야…."

알고 있었던 일이다. 내가 남긴 정보는 너무나도 막연하다.

아마도 그는 내가 있는 곳이 '나와 그의 공통의 장소'라는 것까지는 도달했겠지.

그리고 내가 친구들에게 전한 말을 들었을지도 모른다.

히이라기에게 전한 '그가 괜한 짓을 한 장소'.

코스모스 선배에게 전한 '행복과 불행을 동시에 낳은 장소'.

사잔카에게 전한 '모두의 장소'.

히마와리와 아스나로에게 전한 '시작의 장소'.

하지만 미안해….

사실은 그 정보를 모두 모아도 내가 정확히 어디에 있는지는 알 수 없어.

왜냐면….

"이제 곧 끝이야…."

나는 뭐가 아쉬워서 하찮은 생각을 하는 걸까?

12월 30일의 오후 6시까지 그가 여기에 나타나지 않으면 그걸로 진짜로 끝.

몇 번이나 생각하고 정한 일이잖아.

그러니까 이거면 됐어.

이대로 나는 그를 만나는 일 없이 이 장소를 뜬다.

그리고 그는 팬지의 연인이 되어서 섣달그믐을 맞이한다.

12월 31일은 팬지의 생일.

이번에야말로 진짜 연인이 된 그는 분명 팬지를 진심으로 축복하겠지.

어쩌면 멋진 선물도 준비할지 모른다.

대체 뭘 줄 생각일까? 내가 그걸 아는 날은 결코 오지 않는다.

"…이제 5분."

시계가 5시 55분을 가리킨다. 서서히 사람이 불어나기 시작한 그곳에 나는 계속 서 있다.

가슴속에서 '조금만 더 기다려 보면?'이라는 목소리가 들려왔다.

안 돼…. 돌아가지 않으면 안 돼. 나는 이미 팬지가 아냐.

그러니까….

"하핫! 아슬아슬 늦지 않게 도착한 모양이군!"

그때였다. 내 뒤에서 한 남자의 목소리가 들려왔다.

"늦지 않았는지는 모르지만, 아슬아슬 세이프다! 뭐, 너를 놓치지 않으려는 뜨거운 마음이 있는 이상, 돌아갔더라도 쫓아갔겠지만!"

그것은 그의 목소리가 아니다. 그것은 그의 모습이 아니다.

하지만 한 소년이 내게 도착했다.

"썬…."

"음! 오래간만이야!"

어째서 썬은 내가 여기에 있는 줄…. 그런 거네.

필시 그는 내가 남긴 정보를 하나도 모른다.

하지만 그 이상의… 아마 반칙이라고 할 수 있는 방법으로 내 위치를 안 것이다.

왜냐면 그는….

"약속 시간에 늦은 이치카 덕분이지."

내 정확한 위치를 아는 유일한 소녀와 강한 인연으로 맺어졌으니까.

"…아네모네는 건강한 모습이었어?"

"그래. 변함없었어."

정말로 처음부터 끝까지 아네모네는 나를 곤란하게 만드네.

설마 썬과의 약속을 무시하고 나한테 오다니.

그런 짓을 하며 나중에 썬이 알아차릴 게 당연하잖아.

"그래…. 그럼 다행이군!"

썬은 이 이상 아네모네에 대해 내게 물을 생각이 없는 모양이다.

그러니까 나도 썬에게 아무 말도 하지 않는다.

썬이 우리와 그 사이에 필요 이상으로 파고들지 않은 것처럼, 나도 썬과 아네모네 사이에 필요 이상으로 파고들지 않는다.

"내가 뭘 위해 왔는지 알고 있어?"

당연하잖아.

당신은 나에게 여기에 조금 더 있으라고 말할 생각이지?

체육제 전날의 약속대로, 썬은 지금까지 그에게 아무런 사정도 전하지 않았다.

거기에 대해 감사는 하지만… 그렇더라도 그 이야기만큼은 들을 생각이 없어.

나는 이미 결심했어. 강하게… 강하게 결심했어.

12월 30일의 오후 6시까지 그가 여기에 오지 않으면 모든 것을 끝낸다고.

가령 시간을 조금 더 준다고 뭐가 변하는데?

그가 여기에 온다고는 할 수 없어.

애초에 아직 히이라기 외에는 아무런 정보도 듣지 못했을 가능성도….

"녀석은 와."

"……!"

그 말을 들은 것만으로도 내 결의에 쉽사리 금이 갔다.

그렇게 몇 번이나 스스로에게 되뇌었는데, 그렇게 몇 번이나 결의했는데, 이렇게 간단한 말로 그 결의에 금이 간다.

"물론 나는 아무것도 전하지 않았어. 그런 짓을 하면 룰 위반이니까."

"그렇다고 해도 정말로 올지는….."

"녀석은 반드시 와."

그만. 그런 올곧은 말을 내게 전하지 마.

금이 더 커지니까…. 결의가 무너지니까….

"미안, **팬지.**"

"그건 누구를 향해서 하는 말일까?"

금이 커지는 것이 분해서, 그만 가시 있는 말이 되었다.

아아, 나는 왜 이리 불필요하게 남에게 상처를 주는 거지?

썬은 나를 생각해서 말해 준 건데….

"**양쪽 모두에게.** 너희가 괴로워한 건 내가 약했기 때문이야. 한심하고 약하고 겁쟁이인 나 때문에 너희는 고생했어. 내가 더 강했으면 하고 계속 후회했어….."

"아, 아냐! 썬이 아냐! 내… 내 탓이야! 내가, 더 강했으면, 내게 용기가 있으면 이렇게 되지 않았어!"

처음부터 그녀만을 생각하며 행동했으면 되었다.

그에 대한 마음을 품을 뻔했을 때, 그 마음을 봉인했으면 되었다.

그러면 이렇게 되지 않았다. 또 다른 미래가 기다리고 있었으니까.

"그렇다고 해도 내가 저지른 일이 없어지진 않아. 계속, 계속… 생각했어. 어떻게 하면 팬지에게… 녀석에게 마무리를 지을 수 있을까, 라고."

"그러니까 당신은…."

"최대한으로 시간을 벌어야지. 어떻게든 동점까지 따라붙어서 연장전에 돌입시킨다. 팬지와 녀석을 위해서…."

이제 됐잖아. 당신은 충분히 해 왔잖아.

당신이 있었으니까 팬지는 그에게 연심을 품을 수 있었어.

팬지가 그에게 연심을 품었으니까 나는 팬지와 만날 수 있었어.

당신이 있었으니까 나는 그에게 연심을 품을 수 있었어.

모두, 모두… 당신이 있었던 덕분이야….

"어떤 결과가 되든지 나는 불평하지 않겠어. 하지만 거기에는 조건이 붙지. 확실히 너와 녀석이 만나서 서로의 마음을 맞부딪칠 것. …그도 그렇잖아?"

어째서 썬은 그렇게까지 우리에게 신경 쓰는 거야?

그렇게까지 하지 않아도….

"그것이 **산쇼쿠인 스미레코**가 나와 녀석에게 해 준 일이니까."

"~~~~!!"

그래, 나다.

올해 1학기에 내가 그걸 그와 썬에게 했다.

일그러진 인연을 원래대로 되돌리기 위해서, 나는 두 사람이 본심을 서로 털어놓을 수 있는 장소를 만들었다.

그러니까 썬은….

"그런 거지! 참고로 그렇게 생각하는 건 나만이 아니거든?

"무슨, 소리?"

내 의문에 썬은 말이 아니라 행동으로 말했다.

그 크고 다부진 손으로 내 가방을 가리켰다.

"스마트폰을 봐."

시키는 대로 나는 가방 안에서 스마트폰을 꺼냈다.

그리고 그 화면을 확인하자.

「자신감을 가져. 너는 우리 모두에게 이겼잖아? 그런 네가 우리가 제일 원하는 권리를 포기하는 건 역시 간과할 수 없어.」

「있잖아! 봄 방학에는 라이가 이쪽으로 놀러와! 모두 함께 놀자! 우리는 계속 함께 친구! 그러니까 도망치면 안 돼!」

「너, 왜 도망치는 거야! 말해 두겠는데, 나는 녀석을 포기하지 않았으니까! 네가 도망치면 그 틈에 내가 빼앗을 거니까!」

「그 사람은 우리 전원에게 이야기를 들었어요! 아직 조금 혼란스러운 모양이지만, 그래도 필사적으로 당신에게 도달할 겁니다! 그러니까 조금 더 기다려 보지 않겠습니까?」

「잠깐 나랑 성전을 하지 않겠어? 그 사람이 너에게 오면 나의 승리. 안 오면 너의 승리. 전에는 졌으니까 설욕전을 하고 싶달까.」

「우훗! 우후후훗! 산쇼쿠인 선배는 여전히 배배 꼬였네요~! 사실은 만나고 싶고 만나고 싶은데, 숨어 버리다니! 하지만 괜찮아요! 제 노예는 반드시 당신에게 도달할 테니까요!」

「야호, 스미레코찌! 조금 추울지도 모르지만, 조금만 더 기다려! 지금부터 아주 따뜻한 사람이 그리로 갈 거야!」

「신은 반드시 당신에게 도달한다.」

「사정은 잘 모르지만, 승부에서 도망치는 건 동감할 수 없다. 타석에 서라. 네게는 그 권리가 있을 거다.」

「나는 네게 폐만 끼쳤으니까, 또 한 번 폐를 끼칠까 해. 춥겠지만, 거기서 더 기다려. 이제 곧 녀석이 네 앞에 나타날 테니까.」

「스미레코, 기다려 줘! 스미레코가 없어지는 건 싫어! 앞으로도 나한테 잘해 줘! 난, 스미레코를 아주아주 좋아하니까, 계속계속 같이 있고 싶어! 나랑 스미레코는 아주아주 사이 좋아~!」

"윽! 우우우우우…."

자연스럽게 눈동자에서 불필요한 것이 흘러나온다.

어째서? 어째서 나 같은 것을 위해 당신들은 이렇게까지 해주는 거야?

나는 계속 거짓말을 했다. 계속 당신들에게 사실을 말하지 않았다.

그런데….

"다들 너를 좋아하니까."

이런 건 비겁해.

내 결의는 완전히 금이 갔다. 당장이라도 무너질 것만 같다.

그도 그렇잖아? 나도, 나도….

"나도 모두를 좋아해…."

다시금 내 스마트폰이 진동했다.

그리고 거기에 표시된 메시지는….

「팬지는 어중간한 결말 같은 건 바라지 않아. 그러니까 정정당당히, 그 장소에서 결판을 내자. 알았지? 꼴사납게 도망친 시궁쥐 씨.」

나를 좋아하는 건
너 뿐이냐

나를 좋아하는 건 너뿐이냐

제 **4** 장

"좋아! 도착⋯ 우게엑!"

니시키즈타 고등학교에서 서둘러 출발한 우리는 어느 장소에 도달했다.

여기에 틀림없이 산쇼쿠인 스미레코가 있다. 있지만⋯

"뭐 이리 사람이 많아⋯."

어디를 봐도 사람, 사람. 산쇼쿠인 스미레코의 모습이 보이는 건 고사하고, 설령 근처에 있다고 해도 어지간히 접근하지 않는 이상 발견할 수 있을 것 같지 않다.

"크, 크크크크큰일이야! 모! 모르는 사람이 많아! 이런 장소에 있으면 죽어 버려! 어, 얼른 스미레코를 찾지 않으면, 나도 스미레코도 죽어 버려어어어!!"

"왓! 히, 히이라기찌, 진정해! 괜찮아! 위험한 사람은 없어!"

너무 사람이 많아서 히이라기가 가벼운 패닉 상태에.

체리의 몸에 찰싹 달라붙어서 전혀 떨어질 기색이 없다.

"효왓! 엄청나게 사람이 많습니다! 우후홋! 어쩔 수 없네요~! 여기선 저의 매력으로 모두를 데리고⋯ 우갸악! 토쿠쇼 선배, 무슨 짓입니까! 갑자기 목덜미를 붙잡지 말아 주세요!"

"얌전히 있어라."

"우홋~! 토쿠쇼 선배는 역시 못됐습니다!"

무슨 영문 모를 짓을 하려는 탄포포를 후우가 스톱.

하는 짓은 난폭하지만, 일단 본인 나름대로 걱정하는 거겠지.

아쉽게도 전혀 전해지지 않지만….

"죠로, 어쩔 거야? 사람이 이렇게 많아선…."

"그렇군…."

이 숫자에는 아무래도 놀랐는지, 호스도 조금 약한 목소리를
냈다.

"이만 포기하는 편이 좋지 않을까? 이렇게 사람이 많은 장소
에 겁쟁이인 그 애가 남아 있을 리가 없어. 애초에 시간도…."

스마트폰을 확인. 시각은 6시 20분.

원래라면 산쇼쿠인 스미레코는 이미 이 자리를 떠났겠지.

하지만….

"분명히 있어."

"어떻게 그렇게 장담할 수 있어?"

"썬이 그렇게 말했으니까."

지금까지 나는 수많은 악전고투를 경험해 왔다.

예상 밖의 배신도 셀 수 없을 만큼 맛보았다.

하지만 그렇다고 해서 믿음을 잃지는 않는다.

썬이 '시간을 벌겠다'고 말해 주었다.

본래 이 이상 협력할 수 없다고 말했는데, 무리인 것을 알면서
해 준 것이다.

그렇다면 나는 그것을 믿고 녀석을 찾을 뿐이다.

"처음부터 끝까지 우리를 고민시키는 건 죠로와 오오가의 인

연이네."

우리, 라….

'팬지'에게 나와 썬의 인연이 어떤 것인지는 모른다.

하지만 '팬지'가 있었기에 우리는….

"다들! 미안하지만 나뉘어서 찾아 주겠어?! 혹시 녀석을 발견하면 바로 나한테 연락해 줘!"

"알았어! 히이라기찌, 호스찌! 우리는 저쪽부터 찾자!"

"무, 무서워! 하지만 스미레코를 만나고 싶어어어어!!"

"체리 선배, 부디 다른 사람에게 폐를 끼치지 말아 주세요! 아무쪼록!"

"우후훗! 그럼 저는 반대쪽부터! 토쿠쇼 선배, 가지요!"

"쿨럭! 손! 손을 잡았다고?! …큭! 상황이 상황이라고 해도… 죠로, 내 나름대로 할 수 있는 일은 해 보겠지만… 혹시나 도중에 힘이 다하면… 미안…."

여기까지 함께 와 준 체리, 히이라기, 호스, 탄포포, 후우가 둘로 나뉘어서 각각 달려갔다.

누군가가 발견하기를 바라지만, 가능하다면….

"좋아! 팬지, 우리도…."

"잠깐 기다려 줘, 죠로."

달려가려는 순간, 코사이지 스미레가 냉정한 목소리로 나를 막았다.

238

"…왜?"

되물으면서도 나는 희미하게 깨닫고 있었다.

우리가 단둘이 되면 코사이지 스미레는 반드시 뭔가를 할 거라고.

"지금 당신이 이 잡듯이 이곳을 뒤지면 혹시 그 애를 찾을 수 있을지도 몰라. 하지만 더 확실하게 그 애를 찾아낼 방법이 있다면 당신은 어떻게 할래?"

"……."

강한 결의와 희미한 쓸쓸함을 드러내는 아름다운 미소.

그 미소가 내게 확신을 주었다.

역시 그렇군….

"내가 그 애라면 어림짐작으로 찾아낸 것에 다소 복잡한 감정을 품을 거야. 찾아낼 거면 정확한 장소를 파악하고 찾아 줬으면 하니까."

지금까지 나는 산쇼쿠인 스미레코가 특별히 친했던 이들에게서 녀석이 있는 장소의 힌트를 모아 왔다.

체리의 말로 깨달은 '키사라기 아마츠유와 산쇼쿠인 스미레코만이 관계있는 장소'.

히이라기가 가르쳐 준 '키사라기 아마츠유가 괜한 짓을 한 장소'.

코스모스가 가르쳐 준 '행복과 불행을 동시에 낳은 장소'.

사잔카가 가르쳐 준 '모두의 장소'.

히마와리와 아스나로가 가르쳐 준 '시작의 장소'.

언뜻 생각하자면 이걸로 힌트가 모두 모인 것처럼도 생각되겠지.

사실 히이라기는 내게, 힌트를 들은 것은 코스모스, 히마와리, 사잔카, 아스나로라고 말했다.

…하지만 히이라기가 전해 준 말을 다시금 떠올려 보자.

'그렇다면 소중한 친구들에게 조금씩, 내가 있는 장소를 가르쳐 줄게. 그 사람에게 가르쳐 주고 싶으면 가르쳐 줘도 돼.'

처음부터 그렇게 말했다.

산쇼쿠인 스미레코에게 소중한 친구.

그 녀석들이 산쇼쿠인 스미레코가 있는 곳의 힌트를 가지고 있다.

그걸 들은 건 히이라기, 코스모스, 히마와리, 아스나로, 사잔카.

그리고….

"팬지, 너도 힌트를 받았던 거로군."

아직 모든 힌트가 모인 게 아니었다.

"후후후…. 정답이야."

지금까지와 달리, 마치 여동생을 축복하는 언니 같은 미소를 코사이지 스미레가 보였다.

어쩐지 힌트를 모아도 녀석의 정확한 위치를 알 수 없다 싶었다.

마지막 힌트. 그걸 손에 넣었을 때, 비로소 나는 산쇼쿠인 스미레코에게 도달할 수 있는 건가.

"나도 그 애한테 힌트를 하나 들었어. 죠로는 그걸 알고 싶지?"

"그래."

"하지만 가르쳐 주는 데에는 조건이 필요해. 그게 뭔지는 알고 있을까?"

"'코사이지 스미레의 목적'을 달성하는 거로군?"

"아주 기뻐."

내가 해결해야만 하는 두 가지 문제.

'산쇼쿠인 스미레코가 있는 장소', '코사이지 스미레의 목적'.

이 두 가지 중 내가 먼저 해결해야 한다고 판단한 것은 '산쇼쿠인 스미레코가 있는 장소'였다.

여기에 오기 전까지는 내가 '코사이지 스미레의 목적'을 이해하지 못했기 때문이다.

하지만 지금은 다르다.

나는 '코사이지 스미레의 목적'이 뭔지 이해하고 있다.

해결하려고 하면 당장이라도 할 수 있다. 하지만….

"괜찮겠어?"

그 목적은 너무나도 슬픈 결말을 낳기 때문에 나는 해결할 수 없었다.

"그래, 괜찮아."

코사이지 스미레가 똑바로 나를 바라보며 미소를 지었다.

화내고 토라지고 곤란해하고 웃고…. 이 짧은 동안에 코사이지 스미레는 다양한 감정을 내게 보여 주었다. 분명 그건 코사이지 스미레가 연인에게만 보이는 표정이겠지.

"…알았어."

조용히 결의를 입에 담았다.

설령 아무리 슬픈 결말을 낳더라도, 아무리 코사이지 스미레가 슬퍼하더라도.

"'코사이지 스미레'의 목적을 달성하지."

하기로 마음먹었으면 한다. 그것이 나의 모토니까.

"일단 이걸 받아 줘."

처음에 한 것은 가방 안에서 종이 꾸러미를 하나 꺼내는 것. 그리고 그걸 코사이지 스미레에게 건넸다.

"뭘까?"

"내일은 팬지의 생일이잖아? 그러니까 생일 선물이야."

"죠로, 그건 보통 당일에 주는 거 아니야?"

"내일은 줄 수 없으니까 지금 줄게."

"…그래."

작게 대답한 뒤에 코사이지 스미레는 내게서 종이 꾸러미를 받았다.

　섬세한 동작으로 그 꾸러미 안에 든 것을 확인하고 살짝 눈을 치켜뜨더니,

　"아주 멋진 선물이네."

　내가 '팬지'를 위해 준비한 선물… 장갑을 꼈다.

　"이게 있으면 죠로와 손을 잡지 않아도 따뜻해."

　결코 그런 의도가 있었던 건 아니다.

　다만 준비한 것이 우연히 그런 식으로도 느껴질 수 있었을 뿐이다.

　"어때?"

　"어울려."

　"고마워. 정말 기뻐."

　장갑을 낀 뒤에 코사이지 스미레는 가만히 내 손을 붙잡았다.

　거부하지 않았다. 당연하다. 지금의 나는 팬지의 연인이니까.

　"정말로 너희는 비슷한 녀석들이었어."

　"……."

　내 말에 코사이지 스미레는 대답하지 않았다.

　"하는 짓이 어중간해. 내 연인이 되고 싶다고 말하면서 산쇼쿠인 스미레코를 찾는 데에 협력하는 짓은 본래 해선 안 돼. 내가 녀석을 찾아내지 못하는 쪽이 네게는 유리하니까."

"그것에 대해서는 말했잖아? 죠로를 거드는 편이 당신에게 호감을 줄 수 있다고 판단했으니까 그런 행동을 한다고."

"그래. 너는 거짓말을 하지 않아. 그러니까 그것도 사실이겠지. …하지만 그 외에도 이유는 있겠지?"

코사이지 스미레는 자기 위주로 행동하는 걸로 생각되었다.

처음부터 끝까지 내 연인이 되기 위해서만 행동하는 걸로 생각되었다.

하지만 그것은 착각이었다.

"산쇼쿠인 스미레코를 위해 너는 내게 협력한 거지?"

당연하잖아? 전에 일어난 교통사고에서도 코사이지 스미레는 몸을 던져서까지 산쇼쿠인 스미레코를 지켰다. 그런 녀석이 산쇼쿠인 스미레코를 위해 아무 짓도 하지 않을 리가 없다.

언뜻 보면 아무런 고민도 없는 것처럼 보이면서, 이 녀석은 이 녀석대로 계속 고민했다.

이대로 산쇼쿠인 스미레코의 바람대로 행동할까.

아니면 산쇼쿠인 스미레코를 위해서 나와 녀석을 만나게 할까를.

"…당연하잖아."

조금 뜸을 들인 뒤에 코사이지 스미레는 그렇게 중얼거렸다.

"그 애는 내게 생긴 첫 친구야. 중학생 때부터 계속 내 이야기를 들어 주고, 제과법도 가르쳐 주었고, 계속 날 도와준 아주 소중한 친구. 그 애가 있었으니까 지금의 내가 있어. 그 애가 있었으니까 나는 나로 있을 수 있었어."

분명 산쇼쿠인 스미레코도 코사이지 스미레에게 같은 마음을 품었겠지.

서로가 서로를 소중하게 생각하기에, 두 사람 다 어정쩡한 행동을 취하게 되었다.

"처음 그 애와 만났을 때 정말로 기뻤어. 처음으로 나를 이해해 주는 사람과 만났으니까. 같이 보낸 시간은 전부 내 보물. 나는 행복해지고 싶어. …하지만 그 애도 행복해졌으면 해…."

지금까지 꾹꾹 눌러 왔던 마음이 흘러넘치듯이, 코사이지 스미레의 눈동자에서 눈물이 흘렀다.

"하지만 그 애는 내 행복을 바라고 있었어. 내 행복만을 바라고 있었어. 그걸 위해서 스스로를 희생해서. 그렇게까지 해 주는데 그 마음을 무시해도 될지, 알 수 없었어…."

알고 있어. 그러니까 코사이지 스미레는 지금까지 내 연인으로 보내 왔던 거지.

그것은 결코 자기 자신을 위해서가 아니다.

산쇼쿠인 스미레코를 위해서, 코사이지 스미레는 내 연인을 연기하고 있었다.

"계속 그랬군…. 너는 산쇼쿠인 스미레코의 바람대로, 자기가 하고 싶었던 것을 계속 해 왔던 거지?"

"……."

내가 '코사이지 스미레의 목적'을 깨달은 것은 산쇼쿠인 스미레코를 찾던 도중.

이 녀석은 내가 연인다운 행동을 하면 한 가지 정보를 주었다.

하지만 그것 외에도 딱 한 번 다른 조건을 채웠을 때에도 정보를 주었다.

그것은….

"많은 친구와 함께 보내는 것. 이것도 하고 싶었던 거였군?"

"그래. 맞아…"

'코사이지 스미레의 목적'은 '자신이 바랐던 미래를 경험하는 것'.

본래 니시키즈타 고등학교에 다니며 산쇼쿠인 스미레코와 도서실에서 보낼 터였던 미래.

많은 친구들과 함께 매일을 즐겁게 보내는 미래.

그 미래는 여러 장벽에 부딪쳐서 찾아올 수 없었다.

그렇기에 그 미래를 조금이라도 실현하고 싶었다.

내 연인이 되고 싶다는 마음도 물론 정말로 있었겠지.

하지만 그 이상으로 코사이지 스미레가 바랐던 것은….

"고민하고 떠들고 싸우고…. 진짜 자신을 보일 수 있는 장소를 원했던 거지…."

코사이지 스미레가 살짝 끄덕였다.

"괜찮아. 네게는 이미 그게 있어."

오늘까지의 경험을 통해 코사이지 스미레의 세계는 크게 변했다.

니시키즈타에도 토쇼부에도 코사이지 스미레에게는 많은 친구가 생겼다.

지금의 코사이지 스미레는 이미 제대로 이야기할 상대가 없었던 중학생 때의 코사이지 스미레와 다르다.

바라던 미래 중 하나를 맞을 수 있었다.

"하지만 그것도 그 애가 준비해 준 것…. 그 애가 나를 연기해 주었으니까 손에 넣을 수 있었던 것…. 결국 나는 그 애에게 도움만 받을 뿐…."

그것이 코사이지 스미레의 마음에 족쇄가 되었겠지.

자기 힘이 아니라 누군가의 힘으로 얻은 우정.

그것이 진짜인지, 자기가 받아들여도 좋은지 알 수 없었다.

하지만 말이야, 코사이지 스미레. 그건 받아들여도 되는 거야.

"분명 산쇼쿠인 스미레코도 마찬가지로 생각하고 있어."

"어?"

"코사이지 스미레가 있었으니까 산쇼쿠인 스미레코는 지금의 산쇼쿠인 스미레코가 되었어. 코사이지 스미레가 있었으니까 그 녀석은 니시키즈타 고등학교에 왔지. 코사이지 스미레가 있었으니까 녀석은 우리가 이어지는 장소를 만들어 주었어. 그러니까….”

아직 '코사이지 스미레의 목적'은 모두 달성된 게 아니다.

딱 하나, 본인조차도 달성해야 할지 알 수 없는 목적이 존재한다.

하지만 그 전에….

“고마워. …비올라.”

나는 우리를 이어 준 시작의 소녀에게 감사의 말을 전했다.

비올라가 있었기에 우리는 이어질 수 있었다.

비올라 덕분에 나는 모두와 강한 유대로 맺어질 수 있었다.

그런 이 녀석에게 감사를 전하지 않을 수 없지.

“후, 후후후…. 처, 천만의 말씀….”

눈물을 흘리며 갈라진 목소리로 비올라가 미소 지었다.

“그, 그럼… 내가 마지막으로 죠로에게 바라는 것은 알고 있겠네?”

알고 있지….

마지막 목적을 달성한 순간, 나는 산쇼쿠인 스미레코의 정보를 손에 넣을 수 있다.

코사이지 스미레가 바라는, 마지막 '코사이지 스미레의 목적'.

그 대답은 어제 니시키즈타 고등학교 도서실에서 코사이지 스미레가 한 말 중에 있었다.

'내 연인은 결코 그 아이를 찾아낼 수 없어.'

나는 팬지의 연인으로 있는 한, 산쇼쿠인 스미레코를 찾아낼 수 없다.

그러니까,

"팬지. 나와 헤어져 줘."

팬지의 연인을 그만두어야만 한다.

마지막 '코사이지 스미레의 목적'의 정체는 자기 자신의 긍정과 거절.

팬지를 연인으로 긍정하는 동시에 연인으로서 거절한다.

이것이 코사이지 스미레에게 슬픈 결말을 낳는… 마지막 목적이다.

"팬지와 보내는 시간은 여러모로 혼란스러웠지만, 아주 즐거웠어. 녀석과 비슷하지만, 곳곳에 다른 점이 있고. …혹시 팬지가 니시키즈타 고등학교에 왔다면 나는 이대로 계속 너의 연인이 되었을지도 몰라."

"그럼 왜 나랑 헤어지는데?"

눈물을 흘리면서 코사이지 스미레가 강하게 나를 바라보았다.

그래…. 코사이지 스미레와 헤어지는 이유라….

"음, 뭐라고 할까…,"

지금까지 나는 코사이지 스미레와 지내면서 딱 하나 말하지 않은 게 있다.

나는 그 말을 몇 번이나 '팬지'에게 전했다.

그러니까 그 말을 코사이지 스미레에게도 전하자.

항상 땋은 머리에 안경 차림으로, 본래 모습을 보이지 않는 녀석에게 짜증내며 내가 했던 말을.

"얼굴이 내 취향이 아냐."

오른손 엄지와 검지를 비비면서 나는 그렇게 전했다.

"후후…. 후후후…. 정말로 최악의 이유네. 이렇게 예쁜 여자한테 그런 소리를 하다니…. 나는 좋아할 사람을 잘못 골랐나?"

"자기 책임이야. 포기해."

"그래…. 맞는 말이야…."

어느 틈에 나를 붙잡고 있던 손은 떨어지고, 코사이지 스미레는 나와 조금 거리를 두고 있었다.

"고마워, 죠로. 내 마지막 부탁을 들어줘서…."

하지만 방금 전에 선물한 장갑만큼은 결코 벗지 않고, 이것만큼은 자기 것이라고 호소하듯이 강하게 두 손을 모으고 있었다.

"답례로 당신에게 최고의 정보를 하나 알려 줄게."

길었던 나와 코사이지 스미레의 이야기의 끝을 증명하듯이,

"'나에게만 마음을 전해 준 장소'. 거기에 산쇼쿠인 스미레코는 있어."

코사이지 스미레는 마지막 힌트를 내게 전해 주었다.

"서둘러! 서둘러, 서둘러, 서둘러!"

코사이지 스미레에게 깊이 고개를 숙인 뒤, 나는 즉각 달려갔다.

간신히, 간신히 산쇼쿠인 스미레코의 정확한 위치를 알았다!

"헉! 헉! 헉! 내가 제일 먼저 도착해 주지!"

협력해 준 모두에게 미안하지만, 이왕이면 내가 찾아내고 싶다. 누구보다도 먼저 녀석에게….

"…뭐라고 하면 좋다?"

그때 문득 나는 발을 멈추었다.

산쇼쿠인 스미레코와 만나서 전해야만 하는 말은 많이 있다.

하지만 그중에서 뭘 전해야 할까, 어떤 식으로 전해야 할 것인가는 아직 정해지지 않았다.

어쩐다? 괜히 멋지게 하려다간 실패할 게 뻔하다.

이런 마음인 채로 산쇼쿠인 스미레코와 만나….

"고민하지 않아도 괜찮아치…. 나도 함께 죠로를 기다리고 있으니까. …도달하면 자연히 할 말을 알 수 있어치. …치치치치."

"어?!"

그때 어딘가 그립고, 기분 탓인지 오한이 멈추지 않는 목소리가 내 뒤에서 들렸다.

【나는 도서위원】

고등학교 2학년 10월.

"헉! 헉! 헉!"

체육제가 끝나고 얼마 지난 어느 날, 나는 서둘러서 병원으로 향하고 있었다.

내게 온 연락 하나. 내가 고대하던 연락이 드디어 당도했다.

평소라면 방과 후에는 바로 도서실로 갔다.

하지만 오늘만큼은 다르다.

도서위원의 업무를 모두 내던지고, 주위의 눈도 전혀 개의치 않고, 일심불란(一心不亂)하게 계속 달렸다.

도달한 목적지에서, 손이 떨리는 것을 필사적으로 억누르면서 접수용지에 내 이름을 적었다.

하지만 도무지 잘 써지지 않았다.

그러자 간호사가 '이쪽에서 써 줄게. 하지만 병원에서는 뛰면 안 돼'라고 말하며 내게 방문을 허가하는 배지를 내주었다.

평소보다 훨씬 큰 목소리로 '감사합니다'라고 말하고 나는 다시금 발을 옮겼다.

조금만 더, 조금만 더 가면….

"비올라!!"

내가 고대하던 사람의 목소리를 들을 수 있으니까….

"팬, 지…."

힘없는 움직임. 계속 잠들어 있었기 때문일까, 몸을 일으키는 것조차도 어려운 듯이 고개만 살짝 움직이며 비올라는 그렇게 말했다.

"비올라! …비올라!"

곧바로 그녀의 곁으로 달려가서 그 몸을 껴안았다.

아아, 비올라다! 비올라가 간신히 눈을 떠 주었어!

내 소중한 친구가 돌아왔어!

"우우…. 아아아아아!!"

가슴속에서 계속 넘쳐나는 기쁨에 따라 나는 눈물을 흘렸다.

"…후후, 왜, 당신이, 우는, 거야…."

힘없지만, 분명히 들리는 비올라의 목소리.

그 목소리를 들으면서 그저 계속해서 눈물을 흘렸다.

❊

고등학교 2학년 11월.

"다음 일요일에는 문병을 못 와."

쌀쌀함이 한층 강하게 느껴지게 된 11월 하순.

아직 입원 생활을 하는 비올라에게 나는 단적으로 그 사실을 전했다.

비올라는 10월에 눈을 떴지만, 의식을 되찾았다고 바로 퇴원할 수 있는 것도 아니다.

다음에 그녀를 기다리는 것은 재활 훈련의 시간.

교통사고로 계속 잠들어 있었던 몸의 기능을 되살리기 위해서, 그녀는 매일같이 노력을 했다.

"몸을 걸면서까지 당신을 지켜 준 은인을 괄시하다니, 어쩜 이렇게 은혜를 모를 수 있어? 아니면 심장에 털이라도 났어? 정말로 더러운 존재네."

사정없는 독설. 봐주는 것 없이 내 약점을 찌르고 드는 말.

본래 불쾌하게 생각되는 말이라도 전혀 불쾌하게 느껴지지 않는다.

이것이야말로 비올라. 내가 계속 기다렸던 친구.

"수학여행이 있어. 그러니까 오려고 해도 올 수 없어."

"나를 데려간다는 선택지는 없어?"

"어쩨 코스모스 선배 같은 말이네…."

올해 수학여행. 홋카이도에 가는 것은 2학년뿐인데, 코스모스 선배는 어떻게든 자기도 참가하려고 획책하고 있다.

죠로가 제지해서 납득한 듯한 태도를 보였지만, 그건 어디까지나 겉모습.

그녀는 어떤 수단을 쓰더라도 홋카이도에 오겠지.

"3학년이 참가한다면 다른 학교 학생이 한 명 참가해도 문제없지 않아?"

"문제투성이잖아. 애초에 당신은 아직 혼자서 걸어 다닐 수도 없으니까, 얌전히 재활 훈련에 힘쓰도록 해."

"괜찮아. 니시키즈타 고등학교의 수학여행에 갈 수 있다면 당장이라도 모든 몸의 기능이 회복될 게 틀림없어."

"그만둬. 안 그래도 수학여행에는 문제가 하나 있으니까, 거기에 문제가 더 생기지 않았으면 해."

"문제? 무슨 일 있어?"

"히마와리가 좀 이상해."

"히마가?"

"응."

요란제가 끝나고 조금 지났을 무렵부터 히마와리는 왠지 기운이 없었다.

평소에는 그렇게도 적극적이었던 그녀가 최근 들어서는 계속 소극적.

죠로와 필요 이상으로 가까이 가지 않을 뿐만 아니라, 우리와도 어딘가 거리를 두는 태도가 눈에 띄게 되었다.

"무슨 일이 있었을까?"

"반대야. 아무 일도 없었으니까 히마와리는 기운이 없어진 거야."

왜 히마와리가 그런 상태가 되었는지 짚이는 구석은 있다.

2학기가 된 뒤로 일어난 여러 문제에서, 히마와리는 조금 소외되곤 했다.

물론 쬬로의 곁에 있을 수 없는 건 아니다. 아침 훈련이 없는 날에는 매일 아침(나로서는 대단히 부럽다) 쬬로와 함께 등교하고, 그의 곁에 있을 수 있다.

다만 쬬로의 힘이 되어 주었냐 하면… 본인은 그렇게 생각하지 않는 거겠지.

결과적으로 그녀는 자신감을 상실하고, 최대의 무기인 적극성을 잃어버렸다.

히마와리는 내게 소중한 친구다. 그러니까 힘이 될 수 있다면 힘이 되고 싶다.

하지만….

"그건 히마 자신이 해결해야 하는 문제네."

내 입장에서 히마와리에게 뭔가 전한다고 해도, 그건 동정이 된다.

비올라의 말처럼 이건 히마와리 자신이 해결해야 하는 문제다.

"그래. 그러니까 나도… 아무 말도 할 수 없어."

'아무 말도 할 수 없다'. 그 말을 한 순간 내 가슴이 아파 왔다.

비올라가 눈을 뜬 뒤로 나는 그녀에게 많은 이야기를 했다.

니시키즈타 고등학교에서 많은 친구가 생긴 것.

그 친구들과 함께 많은 일을 경험하고, 충실한 매일을 보내고 있는 것.

하지만….

"마치 지금의 당신 같은 상태네."

죠로 이야기만큼은 거의 비올라에게 전할 수 없었다.

그의 화제를 꺼낸 건 단 한 번.

비올라가 눈을 뜬 직후에 '죠로와 연인이 되었어?'라고 묻기에, '안 되었다'라고 단적으로 전했다.

다만 그게 문제였겠지.

비올라는 내 태도에서 뭔가 깨달은 것처럼, 그 이후로 죠로의 화제를 전혀 꺼내지 않게 되었다.

그리고 나는 그 마음에 기대서 비올라에게 죠로의 이야기를 전하지 않았다.

물론 내가 하려는 일도….

"그 상태는 언제까지 계속될까?"

다만 역시 궁금하긴 한지, 때때로 이렇게 날카로운 말로 내게서 죠로의 화제를 끌어내려고 한다.

그때마다 나는 고개를 숙이고 아무 말 없이 침묵을 지킨다.

내 약함을 통감하는 순간이다. 호스의 문제도 해결돼서 나를 얽매는 족쇄는 다 사라졌다고 생각했는데, 아직 나는 약한 산쇼쿠인 스미레쿠인 상태.

결국은 가짜 팬지다.

"…조금만 더 있으면 전할 수 있을 거야."

하지만 그 시간은 얼마 남지 않았다.

이제 곧 2학기의 끝이 찾아온다. 그러면 내 역할은 그걸로 끝.

비올라와 교대하는 시간이 찾아오니까.

"분명히 말할 거야. 수학여행이 끝나면, 조금만 더 있으면 반드시…."

이 수학여행에서 히마와리 문제도 있으니까, 나는 나대로 해야 할 일이 있다.

죠로를 제외한 니시키즈타의 도서실 멤버에게 내 사정을 전하는 것이다.

솔직히 말하자면 무섭다. 어쩌면 모두와의 우정을 잃어버릴지도 모른다는 공포가 있다. 하지만 그래도 나는 해야만 한다.

나에게 이렇게 많은 친구를 만들 기회를 준 것은… 비올라니까.

"알았어. 내가 기뻐할 내용으로 해 줘."

"당연하잖아."

이것은 나의 보은.

계속 외톨이였던 나를 구해 준 비올라, 나에게 사랑을 가르쳐 준 비올라, 나의 목숨을 지켜 준 비올라. 나에게 모든 것을 나누어 준 비올라에게 내가 할 수 있는 최대한의 보은.

그러니까 분명 기뻐할 거다…. 기뻐해 줄 거라고 믿고 있다.

"그럼 슬슬 갈게. 다음에 올 때까지는 시간이 좀 걸릴 테니까, 그때까지 최대한 몸을 회복시켜 주면 기쁘겠어."

"그래. 물론 그럴 생각이야."

부드러운 미소를 내게 보이는 비올라. 어딘가 죄악감을 느낀 나는 그런 그녀의 눈동자로부터 도망치듯이 병실을 나가려고 했다.

"잠깐, 팬지."

"…왜 그래?"

병실에서 비올라에게 등을 돌린 채로 나는 대답했다.

"당신도 재미있게 놀다 와."

"선처할게."

❋

고등학교 2학년 11월 홋카이도.

"…이게 내가 하려는 일이야."

수학여행의 최종일 전날. 히마와리와 라일락의 문제가 모두 해결된 날 밤에 나는 모두에게 사정을 설명했다.

나와 비올라에게 일어난 일. 그 결과 내가 뭘 하려고 하는가를.

방에 있는 것은 히마와리, 사잔카, 아스나로, 츠바키, 히이라기… 그리고 몰래 수학여행에 쫓아온 코스모스 선배와 탄포포다.

"그런 건 안 돼! 팬지, 이상해!"

내 이야기를 다 듣고 누구보다 먼저 말한 것은 히이라기.

이야기를 다 들은 순간, 바로 내 곁으로 달려왔다.

"미안해. 하지만 그렇게 결정했으니까…."

"결정하면 안 돼! 그런 걸 해도 팬지의 친구도 기쁘지 않아!"

그렇지 않아.

비올라는 계속 죠로의 연인이 되기를 꿈꿔 왔으니까.

그러니까 분명히 기뻐할 거야.

그렇게 스스로에게 들려주었지만… 히이라기의 말은 가슴에 꽂혔다.

어쩔 수 없잖아. 나로서는 달리 은혜를 갚을 방법을 모르니까….

"비가… 교통, 사고? 왜?! 그런 건, 이상해! 비, 건강하지?! 비, 밥 잘 먹고 있지?!"

다음은 히마와리다. 이중에서 유일하게 비올라를 아는 그녀로서는 내가 하려는 일보다도 비올라의 용태가 더 걱정되겠지.

"그래. 지금은 눈을 떠서 매일 재활 훈련을 하고 있어. 조금만 더 있으면 분명 건강해져서 평소 생활로 돌아올 수 있을 거야."

"다, 다행이다~…. 아니, 좋지 않아! 팬지, 안 돼!"

잠시 동안의 안도 이후에 즉각 히이라기와 같은 말이 날아왔다.

하지만 그것은 히이라기나 히마와리만의 이야기가 아니다.

"미안하지만, 나도 찬성할 수 없어. 가령 네가 죠로와 맺어지더라도 그 권리를 남에게 넘기는 건 무책임해."

"그래! 혹시 내가 그 애의 입장이라면 절대로 납득 못해! 팬지, 너도 죠로를 좋아하잖아! 그럼 그런 어중간한 짓은 하지 마!"

"아쉽게도 먼저 전선을 이탈했습니다만, 저는 마지막까지 계속 도전했거든요? 팬지, 당신은 그러지 않고 도망칠 생각입니까?"

"나도 그런 건 찬성할 수 없달까."

여기에 있는 한 소녀를 제외한 전원이 내가 하려는 행동에 반대했다.

유일하게 반대하지 않은 것은,

"우휴휴~…. 더는 못 먹어요~…."

오늘 실컷 놀아서 지쳐 잠든 탄포포뿐이다.

깨워서 사정을 설명할 수도 있다. 하지만 내 마음속 어딘가에서 '그녀에게만큼은 설명하면 안 된다'라고 강하게 호소하는 목소리가 들려서 아무래도 깨울 수 없었다.

"팬지, 다시 생각해! 다시 생각하지 않으면 내가 죠로한테….'

"부탁이야, 히이라기. 그것만큼은 절대로 하지 마…."

"하지만, 하지만… 우우우우! 난, 모르겠어! 팬지는 아주아주 좋은 친구야! 하지만, 하지만…."

히이라기가 뚝뚝 눈물을 흘린다. 그것은 나를 위해 흘리는 눈물이다.

나만의 일방적인 마음이 아니다. 그녀가 나를 소중히 생각해 준다는 것이 전해져서, 자연스럽게 가슴이 따뜻해진다. 하지만, 그래도….

"미안해. 나는 어떻게든 해내야만 해…."

겁쟁이인 나는 다른 길을 갈 용기가 없다.

"하면 안 돼! 팬지가 해내는 건 다른 일! 모두와 함께 열심히 노력하지 않으면 안 돼!"

"팬지, 너는 다소 맹목적이 되었어. 그 문제는 너만의 문제가 아냐."

"그렇습니다! 그렇게까지 짊어질 필요는 없습니다!"

"왜 네가 혼자서 해결하려는 거야! 우리는 언제나 함께 해결해 왔잖아! 이번 일도…."

"응. 무척 어렵지만, 분명 다른 방법이 있달까."

그 뒤로도 모두가 몇 번이나 반대했다.

하지만 나는 결코 승낙하지 않았다.

내 짐을 이 이상 모두가 짊어지게 하고 싶지 않으니까.

모두를 좋아하기에… 이 이상 폐를 끼치고 싶지 않다.

"…아무래도 결의가 굳은 모양이네."

한동안 문답을 주고받은 끝에 코스모스 선배가 그렇게 말했다.

너무나도 험악한 표정이었기 때문일까, 히마와리가 살짝 호흡 곤란을 일으킬 정도였다.

"알았어…. 네가 그렇게까지 말한다면 나는 네 의지를 존중할게."

"…마음대로 해."

"팬지가 그렇게 하겠다면, 좋아…."

"납득은 할 수 없습니다만…."

"어쩔 수, 없달까…."

다른 모두도 코스모스 선배를 따라서 내가 하려는 일을 떨떠름하게나마 받아들여 주었다. 미안해, 정말로 미안해….

"싫어! 나는, 싫어! 정말정말 싫어! 팬지, 잘못되었어! 잘못되었으면, 하면 안 돼!"

눈물로 부은 눈을 보이며 히이라기가 소리쳤다.

아무리 시간을 들여도 그녀만큼은 설득할 수 없었다.

대체 어떻게 하면….

"히이라기, 이 이상 팬지를 곤란하게 하면 안 된달까."

"하지만… 하지만…."

"괜찮달까. 물론 무조건 협력하는 건 아니니까."

자신만만한 미소의 츠바키. 동시에 오한이 일었다.

알고 있기 때문이다. 이런 얼굴을 할 때의 츠바키가 아주 까다로운 상대라는 것을.

"무슨, 소리?"

"팬지, 네 사정은 알았달까. 죠로에게 숨겨 달라면 나는 말하지 않겠어."

"…고마워."

"하지만 조건이 있달까."

"조건?"

"그래. 네가 만에 하나 죠로의 연인이 돼서 비올라와 바꿔치기한다고 해도 바로 모습을 감추면 안 된달까. 어딘가에 숨어 있어. 그리고 혹시 거기에 죠로가 도달하면…."

거기까지 말했을 때 다른 멤버들이 물을 만난 물고기처럼 부활했다.

"그건 좋은 아이디어네!"

"나도 찬성이야! 팬지, 혹시 네가 연인이 되면 너는 죠로를 기다려! 기한은… 그래! 섣달그믐날이 될 때까지! 딱 좋은 날이잖아!"

"기다려 줘. 그런 말을 갑자기 해도…."

"받아들이지 않겠다면 내가 죠로에게 이야기할까."

"……! 정말로, 당신은…."

"후후후. 그렇게 간단히 자기 마음대로 될 거라고 생각하면 안 된달까."

생각대로 츠바키는 까다로운 상대였다.

나는 내 고집을 모두에게 받아들이게 했다.

그러니까….

"알았어. 섣달그믐이 될 때까지… 나는 어딘가에서 죠로를 기다릴게."

이 요구를 받아들일 수밖에 없었다.

대체 어디에 숨어 있을까? 고민한 것은 잠시.

곧바로 나는 한 장소를 정할 수 있었다.

거기는….

"히이라기도 이거라면 납득해 줄까?"

"우우우우우우! 아주아주 싫지만… 아, 알았… 역시 싫어! 하나 더 부탁할래!"

간신히 고개를 숙이나 싶었던 히이라기였지만, 아직은 안 되는 모양이다.

게다가 부탁이라니…, 대체 뭘….

"팬지, 어디에 숨어 있을지 가르쳐 줘! 팬지가 어디에 있는지 모르면, 아주아주 걱정이야!"

어디에 있을지 가르쳐 줄 수 있을 리가 없잖아.

당신, 쿄로에게 내가 숨어 있는 장소를 가르쳐 줄 생각이지?

사실은 바로 그렇게 말하고 싶었다. 하지만,

"그렇다면 소중한 친구들에게 조금씩, 내가 있는 장소를 가르쳐 줄게. 그 사람에게 가르쳐 주고 싶으면 가르쳐 줘도 돼."

흔들린 결의의 틈새로 자연스럽게 그런 말이 새어 나왔다.

✳

고등학교 2학년 12월 23일.

"안녕. …오늘은 선물을 하나 가져왔어."

종업식을 마친 다음 날, 나는 비올라의 병실을 찾아왔다.

"어머? 당신치고 꽤나 눈치가 있잖아!"

비올라는 평소에도 감정을 드러내지만, 오늘은 평소보다도 더 기분이 좋았다.

그도 그렇겠지. 오늘은 그녀가 고대하던 날.

눈을 뜬 뒤로 쭉 재활 훈련을 계속해 온 비올라가 드디어 퇴원해도 좋다고 의사 선생님께 허가를 받았다.

"후후후. 조금 이른 크리스마스 선물이라는 거네."

"그래. 마음에 든다면 기쁘겠어."

그런 비올라에게 수예부에서 파인에게 배워 가며 만든 연파랑

268

색 머리핀을 내밀었다.

"왠지 조금 비뚤어졌네. 시제품은 아닌 것 같은데…. 혹시…."

"그래. 내가 오늘 죠로와 함께 수예부에 가서 만들어 왔어."

"……! 그, 그래…."

비올라가 눈을 뜬 이래 처음으로 나는 그의 이름을 말했다.

알기 쉽게 몸을 떠는 비올라. 그녀가 무슨 생각을 하는지는 바로 알았다.

"있잖아, 팬지…."

"왜?"

"…저기, 죠로에게 연인은… 아직 생기지 않았어?"

곁눈질로 나를 힐끔힐끔 확인하면서 기대와 불안이 뒤섞인 태도를 보이는 비올라.

가능하다면 그녀의 기대에 응해 주고 싶지만,

"어제 종업식 때 죠로에게 연인이 생겼어."

나는 진실을 비올라에게 말했다.

"…그렇, 구나…."

그 반응은 조금 의외였다. 나는 비올라에게 '죠로에게 연인'이 생겼음을 전하면 더 크게 흔들릴 거라 생각했는데, 예상 이상으로 비올라는 냉정했다.

다만 물론 낙담하긴 했는지, 크게 어깨를 늘어뜨렸지만.

괜찮아. 그렇게 슬퍼하지 마.

"참고로 대체 누가 죠로와 연인이 되었어? 소꿉친구인 히마? 학생회장인 아키노 씨? 같은 반인 하네타치나 마야마? 아니면…."

"팬지야."

"~~~~!! 그래…. 그게 아니라면 종업식이 끝난 뒤에 죠로와 만나지 않았겠네…."

"응."

업무적으로 전하는 내 대답. 아직 코사이지 스미레는 깨닫지 못했다.

내가 무슨 생각을 하는지를. 내가 뭘 하려는지를.

그러니까,

"축하한다고는 안 할게. 오히려 최악이야. 어째서 이런 멋진 날에…."

"그러니까 이브에는 죠로의 연인으로 데이트를 해 줘. …**팬지**."

지금이야말로 전하자. 지금이야말로 실현하자. 내가 해야 할 일을.

"무슨 소리야?"

"죠로는 팬지의 연인이 되었어. 다음은 진짜 팬지가 그의 앞에 나타나면 그걸로 해피 엔딩이야."

"당신, 설마…."

270

그제야 간신히 코사이지 스미레는 깨달은 모양이다.

내가 뭘 하려는지를. 지금까지 무슨 생각을 했는지를….

"안 돼! 그런 건 이상해! 죠로가 좋아하게 된 것은, 죠로의 연인이 된 것은 당신이잖아?! 그런데 왜 내가…."

"아냐. 죠로가 좋아하게 된 것은, 죠로의 연인이 된 것은 팬지야."

"……! 그래서 지금까지 아무 이야기도 안 했던 거네?"

"이해가 빨라서 다행이야."

코사이지 스미레의 날카로운 시선을 받아도 나는 전혀 흔들리지 않았다.

이미 모든 게 끝난 뒤. 그녀가 알고서 제지하기 전에, 나는 모든 것을 끝냈으니까.

"이게 오늘 내가 가져온 선물이야."

"웃기지 마! 그런 선물 필요 없어! 나는 죠로가 나를 좋아했으면 해! 당신 대신 그의 연인으로 만나라니…."

자신의 무력함이 한없이 원망스럽다.

히이라기의 말처럼 코사이지 스미레는 전혀 기뻐하지 않았다.

오히려 결과는 정반대. 열화와 같은 분노를 내게 보였다.

"안심해. 나는 오늘까지 계속 당신으로 보내 왔어. 조금 부족한 점이 있었지만, 그래도 거의 완벽하게 해 왔어. 그러니까 죠로는 당신을 사랑해."

"그렇다고 해도 당신의 마음은 어떻게 되는데?! 당신도…! 저기, 팬지, 이런 짓 그만두자. 죠로의 연인이 된 것은…."

"'팬지'를 돌려줄 때가 왔을 뿐이야."

"……!!"

계속, 계속 이날을 위해 살아왔다.

나를 고독에서 구해 준 코사이지 스미레. 나를 교통사고에서 지켜 준 코사이지 스미레.

그녀를 위해서 나도 힘이 되고 싶다. 그것이 설령 잘못된 방법이더라도….

"죠로는 팬지의 연인이 되었어. 니시키즈타 사람들에게도 다 말해 놨어. 그녀들은 반대했지만, 그래도 마지막에는 승낙했어. …그러니까 이제 진짜 팬지가 그와 만나면 그걸로 모든 게 수습돼."

"그렇지 않아! 나는 당신에게 이런 걸 하라고…."

"부탁이야. …비올라."

"……!"

"나는 당신 덕분에 아주 멋진 매일을 보낼 수 있었어. …소중한 친구, 좋아하는 사람, 모두 당신 덕분. 나는 그런 당신에게 제대로 답례를 하고 싶어. 그러니까, …당신이, 죠로의 연인이 되어 줬으면 해."

"……."

내 필사적인 부탁에 코사이지 스미레는 아무런 대답도 하지 않았다.

하지만 그로부터 잠시 시간이 지나자,

"조건이 있어."

"조건?"

"그냥 당신이 시키는 대로 죠로의 연인이 되는 건 싫어. 아까도 말했지만, 나는 죠로가 나를 좋아해 주었으면 해."

"그래서 어떻게 하려고?"

"승부를 하자."

자신만만한 미소를 지은 코사이지 스미레가 검지를 내밀었다.

"승부?"

"그래. 나와 당신, 어느 쪽이 죠로의 연인이 될 수 있는지를 승부하는 거야. 팬지… 아니, 산쇼쿠인 스미레코, 당신은 어딘가에서 죠로를 계속 기다려."

내 계획은 정말로 뜻대로 되지 않는 것뿐이다.

어째서 코사이지 스미레까지 이런 말을 하는 거지?

설마 수학여행에서 모두가 했던 말과 똑같은 말을 하다니….

"물론 나는 대충 하지 않아. 죠로를 좋아하는 마음은 변함없고, 그와 하고 싶은 일도 많이 있어. …그러니까 내가 하고 싶은 일, 내가 전하고 싶은 말을 모두 실행해서 그의 사랑을 받을 거야. 하지만…."

그다음 말은 듣지 않아도 안다.

"그래도 죠로가 당신이 있는 장소에 도달하면, 진짜 마음을 그에게 전해."

"…선처할게."

고등학교 2학년 12월 30일.

'그럼 나는 간다! 너희가 만날 때 내가 있으면 방해될 테니까!'

썬은 그렇게 말하고 평소처럼 씩씩하게 웃는 얼굴을 보인 뒤에 가 버렸다.

대체 나는 앞으로 얼마나 여기서 기다리면 될까?

명확한 시간을 정하지 않은 것은 의도적인 짓일까, 아니면 조금 실수한 걸까, 모르겠다. 아무튼 나는 **이 장소**에 혼자 서 있었다.

"앞으로 5분…. 딱 5분만…."

처음에는 10분 정도 기다리고 돌아갈까 했다.

애초에 나는 오전 10시부터 계속 여기에 있었다.

배도 고프고, 아주 힘들고, 무엇보다도… 아주 춥다.

그러니까 얼른 돌아가고 싶다. 따뜻한 집에서 느긋하게 쉬고, 피로를 씻어 내고 싶다.

그럴 터인데… 스마트폰에 표시되는 메시지들이 내 다리에 달라붙어서, 벌써 여섯 번째인 '딱 5분만'이라는 말을 끌어냈다.

"꽤, 많네…."

어느 틈에 주위에는 많은 사람들이 있었다.

모두가 의기양양한 표정을 하고 있어서 나와는 정반대.

오늘을 포함해서 앞으로 이틀이면 올해가 끝난다.

그 마지막 마무리로 이 장소를 찾아오는 거겠지.

어떤 의미로 나와 비슷하지만, 생각하는 것은 정반대.

여기에 있는 사람들은 내년을 시작하기 위해 여기에 찾아온다.

하지만 나는 모든 것을 끝낼 생각으로 여기에 왔다.

—정말로?

"당연해."

마음속 어딘가에서 들려오는 목소리에 조금 고집스럽게 대답했다.

애초에 당초 계획으로는 여기에 올 생각이 없었어.

힌트도 남기지 않고, 혼자서 사라지려고 했어.

하지만 그걸 막은 사람들이 있었어. 바닥에 가라앉으려는 내 손을 붙잡고 놓지 않은 사람들이 있었어.

친구들.

그 사람들이 있었으니까 나는 여기에 있어.

그 사람들의 메시지가 나를 여기에 붙들어 두고 있어.

"안 와…. 올 리가 없어…."

여기는 나에게 특별한 장소.

잠든 코사이지 스미레에게 결코 전해선 안 되는 일이 일어났던 장소.

하지만 나에게만큼은 한없이 특별한 장소다.

"기억하고 있을 리가 없잖아."

만약 그가 내가 남긴 힌트를 모두 모았다 해도 분명 여기에는 도달할 수 없다.

그는 중요한 것을 금방 잊어버리는 사람이니까.

작년 지역 대회에서 다정하게 대해 주기로 약속했는데, 그래 주지 않았다.

코사이지 스미레를 떠올려 주었으면 했는데, 떠올려 주지 않았다.

내 진짜 마음을 깨달아 주지 않았다.

그러니까 올 수 있을 리가 없다.

"애초에 전혀 멋진 사람이 아냐."

그와 함께 지내면서 짜증난 적은 셀 수 없을 만큼 많다.

매일 열심히 과자를 만들어 갔는데 '뭐, 맛있네'라는 대충인 감상.

그렇게 고생했는데 완전 손해야.

게다가 말도 아주 난폭. 특히나 내가 싫어하는 건 '너 말이지'라는 말.

품격이 전혀 없는 말. 그런 말을 자주 써. 믿기지 않아.

외견도 전혀 내 취향이 아냐.

키도 그리 크지 않고, 늘씬한 것도 아니다. 특히나 싫은 건 그 눈.

배배 꼬인 성격을 상징하듯이 어두침침한 눈. 정말로 더러워.

운동도 공부도 어중간해서, 뛰어난 것은 그저 성욕 아닐까?

그런데 항상 잘난 척하고… 실력과 결과가 갖추어진 뒤에 그런 태도를 보였으면 해.

왜 내가 그런 사람을 여기서 기다려야만 하지?

"……."

내 생각의 모순을 깨닫는다.

나는 진짜 팬지와 뒤바뀌어서 이미 역할을 다한 존재다.

그런데 '기다린다'라고 생각하는 것 자체가 잘못되었다.

아니, 이 행동 자체가 이상해.

아무리 소중한 친구가 말한다고 해도, 그걸 그대로 따를 필요는 없잖아.

아무것도 하지 않고 사라져야 하지 않나?

아니, 그렇잖아?

나는 많은 사람에게 폐를 끼쳤다. 많은 사람에게 거짓말을 했다.

내가 하는 짓이 최악이라는 걸 이해하면서도 그만두지 않았으니까.

"…역시, 더는…."

한 걸음 옮기려고 했지만 다리가 움직이지 않았다. 도망칠 수 있는데도 도망칠 수가 없었다.

사고도 행동도 모두 모순투성이. 결국 나는 뭘 하고 싶은 거지?

문득 내 머리카락을 만졌다.

어제까지는 본래의 모습으로 여기에 서 있었지만, 오늘만큼은 별개.

머리를 갈라땋고, 도수가 없는 안경을 끼고, 가슴을 졸라맸다.

이 모습이라면 누구에게도 주목을 받지 않는다. 누구도 관심을 기울이지 않는다.

본래 이 모습조차도 나는 해선 안 된다.

나는 이미 '팬지'가 아니니까….

"어디에 누가 있는지도 몰라."

수많은 사람들 중에 파묻힌 나는 엑스트라도 되지 못한 존재.

인파 속에 파묻혀서 나 자신이 소멸하는 듯한 감각에 사로잡혔다.

하지만 그렇게 되어야 해.

나는 본래 여기에 있을 리 없는 인간이니까.

"왜 나였는데…."

그날의 사고에서 내가 아니라 코사이지 스미레가 무사해야 했다.

혹시 그녀가 무사했다면 일이 이렇게 되지 않았다.

그녀는 나와 달리 어떤 일이 있어도 결코 자신의 신념을 굽히지 않는 강한 인간이다.

무슨 일이 있어도 자신의 목적을 최우선으로 행동하고, 정식으로 그의 연인이 되었겠지.

그 사고가 일어난 날, 그녀와 둘이서 니시키즈타 고등학교로 향하던 도중에 이미 깨달았다.

그의 연인이 될 수 있는 것은 내가 아니다. 그가 좋아하게 되는 것은 내가 아니다.

그의 연인이 될 수 있는 것은 코사이지 스미레. 그가 좋아하게 되는 것은 코사이지 스미레.

나는 그걸로 족했다.

좋아하는 두 사람이 행복하게 지내는 것을 볼 수 있는 것만으로도 충분히 행복.

애초에 나는….

"관계없는 인간이었잖아."

나보다도 훨씬 이전부터 그를 좋아하게 된 것은 코사이지 스미레.

코사이지 스미레가 그에게 연심을 품었기에 이야기는 시작되었다.

나는 단순한 조연. 필사적으로 사랑을 성취시키기 위해 분투하는 주인공의 고민을 듣고 필요 이상으로 간섭하지 않는 존재였다.

코사이지 스미레의 이야기를 듣고 때로는 격려하고, 때로는 충고를 해 준다. 내 역할은 그것뿐.

그런 내가 이런 입장이 된 것 자체가 어울리지 않아.

"…다가간 동기도 최악이었잖아."

싫어했던 그에게, 내 소중한 친구에게 상처를 준 그에게, 부조리한 분노를 품고, 일방적인 복수를 하려고 했다. 그게 내가 그에게 접근한 계기.

최악의 인간이다. 그걸 알고 있고, 그 사실을 전혀 청산하지 않은 점도 포함해서.

진실이 알려져서 잃는 것을 두려워하여, 아무 짓도 하지 않았다.

그러니까 이것은 벌.

소중한 친구를 지키지도 못하고, 계속해서 도움만 받은 나.

소중한 친구를 연기하고, 계속해서 많은 이들에게 거짓말을 했던 나.

이 벌을 모두 받아들이고, 올 리도 없는 사람을 계속 기다려야만 한다.

나는 이미 필요 없어진 인간. 유일하게 해야 할 것은… 사라지는 것뿐.

"……어."

파묻어 버린 마음의 잔재가 작은 말을 흘린다.

여기서 떠나야 하는데, 더는 기다리면 안 되는데, 전혀 움직여 주지 않는 발.

시야가 흐려지고, 제대로 앞이 보이지 않는데, 어떻게든 그를 찾으려고 하는 눈동자.

마음과 몸이 나를 계속 거부한다.

"…마, 마, 만나, 고 싶, 어…."

떨리는 입술이 그 말을 흘렸다.

"만나고 싶어…. 만나고 싶어…. 사실은, 곁에 있고 싶어…. 팬지 대신은, 싫어. 나는 나로 당신의 곁에 있고 싶어…. …그러니까 부탁이야."

사실은 해선 안 되는 말. 설령 바랐다고 해도 말로 하는 게 두렵다.

내 바람은 항상 이루어지지 않으니까. 강하면 강할수록 그 바람은 이루어지지 않으니까.

"……찾아내 줘."

여기는 너무나도 추워.

손가락 끝의 감각도 이미 없다. 곱아 버려서 제대로 움직이지 않아.

다리도 딱딱하게 굳었어. 계속 여기에 서 있어서 아주 지쳤어.

이래선 돌아가고 싶어도 돌아갈 수 없어.

그러니까 부탁이야.

그 더러운 눈으로 나를 찾아내 줘. 품격 없는 말로 나를 데워 줘.

"……이루어지지 않아."

흐릿한 시야로 주위를 확인해도 내가 아는 이는 아무도 없다.

당연하다. 아무리 바라더라도 그가 나타난다는 건 너무나도 비정상적이다.

오늘까지 계속 기다려도 그는 나타나지 않았다.

그러니까 이제 그만 가자. 다리에 얽힌 사슬을 떨쳐 내듯이, 곱아 버린 손으로 차디찬 다리를 두 번 두들겼다. 약간의 자극, 이번에야말로 다리는 움직일 것 같다.

그럼 이번에야말로….

"여어, 절벽 추녀."

목소리가 들렸다. 심플한 두 단어에 최악의 모욕을 담은 목소리.

하지만 나는 반응을 하지 않는다. 고개를 들지도 않는다.

그도 그렇잖아? 내 소망은 이루어지지 않아.

돌아가려는 타이밍에 나타나다니… 그렇게 타이밍 좋은 일이 일어날 리가 없다.

이것은 환청. 내 안에서 꼴사납게 발버둥 치는 마음이 들려주는, 히찮은….

"무시냐. …뭐, 좋아."

또 들렸다. 황당함이 많이 섞인, 될 대로 되라는 목소리.

정말로 있는 거야?

그냥 기분 탓이야.

혹시 여기서 껴안아 준다면 그건 틀림없는 환각.

그는 다정하지 않으니까. 이렇게 폐를 끼친 나를 안아 줄 리가….

"…뭐 하는 거야?"

"가슴을 전력으로 만지고 있어."

무명천으로 압박된 가슴에 다른 감촉. 그의 손의 감촉이다.

정말로 믿기지 않는 짓을 하잖아?

추운 곳에서 계속 기다린 여자한테, 만나자마자 이런 짓을 하다니….

…그 사람 이외에 있을 리가 없잖아.

"뭐… 뭐가 어떻게 되면 그렇게 되는 거야?"

"추녀가 어딘가로 사라지는 바람에 전력으로 찾아다녔더니 이렇게 되었어."

말을 걸자 대답이 돌아온다.

"무슨 말이야. 나는 추녀가 아냐. 오히려 외견에는 자신이 있는데?"

"콧대 세우지 마. 지금 네 모습에 흥미를 갖는 녀석은 거의 없어."

"거의…라는 말은 조금은 있다고 판단할 수도 있어."

"세상에는 너처럼 머리가 맛 간 녀석이 몇 명 있으니까."

"뇌가 이상한 건 당신 아닐까? 지금 몇 시라고 생각해?"

"6시 45분. 예정보다 15분 일찍 도착해서 안도하고 있어."

"내 예정으로는 6시까지였는데?"

"타이밍 좋게 시간이 연기되었으니까. 마이페이스로 와 봤어."

"그런 것치고 땀을 많이 흘리고 있네. 숨은 고른 모양이지만, 대체 왜 그렇게 땀을 흘리는 거야?"

"방한 대책이 너무 완벽했으니까."

정말로 있는지 모르겠다. 아직 자신을 가질 수 없다.

그러니까 확신을 얻기 위해 나는 몇 번이고 말을 걸었다.

생산성이 전혀 없는, 무모한 그와의 대화.

하지만 그것이야말로 그가 여기에 있다는 증명이 돼서….

"어째서… 여기에 왔어?"

시야가 흐릿한 채로 정면에 있는 그의 얼굴을 바라보았다.

응? 어째서? 당신에게는 이미 멋진 연인이 있잖아.

이렇게 귀찮은 여자를 찾을 필요 따윈 없잖아.

그런데, 어째서….

"너 말이지, 도서위원이잖아."

그의 특성적인 2인칭. 품격이 터럭만치도 느껴지지 않는, 괜히 잘난 척하는 목소리.

아주 약간의 짜증과 수많은 온기를 주는 그의 목소리다.

"자."

그가 가방에서 책 한 권을 꺼냈다.

『두 꽃의 사랑 이야기』.

12월 23일.

딱 하루, 내가 연인으로 지냈던 날에 그가 도서실에서 대출한 책이다.

"반납 기한은 1주일이야. 그러니까 오늘까지 반납해야만 해."

그런 건 안 해도 돼.

연말에 학교 도서실에서 책을 빌리는 사람은 아무도 없잖아.

"역시 당신은 비뚤어졌어…."

계속 만나고 싶었는데, 간신히 만났는데, 듣고 싶은 말을 도무지 해 주지 않는다.

정말로 심술궂고 난폭한 사람.

섬세함이라고는 전혀 없는, 천박한 사람.

나를 아무렇지도 않게 생각하는 게 틀림없다.

"이제 와서 할 말인가?"

"그래. 이제 와서 할 말은 아냐…."

하지만 그를 좋아해….

"어떻게 내가 **여기**에 있는지 알았어?"

묻는 그 목소리가 떨렸다.

어떻게 여기까지 도달했어?

내가 남긴 정보를 모두 모아서? 닥치고 뒤져서? 썬에게 들어서?

사실은 모두 묻고 싶다. 하지만 내 소망과 다를 가능성을 생각하면 무서워서 물을 수 없다.

"'키사라기 아마츠유가 괜한 짓을 한 장소', '행복과 불행을 동시에 낳은 장소', '모두의 장소', '시작의 장소'. '나에게만 마음을 전해 준 장소'. …여기에 해당되는 니시키즈타 고등학교 이외의 장소는 여기밖에 없잖아?"

"……!!"

아아, 정말로 그랬다. 그는 정말로 모든 정보를 모아 주었다.

그리고 모든 것을 이해하고서 여기에 와 주었다.

내가 계속 있었던 장소, 그것은….

"지역 대회 결승전이 있었던 야구장. 거기서 호스와 결판을 낸 장소야."

그래….

야구장 서쪽 입구에서 5분 정도 거리에 있는, 주위에는 아무런 표식도 없는 장소.

오려고 하지 않으면 결코 올 수 없는 장소.

엑스트라도 될 수 없는 그런 장소에서 나는 계속 그를 기다리고 있었다.

"왜 여기야?"

심술궂은 질문이다. 이미 99퍼센트 틀림없는데도, 어떻게든 그걸 100퍼센트까지 만들려는 나 자신의 더러움이 살짝 엿보였다.

"내가 여기에서 말했으니까 그렇잖아?"

계속 팬지로서 지내 왔던 나.

팬지로서 그의 연인이 되어야만 했던 나.

팬지여야만 했다. 팬지로 계속 있어야만 했다.

그런데….

"'산쇼쿠인 스미레코. 나는 네가 좋아. 너와 연인이 되고 싶어' 라고."

팬지가 아닌 사람이 그에게 그런 말을 들었다.

팬지여야만 하는 내가, 팬지를 계속 연기해야만 하는 내가, 한없이 좋아하고 좋아해서, 어떻게든 곁에 있고 싶었던 사람.

그 사람은….

"……죠로."

키사라기 아마츠유(如月雨露). 이름에서 '月'을 빼면 '죠로(如雨露)'가 되는 남자.

"그리고 오늘도 너한테 할 말이 있어서 왔어. 말해 두겠는데,

도망치지 마라? 가령 도망친다고 해도 땅 끝까지 쫓아갈 테니까."

도망칠 리 없어. 나도….

"그럼…. 어, 진짜냐…."

불안한 듯 주위를 둘러보던 죠로는 뭔가 발견한 것처럼 왠지 짜증내는 목소리를 흘렸다.

"…결국 처음부터 끝까지 이거냐…."

그는 대체 뭘 발견한 걸까?

"하아…. 어디 한번 해 보자고…."

그리고 달관한 목소리. 무슨 각오를 한 건지 잘 모르겠다.

하지만 이미 죠로는 어떤 결의를 했는지, 천천히 발을 옮기더니 마침 근처에 있던 벤치에 앉았다.

그런 벤치, 처음부터 있었나?

"으, 으음… 일단 옆에 좀 앉아 줄래?"

"알았어."

나는 죠로의 지시에 따라서 벤치에 앉은 그의 오른편에 앉았다.

하지만 지시에 따라도 죠로의 말은 이어지지 않았다.

뭔가가 시작된다. 왠지 모르게 나는 그렇게 생각했다. 그리고 그건 기분 탓이 아니겠지.

이쩐지 연극조이 동작으로 자기 머리카락을 만지작거리는 죠로.

그 동작에 어떤 의미가 있는지는 잘 모르겠다.

"저기…! 우우…!"

몇 번이나 입을 열려다가 또 침묵.

이렇게 우유부단한 죠로를 보는 것도 드문 일이다. 평소에는 더 확실히 말하는데….

"시, 실은…. 그게…. 나한테는, 말해야만 하는 게 있어서…."

심장의 고동이 단숨에 빨라졌다.

"그, 그래!"

"그 사실을 생각하면 가슴이 아파 오고, 매일 생각만으로도 정말로 행복해져. 그러니까 이기적이라고 생각하지만 억지로 구실을 만들어서 생각하려고 하고…."

왜 그런 이야기를 나한테?

심장 소리가 뇌에까지 울렸다. 마치 몸 전체가 두근두근 고동치는 것 같다.

"그, 그게, 말이지…."

그리고 죠로의 얼굴이 다가왔다. 천천히, 하지만 확실하게.

많이 긴장했는지, 뻣뻣이 굳어서 이상한 표정이네.

그리고 서로의 숨결이 닿을 정도로 가까워지자, 죠로는 눈을 꼭 감았다.

혹시… 혹시 이건…!

"산쇼쿠인 스미레코는 나를 좋아해."

이 사람은 대체 무슨 소리를 하는 거람?

"계기는 작년, 야구부가 도전했던 지역 대회 결승이야!"

작년 지역 대회 결승전. 그곳은 나에게 아주 소중한 추억의 장소.

아니, 그게 아냐. 그게 아니야.

이 사람, 이게 무슨 소리야?

"그때 산쇼쿠인 스미레코는 뭔가를 꾸미며 내게 말을 걸었던 모양인데, 아마도 그 시도는 실패했던 거야! 나한테는 썬이라는 최고의 절친이 있으니까! 그리고 엄청난 미인보다도 절친을 우선한 남자에게 산쇼쿠인 스미레코는 아주 푹 꽂혔어!"

사실이지만, 본인이 자신만만하게 말하는 것을 보니 더없이 화가 치미네.

"그 뒤로 산쇼쿠인 스미레코는 정말 한심하기 짝이 없었어! 나를 좋아하고 좋아하는 주제에 비뚤어진 어필만 하고! 뭐, 하지만! 관용 있고 관대한 나는! 어쩔 수 없으니까 용서해 주었지! … 감사해라?"

전혀 그러고 싶지 않은 심정으로 가득해.

정말로 믿기지 않는 짓만 하네. 정말로 로망이라고는 전혀 없어.

이렇게 보여도 나도 여자야. 조금 정도는….

"으음~! 해냈다, 해냈어! 항상 당하기만 하느라 해 본 건 처음이었는데, 이런 느낌이로군! 응! 아마도 완벽해!"

만족스럽게 일어서서 돌아보는 그 얼굴에는 만족감 넘치는 표정.

"…어때? 완전 정곡이라서 솔직해지고 싶지 않아?"

아무래도 이 사람은 어떻게든 내가 솔직한 말을 하게 하려는 모양이다.

그걸 위해서 이런 수단을? 말도 안 돼.

다정한 말을 해 주면 솔직해질 수 있는데….

─다정하지 않으니까 솔직해질 수 있는 거야치.

누군가가 내 등을 떠밀었다. 뒤에 아무도 없는데 신기하게도 그런 감각이 일었고, 어느 틈에 나는 일어서 그의 곁으로 다가가 있었다.

"더 센스 있는 말로 할 수는 없었어?"

"호오. 간신히 힘이 좀 돌아왔나?"

"……! 한층 더 짜증이 났어."

아무래도 나는 그의 생각대로 행동했던 모양이다.

설마 나를 화나게 하는 게 목적이었다니… 좋아.

그렇다면 기대에 부응해 주겠어.

"정말이지… 당신은 정말로 배배 꼬였네. 그냥 온몸이 꼬여서 꼴사납게 육편을 뿌리는 게 좋지 않겠어?"

"그럴 리 있겠냐! 애초에 너도 충분히 꼬였잖아!"

"그렇다면 어느 쪽이 솔직해져야 할까? 나는 싫으니까 당신이 그래 줘. …자, 솔직하게 말해 봐. '나도 산쇼쿠인 스미레코를 좋아하고 좋아한다'라고. 그걸 말할 수 없었으니까. 아무리 시간이 지나도 고생이 끊이지 않잖아?"

"고생의 원인인 주제에 잘난 척하지 말라고!"

"그 말을 그대로 돌려줄게."

죠로가 제대로 말해 준다면 이렇게 되지 않았는걸.

이건 전부 죠로가 잘못한 거야. 나는 하나도 잘못 없어.

"그래서 언제가 되면 로맨틱한 말 한마디라도 해 주는 거야? 그래…. 내 취향이라면 '달이 아름답네요' 정도면 좋을지 모르겠네."

"흥! 지역 대회 결승전 후라면 말했을지도 모르지만, 지금은 안 해."

"어째서?"

"네가 나를 '죠로'라고 부르니까."

"어째서 호칭이 관련…."

"키사라기 아마츠유에서 '月'을 빼고서 달을 찾지 말라고."

정말로 이 사람은 배배 꼬였다.

그렇게 불러 주길 바란다면 솔직히 그렇게 말하면 되잖아.

왜 이렇게 뱅뱅 도는 말밖에 할 수 없는 걸까.

하지만 말해 줬으면 한다. 그에게서 그 말을 듣고 싶다.

그러니까 나는….

"키… 키… 키사라기 아마츠유."

아주 창피하지만 열심히 그렇게 전했다.

제대로 말했어! 이제 그쪽이 말하지 않으면….

"좋아해."

눈앞에 서서, 똑바로 바라보며, 그가 그렇게 말했다.

정말로 최악이야. 왜 당신은 그렇게 배배 꼬인 거야?

나는 '달이 아름답네요'라고 말해 줬으면 했잖아.

그런데 왜….

"…심술궂고 다정하지 않아."

"그건 미안하네."

텅 비어 있던 가슴에 따뜻한 뭔가가 흘러 들어온다.

아주 추운 날인데도 몸은 따뜻. 오히려 땀이 나려고 한다.

"…나로 괜찮아?"

온몸에 흐르는 열기에 희롱당하면서 간신히 그렇게 물었다.

나는 계속 팬지로서, 키사라기 아마츠유와 함께 있어 왔다.

하지만 그 역할은 이미 끝났다. 나는 팬지가 아니게 되었다.

"당신이 좋아했던 팬지는 이미 어디에도 없어. …여기에 있는 것은 산쇼쿠인 스미레코야. 약하고 한심하고, 어중간한 짓밖에 할 수 없는, 정말로 어쩔 수 없는 아이."

사실은 보여 주지 않은 수많은 내가 있다.

하지만 그런 나를 당신이 알아줬으면 한다.

"그래도 돼?"

하지만 그것은 나의 일방적인 마음. 키사라기 아마츠유 입장에서 보자면 더없는 민폐.

이런 부담을 그가 껴안을 필요는 없다.

무엇보다 팬지가 사라진 이상, 키사라기 아마츠유가 나를 좋아할 이유는….

"그 외견을 좋아하니까, 다른 건 아무래도 좋아."

그렇게 말하며 키사라기 아마츠유는 땋은 머리에 안경을 낀 나를 껴안았다.

"으! 으으으으! 아마츠유! 아마츠유!! …미안해! 잔뜩 폐를 끼쳐서 미안해! 나도, 나도 당신을 좋아해!! 당신을 좋아하고 좋아해!!"

죠로의 등에 손을 두르고, 그의 가슴에 얼굴을 비비며 나는 소리쳤다.

"나, 나도, 당신의 곁에 있고 싶어! 당신의 연인이 되고 싶어!! 그러니까, 그러니까…."

눈물로 젖어서 제대로 얼굴이 보이지 않는다.

계속 말하고 싶었다.

나만의 마음을, 나만의 말로 전하고 싶었어!

아아, 도무지 멎지 않아. 계속해서 마음이 흘러넘쳐서….

"당신의 연인으로 삼아 주세요!!"

"……."

아마츠유는 아무 대답도 하지 않았다.

그의 따뜻한 몸을 끌어안은 내 등을 그저 부드럽게 토닥일 뿐.

껴안아 주지 않는 거야? 나는 곁에 있으면 안 돼?

그런 불안이 샘솟아서 살짝 고개를 들어 그를 바라보자,

"하아…. 나는 팬지의 연인이 되었을 텐데…."

될 대로 되라는 듯한 말과 정반대로 아주 강한 힘으로 나를 껴안아 주었다.

조금 겸연쩍은 듯한 미소. 하지만 그걸 볼 수 있었던 것은 잠시.

어느 틈에….

"나를 좋아하는 건 너뿐이냐."

입술을 감싸는 다정한 감촉에 이끌리듯이 나는 눈을 감았다.

나를 좋아하는 건
너 뿐이냐

나와 너의 전원 집합

제 5 장

12월 30일 밤 11시 55분.

[그래서 당신은 죠로와 연인이 되었다는 거네?]

"…응, 저, …저기…."

[참나…. 그쪽은 만족했을지도 모르지만, 나로서는 기분 최악이야. 열심히 죠로에게 협력해서 어떻게든 그가 날 돌아보게 하려고 했는데, 전부 실패. 마지막에는 실연을 했으니까, 올해는 내 인생 사상 최악의 해라고 해도 좋아.]

"미안해…."

[더불어서 제일 화나는 건 나를 제일 괴롭힌 상대가 전화를 걸어왔다는 것 아닐까? 보통 이런 건 직접 만나서 이야기해야 하지 않아? 당장 내일이라도….]

"내일은 예정이 있어."

[…한층 더 화가 치미네.]

"미안해…."

[정말 사과만 하잖아. 전화 너머로 엎드리기라도 한 거야? 그대로 머리를 함몰시켜서 그대로 파묻히면 어때?]

"그 정도까지는 안 해."

[좀 해! 나는 당신 때문에 실연했어! 보통 생명의 은인을 그렇게 괴롭히나? 이해하기 어렵네.]

"파묻히면 아마츠유를 만날 수 없게 되잖아."

[아마…! 그, 그 점이라면 안심해. 내가 그를 만나서….]

300

"싫어. 내가 만나고 싶어."

[이젠 그런 말도 하게 됐네.]

"아무리 은혜를 입었다고 해도, 아무리 감사한다고 해도, 하기로 마음먹었으면 한다. 그게 내 모토가 되었어."

[대체 누구의 영향인지는 생각하지 않기로 할게.]

"당신의 영향도 포함되어 있어."

[생각 않겠다고 말했는데, 괜한 소리는 하지 말아 줘. 말해 두겠는데 '축하해'라는 말은 절대로 안 할 거니까. 당신은 그 정도의 일을 했으니까.]

"…알고 있어."

[하지만… 그 정도 용기가 있다면 이제 괜찮겠네.]

"응?"

[일단 감사도 해 둘게. 만약 당신이 없었다면 나는 쇼로에게 마음을 전하지도 못한 채 끝났어. 아주 잠깐이었지만, 그와 연인으로 보낸 시간은 아주 의미 있고 행복했어. …그리고 많은 친구가 생겼어.]

"……."

[내 힘이 아니라 당신의 힘이 있었기 때문이야. 하지만 나는 사양 않고 받아들일게. 왜냐면 내일은 내 생… 어머? 이미 오늘이 되었잖아.]

"3분 전에 날짜가 바뀌었어."

[쪼잔한 소리는 마. 아무튼 나만 받고 아무런 답례가 없는 것도 짜증나니까, 나도 하나… 선물을 줄게.]

"선물?"

[내가 좋아하는 사람에게 받은 이름. …두 개 있으니까 그중 하나를 당신에게 줄게. 이제 두 번 다시 돌려주지는 말고?]

"…알았어."

[생일 축하해, 팬지.]

"생일 축하해, 비올라."

감동의 그믐날로부터 시간이 순식간에 흘러서, 라고 말하고 싶지만, 실제로는 그렇게 되지 않았다.

더 없을 정도로 최대의 악전고투를 돌파하며 맞은 3학기.

이번에야말로 평화롭게 보낼 수 있을 거란 얕은 기대는 고작 두 시간 만에 박살났다.

키사라기 아마츠유 사회적 말살 계획, 보탄 이치카 요조숙녀 격론 사건, 카리스마 그룹 분열 위기 사건.

3학기가 되어도 여전히 나는 불행에게 사랑받고, 악전고투의 나날을 보내는 꼴이 되었다.

오히려 그 정도 일이 있었으면서도 용케 무사히 오늘을 맞을 수 있었군.

가슴에 깃든 작은 달성감과 커다란 쓸쓸함.

정말로… 이날이 와 버렸구나….

오늘은 3월 14일. 행해지는 식전(式典)은 졸업식.

코스모스를 포함한 3학년이 드디어 니시키즈타 고등학교를 떠나는 날이 찾아온 것이다.

체육관에서 하는 식전 자체는 이미 끝나고, 지금은 일종의 자유 시간.

하지만 일부를 제외하고 학생들은 거의 체육관에서 나가지 않았다.

오늘로 니시키즈타를 떠나는 졸업생. 내년에도 니시키즈타에 남는 재학생.

양쪽 다 아쉬움을 느끼는지 체육관에 남아서, 마지막이 될지도 모르는 니시키즈타에서 함께 보내는 시간을 만끽하고 있었다.

"크으~! 선배, 졸업 축하합니다! 정말로 지금까지 고마웠습니다! 앞으로는 제가 최상급생으로, 후배들을 단단히, 크으~! 단련할 테니까요!"

"후우쿠우…. 후우쿠우…. 선배님들, 잊지 않겠습니다. 앞으로도 우리 부는 부장(아버지)인 제가 확실히 통솔할 테니."

카비라 씨 느낌으로 말하는 아루후와는 축구부 선배와, 쓸쓸함 때문인지 다소 타락한 느낌의 (다스)베에타는 럭비부 선배들과 작별 인사를 나누고 있다.

왜 '부장'이 '아버지'인지는 신경 쓰지 말자.

"오호호홋! 제가 졸업하더라도 응원의 혼은 영원하답니다~! 졸업생도 재학생도 모두 한꺼번에 응원하는 거예요~!"

"역시나 아가씨로군! 아야노코지 하야토도 쓸쓸하지만, 눈물이 아니라 응원으로 보낸다!"

어느 틈에 갈아입고 온 건지 치어리딩부의 유니폼을 입고 응원을 보내는 다이센 본야리코… 본야리코 선배와 그 옆에서 우는 건지 웃는 건지 잘 모를 아야노코지 하야토.

그 외에도 여러 장소에서 재학생과 졸업생이 대화하고 있는데, 그중에서 제일 눈에 띄는 것은 역시 작년 코시엔 준우승을 이룬 야구부 멤버들이다.

"쿠츠키 선배, 히구치 선배… 졸업 축하합니다! 대학에 가서도 열심히 해 주세요! …우어어어어엉."

"히에에에에에엥!! 쿠즈기 선배애, 히구지 선배애… 졸업, 축…축…히에에에에엥!"

"탄포포, 아나에, 너무 운다. 참나… 정말로 졸업해도 되나…."

"하지만… 하지만… 히에에에엥!!"

"그렇습다! 선배들이 있었기에 우리는…!"

"저기… 고맙다, 탄포포. 아나에, 너는 주장이니까 똑바로 하고."

"나한테만 쌀쌀맞아!"

"주장의 숙명이다."

히구치 선배는 오늘로 니시키즈타 고등학교를 졸업한다…지만, 왠지 모르게 앞으로도 다른 식으로 만날 것 같으니 나로서는 쓸쓸함보다도 뭔가 말하기 어려운 감정이 앞선다.

정말로 나랑 저 인간은 앞으로 어떤 관계가 될까….

"하하핫! 썬, 시바! 너희에게는 정말로 감사하고 있어! 모두와 함께 도전한 코시엔의 추억은 평생 잊을 수 없는 내 보물이다! 그리고, …올해는 기대하마."

"옙! 이번에야말로 반드시 우승하고 말겠습니다! 그렇지, 시바!"

"맡겨 주세요, 쿠츠키 선배. 선배들의 마음은 우리가 이어 가겠습니다."

"그럼 안심이다! …브이!"

코시엔 결승에서 전 타석 안타를 기록한, 작년도 주장인 쿠츠키 선배는 그 빛나는 경력도 있어서 스포츠 추천으로 명문 사립 대학 입학이 결정되었다고 한다.

다른 길을 가는 선택지도 있었나 본데, '더 견문을 넓힌 뒤에 그걸 택할지 생각하고 싶다'라면서 대학이라는 길을 택했다고 한다.

"시, 시바 선배, 내년에도 잘 부탁드리겠어요!"

"오, 아카이인가. …응, 내년에도 잘 부탁해. 야구부와 소프트볼부, 서로 협력하며 좋은 결과를 노려 보자."

"네! 물론이랍니다! 저기… 그리고… 다음에 시간이 있으면 둘이서…."

"아! 시바 선배, 여동생분이 할 말이 있나 본데요! 아까부터 시바 선배를 부르고 있어요!"

"바로 가지."

"어?! 자, 잠깐만 기다려 주세요, 시바 선배! 제가 용기를 내서…."

"우훗! 아무리 슬퍼도 선배의 도우미는 확실하게! 이것이 완전 천사인 탄포포의… 어머? 왜 그러나요, 나데시코? 왠지 얼굴 구조가 꽤나 펑키하고 크레이지해진 것 같은데…."

"나의, 나의 일생일대의 도전을…. 네년은… 왜 항상 날 방해하는 거야아아아아!!"

"효오오오옷! 대체 무슨 말인가요~?!"

졸업생과는 별 관계없는 곳에서 발발하는 탄포포와 나데시코의 다툼.

딱히 탄포포에게 악의가 있었던 건 아니지만… 아마 내년에도 나데시코는 탄포포 때문에 고생하겠군. 내년에 한 번 정도는 동경하는 시바와 데이트할 수 있게 되기를 빌자.

"앞으로는 아침 훈련에서 쿠츠키와 만날 수 없을 거라 생각하니 쓸쓸하지만, 대학에 가도 열심히 해라! 우호호홋!"

"감사합니다, 쇼모토 선생님! 선생님이 아침마다 넣어 주시는 기합은 일생의 보물입니다!"

"그, 그런가? 그런, 가…. 큭…! 정말로 건강히 지내라!"

학생만이 아니라 교사도, 특히나 체육 교사인 쇼모토 선생님… 우탄은 매일 아침 교문에 서서 학생들을 지켜보기 때문일까, 아침 훈련으로 일찍 등교하는 야구부와는 사이가 좋았던 모양인지 교사들 중에서도 특히나 야구부와의 작별을 아쉬워하는 것처럼 보였다.

"어이, 요우. 일부러 온 나한테 조금 정도는 감사해도 좋지 않아?"

"마리카 씨에게 감사한 순간 '그럼 답례로'라면서 엉뚱한 요구를 할 것 같아서."

"뭐어?! 그럴 리 있겠냐! 아니, 너도 졸업식 정도는 기특하게 있으면 어때? 저기, 앞으로는 만나기 좀 어려워질지도…."

"앞으로도 만날 수 있습니다. …틀림없이."

"……! 뭐, 뭐어, 그런가…. 뭐, 그래! 후후홋!"

더불어서 야구부를 지켜보는 학생들 사이에 묘하게 낯익은 누나가 있는 것은 넘어가자.

히구치 선배, 하다못해 그 여자의 옷차림만큼은 칭찬해 줄 수 없겠습니까?

어젯밤에 '어이, 아마츠유! 내일 졸업식에는 나도 가 줄게! 그래서 어느 옷이 좋을 것 같아? 결정될 때까지 너는 잠 못 잘 줄 알아'라면서 약 세 시간에 걸쳐서 옷 고르기에 시달린 내 고생을 보상하기 위해서.

"…그렇긴 해도 아직 힘들 것 같군."

야구부 사람들에게서 시선을 이동.

나로서도 졸업식에서 제대로 이야기하고 싶은 상대가 있지만, 난처하게도 녀석은 야구부와도 필적하는 인기를 자랑해서 좀처럼 말을 걸 수가 없다.

슬슬 인파가 좀 줄어들면 기쁘겠는데….

"코스모스 선배, 졸업 축하드립니다!"

"저를 꼭 잊지 말아 주세요, 코스모스 회장!"

"이거 선물입니다! 괜찮으면 써 주세요!"

"고마워, 다들!"

틀렸다…. 전혀 줄지를 않아….

나와 가장 관련이 많았던 졸업생.

작년도 학생회장이었던 코스모스＝아키노 사쿠라.

봄 방학에도 모두와 놀 약속을 했지만, 모처럼의 졸업식이다.

제대로 이야기를 해 두고 싶은데… 난처하게도 전혀 그럴 찬스가 없을 것 같다.

"이놈, 사쿠라…. 왜 녀석 쪽에만 사람이 모이…지? 요란제의 기적을 일으킨 내게는 왜 조금밖에 없…지?"

더불어서 그 옆에서 코스모스를 원망스럽게 바라보는 작년도 회계인 사람이 있다.

소개는 뭐, 됐나. 어떤 의미로 거의 매번 나오는 사람이지요.

"아! 죠로! 코스모스 선배랑 이야기하고 싶은데, 전혀 할 수가 없어!"

"조금 난처해졌습니다. 이 뒤에 만날 예정은 있지만, 전혀 이야기할 수 없다는 건…."

"잠깐, 죠로! 너, 어떻게 좀 해 봐! 원래 학생회였잖아!"

"사, 사람이 많이 있어! 그대로 있다간, 코스모스 선배가 죽겠어!"

"히이라기, 저걸로 죽는 건 너 정도일까."

코스모스에게 좀처럼 다가갈 수 없어서 나와 마찬가지로 난처해하는 일행과 합류.

하지만 그런다고 상황이 해소되는 건 아니다.

아니, 히마와리가 덤벼들지 못할 정도이니 대단하네….

정말로 어떻게 된 거지? 이대로 가다간 제대로 이야기도 못한 채 해산을….

"네~ 네~! 다들 잠깐 미안해~! 코스모스 선배랑 이야기하고 싶은 마음은 알겠지만~ 너희와 마찬가지로 생각하는 사람이 있거든?"

그때 학생들과 코스모스 사이에 끼어든 것은 올해 학생회장인 프리뮬러였다.

"코스모스 선배~ 모두에게 따뜻하게 대해 주는 건 좋지만, 자기 생각도 좀 하는 게 어떨까 하고 나는 생각해용."

"어? 아니, 나는 딱히···."

"자, 저기 있잖아? 코스모스 선배가 특히나 친하게 지냈던 후배가···."

"아!"

그때 코스모스도 우리의 존재를 알아차렸는지 눈동자를 빛냈다.

"···그래, 마지막 날이니까. 조금 정도는 내 뜻대로 하도록 할까. ···다들, 미안하지만 실례할게. 나도 꼭 이야기하고 싶은 사람들이 있어!"

자기 곁에 모인 학생들에게 인사한 뒤에, 코스모스가 눈동자를 빛내며 이쪽으로 다가왔다.

그리고 도착하는 동시에···.

"아아아아앙!! 쓸쓸해애애애애애!!"

소녀틱 전개로 울기 시작했다.

고작 1초 전까지의 씩씩한 모습은 대체 어디로 간 거지···.

"나는··· 나는 오늘로 모두와 헤어지는 거야···."

아니, 엄청 슬프게 말하고 있지만… 내일도 만나거든?

애초에 네가 '봄 방학 때도 추억을 많이 만들고 싶어!'라고 말하면서 거의 매일처럼 누군가와 놀 예정을 꽉꽉 채웠잖아? 전혀 헤어지는 거 아니거든?

"우우~! 코스모스 선배, 고마워! 정말 고마워! 졸업해도, 친구야!"

"코스모스 선배, 졸업해도 건강히 지내 주세요!"

"코스모스 선배! 전 코스모스 선배를 절대로 안 잊을게요! 절대로 안 잊을 거니까!"

"코스모스 선배, 축하해! 같이 있을 수 없어서, 쓸쓸해~!"

"지금까지 정말로 고마웠습니다. 많이 신세졌달까."

"응…. 응….."

하지만 아무래도 여자들에게만 통하는 센티멘털 같은 게 있는 걸까, 나 이외의 멤버는 모두 눈물이 맺혀 있다. 아니, 나도 쓸쓸하긴 한데, 이렇게 모두가 눈물을 흘릴 때 안 울면 내가 좀 차가운 인간이 아닐까 싶단 말이야….

"죠로, 너랑은 정말 많은 일이 있었지."

한바탕 대화를 마친 뒤에, 아직 눈물이 그렁한 코스모스가 나를 바라보았다.

"슬픈 일도, 기쁜 일도, 화나는 일도, 즐거운 일도, 정말로 많이 있었어. …하지만 다 합쳐서 생각하면 너와 보낸 매일은 아주 멋진 것이었어."

아, 이런. 조금 눈물이 나오려고 한다.

내일도 만날 수 있다는 건 알아. 하지만 이게 하나의 끝이라고 생각하면….

"그, 그건 내가 할 말이야."

방금 전까지 눈물을 흘리고 싶다고 생각했던 주제에, 막상 눈물이 나오려고 하니 자존심이 앞을 가로막는다. 역시 나는 삐딱하군….

"후후후. 그럼 피차 마찬가지네?"

"그래. 마찬가지야. 아, 그리고…."

"뭔데?"

"앞으로도 잘 부탁해. …사쿠라."

"……! 응! 물론이야!"

2학기가 끝날 때 망가졌던 인연은 겨울 방학, 3학기를 통해 새로운 형태의 인연이 되었다.

지금의 내가 코스모스에게 품은 감정은 이전과 다른 것.

그래도 나에게 코스모스가 소중한 상대라는 건 변함없다.

"그런데 그녀는?"

그때 코스모스가 여기에 없는 한 인물을 떠올렸는지 주위를 둘러보았다.

뭐, 그도 그런가. 이만큼 도서실 멤버가 다 모였는데 녀석만 없으면 모를 리가 없지.

"아마도인데…."

"어이! 또 당했다! 농구부 주장도 틀렸어!"

"뭐어~?! 이걸로 몇 번째야!"

"아침부터 대충 세어서 스무 명이야…. 졸업식의 마법은 일어나지 않나…."

"그보다 남자가 있다고 하지 않았어?"

"그렇긴 한데…. 그 남자가 너무 하찮은 탓에, '그렇다면 이길 수 있다'고 생각한 졸업생이 쇄도한다나 봐."

체육관에 울리는 학생들(주로 남학생)의 목소리.

그게 뭘 가리키는지는 바로 이해되었다.

하찮아서 미안하구만. …흥!

그런 시끄러운 소리가 울리고 10분 뒤, 체육관에 보다 큰 환성이 일어났다.

그 원인은….

"휴우…. 겨우 체육관에 돌아올 수 있었네."

허리까지 기른 아름다운 흑발, 나이에 어울리지 않는 몸매, 아주 단정한 얼굴. 미소녀라는 말로도 부족한 미모를 가진 여자가 다소 짜증내는 표정으로 우리에게 다가왔다.

산쇼구인 스미레코. 니시키즈타 고등학교에서 도서위원을 맡고 '팬지'라는 애칭으로 불리는 여자다.

지금 본인이 말했다시피, 졸업식이 끝난 직후부터 산쇼쿠인 스미레코는 체육관에서 이동할 수밖에 없었다. 그녀가 향한 장소는 우리 학교에서 '어떤 소원이라도 한 가지만은 들어준다'는 전설이 있는 단풍나무… 나리츠키가 있는 장소.

　거기서 수많은 졸업생이 단 하나의 소원을 이루려고 했지만, 결국은 전설.

　아쉽게도 오늘만큼은 나리츠키의 힘으로도 소원을 이룰 수 있는 이는 아무도 없었던 모양이다. …뭐, 그게 이뤄지면 나로서는 문제지만.

　"파인, 고마워. 같이 있어 줘서 든든했어."

　"우후후~ 신경 쓰지 않아도 돼~! 팬지에게 달라붙는 벌레는 내 대흉근의 밥으로 삼아 버릴 테니까!"

　옆에 선, 수예부라고 생각되지 않는 나이스 보디의 파인에게 인사를.

　하지만 신경 쓸 점은 그게 아니겠지.

　예전에는 수수한 외모라서 대부분의 학생에게 주목받지 않았던 산쇼쿠인 스미레코.

　하지만 그건 어디까지나 과거의 이야기. 지금의 산쇼쿠인 스미레코는….

　"하지만 팬지도 잘못이잖아? 그렇게 예쁜 걸 지금까지 숨기고 있었으니까! 처음 봤을 때는 나도 깜짝 놀랐으니까!"

"후후후…. 칭찬으로 받아들일게."

지금까지 계속 거짓말을 했으니까, 더 이상 거짓말을 하고 싶지 않다.

그렇게 말하며 스미레코는 땋은 머리에 안경 모습으로 니시키즈타 고등학교를 다니는 것을 그만두었다.

정말로 3학기 첫날의 일은 지금도 잘 기억한다.

화무전과 체육제 때의 미소녀가 또 나타났다! 대체 누구지?!

그런 소리가 오가는 가운데, 정체가 산쇼쿠인 스미레코라는 걸 안 직후의 놀라워하는 모습은 정말 대단했다.

계속 알고 있었던 몸으로서는 아주 약간의 우월감을 얻었지만, 그것도 한순간.

3학기 최초의 악전고투… 키사라기 아마츠유 사회적 말살 계획이 막을 연 것이다.

그건 두 번 다시 경험하고 싶지 않다.

게다가 그 사건이 끝난 뒤에도 고생이 끝나는 일은 없어서.

대량의 남학생이 스미레코에게 밀려들어서, 어떻게든 스미레코와 친해지려고 하는 꼴.

이게 중학교 때였으면 어쩔 도리도 없이 희롱당했겠지만, 지금의 스미레코는 다르다.

확실히 지켜 주는 친구들이 있으니까.

"참나…. 보통 이럴 때는 연인이 지켜 주는 거 아닐까, 아마츠유?"

"나는 방임주의거든, 스미레코."

이쪽으로 다가오는 동시에 일단 클레임부터.

아무래도 내가 졸업생들의 고백을 저지하지 않았던 것에 불만을 가진 모양이다.

"혹시 내가 다른 남자에게 흔들리면 어쩔 생각이야?"

"그때는 그때 생각하지."

"정말로 당신은 위기 관리 능력이 괴멸적으로 떨어져. 혹시 뇌세포가 쇼트케이크로 이루어진 거 아닐까?"

"신용하는 거라고 생각해 줘도 좋아."

"쓸데없는 신용이네."

아니, 나도 처음에는 꽤 힘썼거든?

스미레코도 남자들이 말을 걸 때마다 '연인이 있다'고 대답한 모양이지만, 그 연인의 정체가 나라는 게 알려지자마자 또 스미레코에게 남학생이 쇄도했다. 이유는 모른다.

덤으로 사회적으로 말살당할 뻔했고.

그래서 내가 뭘 하면 더 꼬인다는 걸 깨달은 이래로, 팬지 고백 수호대의 자리를 파인에게 양도했다. 결국 나는 평범 이하의 존재다.

"하아…. 이제 됐어."

결국 나한테 무슨 말을 해도 헛수고라고 깨달았는지, 한숨과 함께 대화를 종료.

그대로 코스모스 쪽을 바라보더니,

"코스모스 선배, 졸업 축하드립니다."

"응! 고마워, 팬지!"

스미레코가 코스모스에게 코스모스 꽃다발을 건넸다. 그걸로 끝이라고 생각하니 뭔가 생각하는 바라도 있는 걸까, 스미레코는 코스모스를 똑바로 바라보았다.

"…어어, 왜 그래?"

"지금이니까 솔직하게 전하겠습니다."

"응?"

"당신은 제 이상형입니다."

"……!"

"많은 사람들에게 얻은 신뢰, 스스로를 믿고 밀어붙이는 용기, 어떤 때라도 게을리 하지 않는 노력. 제가 가지지 못한, 제가 원하던 매력을 모두 갖고 있어서 정말 동경하고 있습니다. 그리고 그러니까… 당신이 제일 두려웠습니다."

"후후후. 이건 아주 기쁜 졸업 축하의 말이네."

스미레코의 고백에 웃으며 대답하는 코스모스.

대체 왜 스미레코는 코스모스를 두려워했을까.

뭐, 그 이유는… 내 입으로 말하기 조금 그렇군.

"하지만 마찬가지야. 나도 네가 제일 두려웠으니까."

"그렇게 말해 주시니 왠지 안심이 되네요."

스미레코에게 니시키즈타 고등학교에서 제일 먼저 생긴 친구들 중 하나··· 코스모스.

1학기에 시작된 여러 이야기의 불씨를 당긴 여자··· 코스모스.

그런 코스모스와 서로 학생이라는 입장으로 보낼 수 있는 것은 오늘로 마지막.

그러니까 서로 숨기고 있던 마음을 전한 거겠지.

"좋았어! 그럼 이제 그만 나는 갈게! 졸업식은 끝났지만, 같은 반 아이들과의 작별 인사는 아직 안 끝났으니까! 아! 물론 나중에 그쪽에 합류할 테니까, 내가 가기 전에 돌아가지 않도록 해. ···꼭! 꼭이니까!"

마지막에 강하게 당부한 뒤에 코스모스는 체육관을 떠났다.

그런 코스모스의 뒤에서,

"안녕히, 코스모스 선배···."

어딘가 아쉬움이 느껴지는 말을 스미레코는 했다.

※

3월 14일 오후 6시 30분.

체육관에서 졸업생과 마지막 인사를 한 뒤, 우리는 니시키즈타 고등학교를 떠났다.

우리가 향한 곳은 '씩씩한 닭꼬치 가게'.

거기서 우리는 졸업식과 동등, 혹은 그 이상으로 떠들었다.

"크리스마스는 츠바키의 가게였으니까, 졸업식은 우리 가게야! 아주아주 맛있는 닭꼬치를 많이 만들 테니까 다들 많이 먹어줘~!"

오늘은 우리가 가게를 전세 낸 상태.

여기 온 것은 니시키즈타 고등학교의 도서실 멤버인 나, 스미레코, 썬, 히마와리, 아스나로, 사잔카, 츠바키, 히이라기, 카리스마 그룹 애들, 민트, 탄포포.

거기에 토쇼부 고등학교에서 특별히 우리와 교류가 있었던 이들.

체리, 츠키미, 호스, 후우, 리리스… 그리고 비올라다.

"아~아~! 이걸로 토쇼부 고등학교와도 안녕인가~! 쓸쓸해지겠네!"

"괜찮아. 체리 선배는 졸업해도 분명 놀러와."

"그래요. 게다가 츠바키네 가게에서 아르바이트는 계속하는 거죠? 그렇다면 언제든지 만날 수 있는 거잖아요."

"중학생 때와 같군. 가령 졸업해도 우리의 관계가 졸업하는 건 아니다."

「체리 선배랑 또 만날 수 있어, 기뻐.」

"제일 불쌍한 건 나 아닐까? 나 혼자만 또 2학년을 보내게 되는 건 아주 복잡한 기분이야.”

그 사고 때문에 학교에 출석할 수 없었던 비올라는 진급할 수 없다. 역시 본인으로서는 본래 같은 학년인 이들과 간격이 생기는 것에 복잡한 마음을 품은 모양이다.

「괜찮아, 비올라. 비올라라면 친구가 많이 생겨. 그리고 내년에도 나는 함께.」

“그럴까? 후후후…. 고마워, 리리스.”

또한 ‘씩씩한 닭꼬치 가게’에 와 있는 것은 니시키즈타와 토쇼부의 멤버만이 아니라,

“진급해도 1학기의 추억이 하나도 없는 건 복잡하기도 합니다만….”

“하핫! 신경 쓰지 마, 이치카! 그만큼 새로운 추억을 만들어 가자!”

소부 고등학교에 다니는 보탄 이치카도 와 있었다.

아무래도 보탄도 보탄대로 뭔가 사정이 있는 모양인데, 그런 쪽으로는 자세히 모른다.

“후후…. 고맙습니다, 타이요 씨. …아, 그리고 오빠에게서 전언이 있는데, ‘먼저 가서 기다리지. 네가 오는 걸 기대하고 있겠당!’이라고 합니다.”

“그래! 그럼 다이치 씨를 실망시키지 않기 위해서라도 힘내야지!”

정말이지 썬은 대단해. 보탄의 오빠… 코시엔에서 우승한 소부 고등학교의 4번 타자에게서 그런 전언까지 받았으니까.

어디, 그런데 나는 이제부터 어쩌지?

일단 전원이 각자 자유롭게 대화하고 있지만, 어느 무리에도 끼지 못하고 있다.

니시키즈타 녀석들과는 졸업식에서도 그럭저럭 대화를 나눴으니, 일단….

"졸업 축하합니다, 체리 씨."

또 한 명의 졸업생인 체리에게 말을 걸어 볼까.

"앗! 죠로찌, 내 말 좀 들어 봐! 다들 내가 졸업하는 걸 전혀 쓸쓸해하지 않잖아! 너무하잖아!"

입을 열자마자 다른 토쇼부 멤버에 대한 클레임.

하지만 그 말을 들어도….

"아니, 중학생 때도 그랬고, 두 번째 아닙니까…."

"처음에는 쓸쓸해했어. 하지만 결국 바로 만났으니까 헛수고."

"음. 체리 선배는 전혀 변함없다. 이미 이건 확신이로군."

"우후훗! 괜찮아요, 사쿠라바라 선배! 탄포포는 당신이 부르면 바로 달려가 줄 테니까요!"

"우우우! 그럴지도 모르지만!"

토쇼부 멤버와 탄포포는 아주 담백한 반응.

얼마 전에 야구부 선배가 졸업했을 때의 탄포포는 그렇게 오

322

열했는데, 이번에는 오히려 활짝 웃고 있으니까 체리가 조금 불쌍해진다.

그렇긴 해도 그 말처럼 어차피 만나게 될 테니까….

"내년에도 잘 부탁해, 죠로."

"그래. 이쪽이야말로, 호스."

그렇게 조금 떠들썩한 자리 구석에서 나는 호스와 대화했다.

작년 한 해 동안 관계가 가장 크게 변한 것은 틀림없이 이 녀석이겠지.

모든 면에서 나를 웃도는 상위 호환의 남자.

처음에는 엄청 마음이 잘 맞는 친구, 다음에는 절대로 질 수 없는 라이벌.

서로가 서로에게 열등감을 품었을 때도 있었다.

하지만 지금은….

"또 문제가 생기면 힘을 빌릴게. 그때는 잘 부탁해."

"…너의 '문제'는 정말로 문제니까 부탁받고 싶지 않은데…."

그런 열등감을 날려 버릴 정도로 소중한 존재가 되었다.

나는 많은 이들의 힘을 빌리고 지금 이 순간을 맞을 수 있었다.

그런 가운데 특히 큰 가장 힘을 빌려준 남자 중 하나는 틀림없이 호스다.

"뭐, 좋지만. …그만큼 내게 문제가 생겼을 때는 부탁할게."

"그래. 약속할게."

평소에는 호스에게 다소 솔직해질 수 없지만, 졸업식의 마법 덕분에 솔직히 대답할 수 있었다.

뭐, 나도 고생이지만, 호스가 가진 문제도 장난 아니었으니까.

특히나 3학기에 있었던⋯. 아니, 이건 다른 이야기인가.

"그럼 나는 다른 애들한테 다녀올게."

"응. 부디 여기서는 괜한 짓하지 마라?"

"너도."

마지막에 그런 농담을 던지고 나는 일어섰다.

어디, 그럼 다음은⋯.

"우우~! 아직인가⋯. 아직인가!"

"히마와리, 조금 진정하는 편이 좋지 않겠습니까? 기다리는 동안에 닭꼬치를 먹지요. 식어 버리면⋯."

"안 돼! 아직 안 먹어! 온 다음에 먹을 거야!"

"이상한 쪽으로 고집이 세달까."

누가 오기를 계속해서 기다리는 히마와리와 그런 히마와리를 타이르는 아스나로와 츠바키에게 가 보자.

"히마와리, 넌 누굴 기다리는 거야? 사쿠라라면 오기까지 아직 시간이⋯."

"죠로, 아냐! 내가 기다리는 건⋯."

"야호! 히마, 기다렸지~! 말한 대로 놀러 왔어!"

"뭐어?! 아니, 왜 네가….."

"후후훗! 우리 학교는 조금 일찍 끝났으니까! 그 시간 차를 이용해서 이쪽에 온 거야! 죠!"

놀랐잖아. 갑자기 가게에 나타난 것은 지금 홋카이도에 사는 또 한 명의 소꿉친구… 카시바나 히노토. '라일락'이라는 애칭으로 불리는 소녀다.

"우와아~! 사람 많네! 모르는 사람도 많지만… 응! 앞으로 친해지면 문제없겠네!"

"라이, 여기야, 여기! 얼른 여기 앉아!"

"OK~! 그럼 실례하겠습니다~!"

히마와리의 손짓에 웃으며 대답하는 라일락.

살짝 달아오른 몸을 식히기 위해서일까, 컵에 담긴 물을 단숨에 마셨다.

목덜미에서 흐르는 땀이 묘하게 에로틱해서 나는 슬쩍 눈을 돌렸다.

"후후후. 오래간만이야, 죠!"

"그래."

"히마한테 이야기를 들었을 때는 놀랐어! 여러모로 고생이었나 보네!"

"지금 와선 좋은 추억이야."

"그런가….."

초등학생 때와 비교해서 몰라볼 정도로 예쁘게 성장한 라일락.

평소에는 텐션이 높지만, 때때로 보이는 차분한 분위기에는 묘하게 두근거린다.

"있잖아, 죠."

"왜?"

"자, 문제입니다. 너는 앞으로 계속 행복할까?"

"당연하지. 고생도 포함해서 엄청 행복해질 거다."

"정답. 백점 만점이야."

앞으로도 나는 틀림없이 고생한다.

어쩌면 해결할 수 없을 정도로 커다란 문제가 있을지도 모른다.

하지만 그것도 포함해서 즐겁게 보내는 게 나란 녀석이야.

………….

…….

"하아~! 여기는 대단해~! 친구가 많이 있어서, 마음껏 매달려도 돼~! 여기가 나의 도원향이야~!"

"끄아아아아! 히이라기, 적당히 좀 떨어져!"

"싫어! 나 열심히 닭꼬치 구웠어! 그러니까 그만큼 편하게 기대 있어도 돼!"

"왠지 대단하네요…. 저, 저기, 타이요 씨… 때로는 저도 저렇게…."

"크으~! 츠바키의 튀김꼬치도 맛있지만, 히이라기의 닭꼬치도 최고로군! …어? 왜 그래, 이치카?"

"아, 아뇨! 아무것도 아닙니다!"

다음에 간 곳은 히이라기나 사잔카, 그리고 썬과 보탄이 있는 장소.

낯가림을 하는 히이라기는 별로 말한 적 없는 보탄을 무서워하지 않을까 싶었는데, 친구가 많기 때문인지 별로 신경 쓰는 눈치가 아니었다.

"여어! 죠로, 이쪽으로 와 봐!"

"왜 그래, 썬?"

"대단한 건 아니지만, 조금 이야기를 할까 해서! 졸업식에서는 별로 이야기를 못했잖아?"

"듣고 보니 그렇군."

평소의 열혈 느낌 넘치는 미소.

여기에 있는 녀석들은 모두 나에게 특별한 존재다.

하지만 그중에서도 누가 가장 특별한 존재인가 하면….

"내년에도 같은 반이 되면 좋겠군."

역시 썬이라고 해야겠지.

"그래! 나와 히마와리와 죠로! 혹시 내년에도 같은 반이 된다면 6년 연속! 뭔가 신기한 인연으로 맺어진 기분이 들겠지!"

"그래. 어쩌면 그다음의 대학에서도…."

"아니, 나는 고등학교까지야…."

그랬지….

썬에게는 커다란 꿈이 있다. 그리고 그 꿈을 이루기 위한 노력을 하고 있다.

프로야구, 그리고 메이저리거.

우리 중에서 누구보다도 특별한 길을 가는 대신, 얻을 수 없는 것도….

"다들 대학에 가고, 거기서 어른이 될 거라 생각해. …하지만 내가 택한 길은 거기가 아냐. 나는 모두보다 먼저, 진정한 의미로 작별이 오리라고 생각해."

프로의 세계가 어떻게 되어 있는지는 모른다.

하지만 거기에 소속되는 이상, 지금처럼 쉽게 만날 수 있는 관계는 아니게 되겠지.

그 탓에 쓸쓸하냐고 묻는다면 물론 그렇다.

하지만 그 이상으로….

"응원할게."

그런 썬의 미래를 응원하고 싶은 내가 있는 것도 틀림없다.

"그래! 고마워, 죠로! 나는 반드시 프로가 되겠어! 그리고 메이저리그에 가 주지! 목표는 퍼펙트게임이다!"

"저, 저기… 타이요 씨. 저도…."

"그렇지! 뭐, 고생을 많이 시킬지도 모르지만, 이치카한테는 같이 가 달라고 할 생각이야! 그때는 잘 부탁해!"

"그, 그건 프…! 물론입니다! 최선을 다해서 함께하겠습니다!"

아무래도 여러 의미로 썬은 나보다 먼저 어른이 될 것 같군….

이미 스카우터로부터도 주목을 모으고 있고, 정말로 내 절친은 너무 위대해.

"서로 힘내자, 죠로!"

"당연하지, 썬."

하지만 무슨 일이 있어도 우리는 절친이다.

그건 죽어도 변함없어.

………….

…….

썬과의 대화를 마치고 다음에 향한 장소는…. 뭐, 한 곳밖에 없지만, 솔직히 말해서 좀 가고 싶지 않다. …하지만 안 가면 안 가는 대로 더 큰일이 난다는 게 슬픈 노릇이지.

"어머? 간신히 나한테 와 주었네. 죠로, 이렇게 멋진 미소녀를 기다리게 하다니, 당신의 신경회로는 얼마나 미쳐 버린 걸까?"

"정말이지 아마츠유에게는 진짜 상식이 결여되어 있어. 보통은 제일 먼저 나한테 와야 한다고 생각해."

「죠로는 상식은 있어도 행동력이 없어.」

"말이 너무 심하네."

내가 마지막에 얼굴을 내민 곳은 비올라와 스미레코와 리리스가 있는 장소.

　스미레코와 비올라가 모이면, 정말로 누가 말하는 건지 모를 때가 있다.

　조금 감정적이고, 나를 '죠로'라고 부르는 게 비올라.

　담담하면서 나를 이름으로 부르는 게 스미레코지만⋯ 그래도 혼란스럽긴 해.

　"있잖아, 죠로. 가엽게도 나는 2학년을 한 해 더 다녀야 해. 모처럼 생긴 친구도 다들 먼저 졸업해. 당신은 거기에 대해 어떻게 생각해?"

　"뭐⋯ 고등학교 생활을 오래 경험할 수 있다고 생각하면 조금 득 보는 것도⋯."

　"어머? 그건 곧 죠로가 내 고교 생활을 여러 의미로 충실하게 만들어 준다는 소리일까?"

　"으윽! 아, 아니, 그건⋯."

　"있잖아, 죠로. 최근 나는 몰래 불순한 관계가 되는 것에 범상치 않은 흥미를 품고 있는데, ⋯어떻게 생각해?"

　"그런 괜한 짓은 하지 말아 줘, 비올라."

　"어머? 괜한 짓을 대량으로 한 사람의 말이라고는 생각되지 않네, 팬지."

　오늘은 즐거운 졸업 파티 아니었어?

　내가 온 순간 가볍게 불꽃을 튀기는 싸움을 벌이지 말아 줄래?

이게 있으니까 이 녀석들에게는 오고 싶지 않았다고….

"비올라는 항상 그 소리만 해. 혹시 달리 나한테 할 말이 떠오르지 않는 거 아냐? 꽤나 거만한 태도지만, 그 태도와 발상력은 반비례하는 걸까?"

"내가 이 소리를 할 때마다 팬지가 화제를 바꾸며 도망치려고 하기 때문이라고 생각해. 그 몸에 간장 얼룩처럼 달라붙은 그 버릇은 언제가 되어야 없어지려나?"

「저기, 싸움은 되도록….」

리리스가 어떻게든 중재하려고 해 주지만, 의미는 없다.

우리 셋이 모이면 항상 이렇게.

오늘 같은 경우는 비올라가 먼저 시작했지만, 스미레코가 시작하는 때도 있다.

정말로 이 녀석들은 친한 거 맞나?

"안심해, 리리스. 나는 그저 팬지에게 주제를 알라고 타이르는 것뿐이니까. 딱히 싸우는 건 아냐."

"그래. 나는 비올라에게 조금이라도 정신적으로 어른이 되어 달라고 말하는 것뿐이야. 딱히 문제시할 필요는 없어."

문제투성이잖아.

리리스가 모든 걸 체념하고 나한테 '어떻게든 좀'이라는 시선으로 호소하잖아.

"하아…. 왜 너희는 항상 이러는 거야…."

"싸워도 막아 줄 사람이 있기 때문 아닐까?"

"…뭐?"

스미레코가 꽤나 멋진 미소를 띠며 내게 그렇게 말했다.

어느 틈에 옆에 선 비올라도 비슷한 미소를 내게 보내고 있었다.

"지금까지 우리는 계속 두려워했어. 누군가에게 어두운 감정을 받는 것을, 많은 사람들 사이에서 나만 외톨이가 되는 것을."

"하지만 지금의 우리는 혼자가 아냐. 둘도 아냐. 정말로 많은… 아주 멋진 사람들이 곁에 있어."

그건 산쇼쿠인 스미레코와 코사이지 스미레이기에 나온 말. 평범한 녀석들에게는 당연하더라도, 이 두 사람에게는 당연하지 않기에 나온 말이겠지.

"처음에는 죠로와 팬지가 있으면 충분하다고 생각했어."

"하지만 우리의 세계는 그 이상으로 계속 크고 넓어졌어."

두 사람을 따라서 가게 안을 둘러보자, 거기에는 모두의 미소가 넘쳐나고 있었다.

어느 틈에 와 있던 코스모스는 다른 애들과 즐겁게 대화하고, 다른 곳에서는 체리가 실수를 하고, 호스가 피해를 입고 있다. …아아, 후우와 탄포포는 뭔가 싸우고 있나? 또 탄포포가 울고 있잖아. 사잔카는 또 카리스마 그룹 애들에게 놀림을 받아서 얼굴을 붉히고 있네. 히이라기는 이번에는 츠바키에게 매달려서 떼를 쓰는 모양이다. 너무 그러다간 또 절교당할 테니까 조심해.

썬과 보탄은 뭔가 안정감이 있네. 열혈감이 넘치지만 부드러운 미소의 썬과, 부끄러운 듯이 웃는 보탄.

분명히 이런 세계는 1학기의 그 무렵에는 상상할 수도 없었지….

"이상을 목표로 했을 텐데 이상보다 훨씬 멋진 세계에 도달했어."

"그러니까 우리는 더 이상 겁내지 않아. 인연이 사라지는 것을 두려워하며 자기 마음을 참지 않아."

그러니까 거리낌 없이 싸우고 있나.

참나, 거기에 휘말리는 이쪽의 입장이 되어 보라고.

하지만… 그래.

많은 일이 있었다. 분명 앞으로도 많은 일이 있겠지….

"후후후, 모처럼의 기회니까 둘이서 확실히 전할까, 팬지."

"응, 그래…."

산쇼쿠인 스미레코와 코사이지 스미레.

비슷하지만 명확히 다른 두 소녀가 나를 바라보았다.

이런 미인들에게 동시에 시선을 받는다니, 나도 참 분에 겨운 녀석이다 싶다.

"고마워, 아마즈유." "고마워, 죠로."

그렇게 말하며 산쇼쿠인 스미레코와 코사이지 스미레는 미소

지었다.

나도 너를 만나고 싶지 않아

에필로그

"오늘이야말로… 오늘이야말로…."

시간은 점심시간. 오른손에 도시락을 든 나는 눈앞의 문에 적힌 '도서실'이라는 세 글자를 바라보면서 신에게 기도하듯이 왼손으로 십자를 그었다.

"저기, 저 사람은 분명히 3학년… 안 어울리는 연인이 있다는 사람…."

"이렇게 가까이에서 보니…. 우와아…. 장래성이 털끝만큼도 느껴지지 않아…."

우연히 근처를 지나치던 하급생 여학생들이 나에게 신랄한 말을 날렸다.

학교 안에서 '안 어울리는'이라는 칭호를 얻은 자만이 맛볼 수 있는 특권은 오늘도 절찬리 발휘 중이다.

하지만 이런 것에는 이미 익숙해졌다. 일일이 신경 쓸 것도 못 된다.

"좋아! 가 볼까!"

기합 충전 완료! 하급생의 말을 못 들은 척하고 나는 의기양양하게 문을 열었다.

타악! 하고 힘차게 한 걸음을 내디뎌 도서실에 돌입.

설령 이 앞에 어떠한 난관이 기다릴지라도 나는 도망칠 수 없다!

그런 마음으로 전력을 다해 접수처로 시선을 옮기자.

"어라? 없어…. 이상하네. 평소라면….”

"안녕.”

"……!”

뒤에서 목소리가 들린다는 예상 밖의 사태에 온몸의 털이 단숨에 Stand up.

진정해! 여기서 허둥대는 건 이 여자가 노리는 바야!

"깜짝 놀랐어?”

"…흥. 예상했던 일이야.”

냉정하게, 어디까지나 여유만만하게, 머리를 쓸어 올리면서 그렇게 말해 주었다.

다리는 갓 태어난 사슴처럼 바들바들 떨리지만, 그런 건 못 본 걸로 해 주시길.

"그렇게 바라보면… 부끄러워.”

빙글 뒤를 돌아본 내가 날린 혐오감 듬뿍 담긴 시선은 완전히 역효과.

포지티브 걸은 나의 시선을 자기 좋을 대로 해석하고 뺨을 붉게 물들이더니 두 손에 든 문고본 나츠메 소세키의 『마음』으로 얼굴을 가렸다.

거기에 착각으로 뭘 기대한 모양인지 살짝 책을 내리고 올려다보는 시선.

부끄러움 어필과 도서위원 어필을 동시에 하는 고등 기술이다.

"하아~"

그걸 보고 나는 성대하게 한숨을 내쉬었다.

이런 행동을 하는 게 귀여운 애라면 정말 끝내주겠지.

하지만 이 애는….

"왜 그쪽 차림으로 돌아온 거야!"

깜짝 놀랄 만큼 귀엽지 않아!

납작한 가슴에 감정 없는 무미건조한 얼굴! 거기다가 양 갈래로 땋은 머리에 안경!

이상하잖아?! 이 녀석, 3학기에 '이제 거짓말 하는 건 그만둔다'라는 그럴싸한 말을 하지 않았어?! 그럼 그쪽 차림은 뭐야?!

내 텐션을 급강하시킨 뒤에 분노의 급상승을 일으키는 여자.

니시키즈타 고등학교에서 그런 짓을 할 수 있는 여자는 단 한명….

"그렇게 열렬한 말을 해 주면 부끄럽잖아."

도서위원인 산쇼쿠인 스미레코다.

"부끄러워하지 않아도 되니까, 얼른 원래 모습으로 돌아와!"

최근 내 분노의 원인은 바로 이거다.

3학기에는 진짜 모습으로 학교에 다니던 스미레코였지만, 신학기가 되자 어머나 신기해라.

다시금 땋은 머리에 안경 모습으로 돌아와서 등교한 것이다.

338

그 이후로 내가 아무리 불평을 해도 딿은 머리에 안경 상태.

아니, 정말로 왜 이렇게 된 건데?!

"아마츠유가 원인이야."

"뭐어~?"

"많은 사람들이 내게 말을 걸어도, 곰팡이 핀 걸레 같은 얼굴로 '방임주의다'라고 말하며 전혀 도와주지 않았잖아. 어쩔 수 없으니 방어 수단을 취할 수밖에 없었어."

독설과 클레임이 세트로 날아왔다.

아니, 그건 어쩔 수 없잖아! 나도 처음에는 노력했거든!

"처음에는 노력했으니까 그 이후로는 노력하지 않아도 된다는 룰은 존재하지 않아."

네에~! 당연하다는 듯이 에스퍼 능력이 나왔습니다!

이 녀석의 이런 점, 정말로 싫어!

하아…. 이제 됐어….

"너, 거기, 나, 여기."

한 번 단맛을 본 인간은 좀처럼 이전의 생활로 돌아갈 수 없는 법.

이 상태의 스미레코와 이야기하면 아무래도 텐션이 떨어지니까, 나는 내가 가야 할 장소(독서 스페이스)와 스미레코가 가야 할 상소(집수치)를 가리키고 발길을 옮겼다.

다행스럽게도 오늘 도서실은 이용자가 적다.

아니, 왠지 모르지만 나 말고는 아무도 없다.

그러니 느긋하게 발길을 옮겨서 독서 스페이스에 가서 앉았다.

널찍하고 큰 책상이 늘어서 있고 창문에서 비치는 햇살이 따뜻해 기분 좋은 내 힐링 스폿.

그곳에 앉아 마음의 상처를 치유하면서 가져온 도시락을 펼쳤다.

"음?"

문득 옆을 보니, 스미레코가 내 지시에 따르지 않고 쫓아온 건지, 어깨를 나란히 하고 얌전히 앉아 있었다.

"같이 이야기하자. 오늘은 맛있는 홍차를 준비했어."

아무래도 나랑 이야기를 하고 싶은 모양이다.

홍찻잎인 듯한 것이 들어 있는 봉지를 살랑살랑 흔들며 어필했다.

"아주 죄송스럽지만, 승낙할 수 없습니다."

마음씨 착한 나는 그 어떤 상대라 할지라도 배려를 잊지 않는다.

친절하고 정중한 거절문과 사양을 스미레코에게.

혹시 사정을 아는 이가 보면 감격의 눈물을 흘릴 게 틀림없는 멋진 태도라고 할 수 있겠지.

"그래…. 알았어."

자애 넘치는 내 말을 이해해 주었는지, 스미레코는 담담하게 대답하더니 그대로 일어서서 가 버렸다. 그래, 맞아. 어떤 사정이 있더라도 역시 다정함은 중요해.

평소에는 상대해 줄 때까지 끈질기게 포기하지 않는 소녀가 오늘은 쉽사리 물러나 주었다.

자, 렛츠 런치 타임이다! 일단 비엔나소시지를 덥석! 으음, 육즙이 좌악~!

※

"후우~…. 잘 먹었다."

점심 식사를 마친 나는 그대로 상반신을 책상에 맡겼다.

교실로 돌아가면…. 뭐, 대단히 귀찮은 문제가 남아 있으니까.

점심시간 정도는 모든 것을 잊고 느긋하게 보내자.

자는 애는 성장한다. 마음과 몸의 성장을 위해서라도 낮잠은 빼놓지 않는다.

아. 햇살이 따뜻해서 기분 좋다. 정말로 따뜻해서….

따끈따끈…. 툭툭…. 쿵쿵….

"아프잖아아아아아아!"

이제 막 잠이 들려는 순간, 등에 심상치 않은 고통이 일었다.

벌떡 일어서서 보니, 스미레코가 내 위에 한 무더기의 책을 떨어뜨리지 않았는가.

"무슨 짓이야!"

"당신이 심술을 부리니까."

휙 고개를 돌리며 뺨을 불룩 부풀리는 여자. 내가 잘못했다는 듯한 태도였다.

"나는 너랑 말하기 싫어."

"나는 당신이랑 말하고 싶어."

"네 사정 따윈 안 들어."

"당신 사정은 안 들어."

이미 대화를 하기로 결심했는지, 어느 틈에 눈앞에는 홍차 머그잔이 두 개.

정중하게 한쪽에는 내 이름이, 다른 한쪽에는 여자의 이름이 적혀 있고, 머그잔을 붙이면 하트 모양이 만들어지는 것이었다.

맹렬하게 수준 낮은 커플 어필이다.

"…알았어. 얘기하면 되잖아, 얘기."

"기뻐. 그럼 준비할게."

내가 체념하고 대화에 응할 자세를 보이자, 스커트를 누르며 아름다운 동작으로 내 옆에 앉는 스미레코.

머그잔을 들고 기분 좋게 홍차를 꿀꺽꿀꺽 마셨다.

"그래서 무슨 이야기를 할 거야?"

"……!"

홍차를 마시던 동작이 우뚝 정지. 그 뒤 여자의 시선이 왼쪽에서 오른쪽으로 스스슥 이동했다.

"어이, 너…. 설마 아무 생각도 안 했어?"

"난 몸이 먼저 움직이는 타입이야."

"조금 더 생각하고 행동하지 않겠어?!"

"아마츠유, 진정해 줘. 과거에 나는 너무 생각만 하다가 행동한 결과, 당신에게 다대한 폐를 끼쳤어. 이제 그런 짓을 되풀이하고 싶지 않아…."

"그렇게 구중중한 분위기 만들면 다 용서해 줄 줄 알았냐?"

"이해가 안 가네…."

좀 알아먹어라.

그리고 뚱한 얼굴인 채로 은근슬쩍 머그잔을 들이대서 하트의 완성을 노리지 마.

"…참나, 그럼 뭐라도 물어봐. 거기에 대답할 테니까."

내 몫의 머그잔을 재빨리 손에 들어서 하트의 완성을 저지하면서 홍차를 꿀꺽.

분하게도 오늘도 엄청나게 맛있다.

"최근 어때?"

"초점을 좁혀. 너무 막연하잖아."

그러자 여자의 가슴 쪽 주머니에서 수상쩍은 세피아색 작은 병이 나타났다.

"세균 어때*?"

"기가 막혀서 날아가겠다! 너는 대체 얼마나 준비성이 좋은 거야?!"

　"당신이 대답해 주지 않으니까 그렇잖아. 대답해 준다고 했으면서… 거짓말쟁이."

　"…아아. 최근이라고 지금까지와 다를 것도 없어."

　신학기와 동시에 개막된 엄청난 문제.

　여러 문제가 버블 상태로 뒤섞인 히이라기 회유 사건.

　그것은 아직 해결되지 않았을 뿐만 아니라 가늠도 서지 않았다.

　"고생이네."

　"이렇게 된 건 다 너 때문이잖아."

　"…그건 그럴지도 모르지만…."

　내 말에 풀이 죽는 스미레코. 하지만 동정은 않겠다.

　히이라기에게 모르는 녀석들이 말을 거는 바람에. 녀석이 낯을 가리며 패닉을 일으키게 된 원인으로는 스미레코가 커다란 비중을 차지하고 있다.

　그렇긴 해도 본인은 느긋하게 홍차를 즐기고 있으니까, 이것도 참 웃긴 이야기다.

　"애초에 말이지, 정말로 반성하는 거라면 얼른 나를 기쁘게 해

※세균 어때 : 일본어의 '최근(最近)'과 '세균(細菌)'은 발음이 같다.

봐."

힐끗 곁눈질로 대답을 재촉했다. 눈치 빠른 이 녀석이라면 이걸로 다 알아들었겠지.

그 증거로 방금 전까지 다소 무겁게 가라앉았던 눈동자가 순식간에 활기를 되찾았다.

"알았어."

"진짜냐!"

오오! 말하고 볼 일이군!

"…조금은… 부끄러운데."

뺨을 붉게 물들이며 소녀는 그 말과 함께 일어섰다.

그대로 똑바로 이쪽을 바라보면서 다리를 서서히 들어 내 눈앞에 자기가 신고 있는 실내화를 스윽 내밀었다.

역시나 스커트는 무릎 아래 20센티미터다. 속옷도 종아리도 전혀 안 보여.

그래서 이 녀석, 뭘 하는 거야?

"자, 핥아. 오늘은 당신이 좋아하는 거야."

"안 핥습니다! 난 네 실내화를 좋아하지 않거든?"

"그, 그럴 리가! …믿을 수 없어…."

여자의 수상쩍고 놀라움 가득한 표정에 내 인내심이 뚝, 하고 끊어졌다.

"일부러 이러는 거지! 이 망할 납작 가슴에 양 갈래 머리 안경!"

"어머? 당신을 흉내 내서 심술을 부렸을 뿐인데, 말이 너무 심하잖아."

"네가 나한테 한 짓이 훨씬 너무해!"

"하지만 그런 나를 좋아하잖아?"

"…큭! 저, 정말로 너는…."

아아~ 진짜로 나는 왜 이런 여자랑 사귀고 있는 거지?

더 좋은 여자는 많이….

"그래! 불만 있어?!"

없으니까 문제야….

"후후후. 불만이 있을 리가 없잖아. …나도 마찬가지니까."

점심시간, 평소에는 대번성인데 오늘만큼은 이용자가 아무도 없는 도서실에서 산쇼쿠인 스미레코가 내 어깨에 자기 머리를 올렸다.

밖은 쾌청. 구름 하나 없이 아름다운 하늘을 올려다보며….

"달이 아름답네요."

16권 끝

　감사합니다.

　일단 이런 흔해 빠진 말을 이 작품과 관계해 준 모든 사람에게 전하게 해 주세요.

　2016년 2월에 제1권이 발매되고, 어느 틈에 2021년 6월.

　5년이나 이 작품과 함께할 수 있다니, 당시에는 꿈에도 생각하지 않았습니다.

　한 권의 책으로 인생이 변한다…라는 이야기가 있습니다만, 제게 거기에 해당되는 책은 틀림없이 『나를 좋아하는 건 너뿐이냐』겠지요.

　이 책 덕분에 제 인생은 크게 변했습니다.

　단순한 회사원이었던 제가 꿈의 엔터테인먼트 업계에 발을 들여놓을 수 있었던 겁니다.

　그 가운데, 본래 만날 일 없었던 수많은 훌륭한 이들과 만났습니다.

　지금까지 함께해 주신 독자 여러분. 담당 편집자가 되어 주신 미키 씨, 코바라 씨, 콘도, 기타 많은 이들. 일러스트레이터가 되어 주신 브리키 씨. 프로듀서 나카야마 씨, 감독인 아키타야 씨, 음향감독인 고우 씨, 작화감독인 타키모토 씨, 죠로를 연기해 주신 야마시타, 썬을 연기해 주신 우치다 씨, 팬지를 연기해 주신 토마츠 씨, 코스모스를 연기해 주신 미사와 씨, 히마와리를 연기해 주신 시라이시 씨, 아스나로를 연기해 주신 미카미 씨, 사잔카를 연기해 주신 사이토 씨, 탄포포를 연기해 주신 사에키 씨…. 응, 이렇게 하니 끝이 없네. 이쯤에서 일단 스톱해 두겠습니다.

아무튼 정말로 많은 분과 만나고 많은 일을 경험하게 해 준 『나를 좋아하는 건 너뿐이냐』에는 깊은 감사를 전하고 싶습니다.

다시금 말하겠습니다. 정말로 고마웠습니다!

한마디 더 하겠습니다. 16권, 최종권이 아닙니다!

……아니, 아뇨, 그게 아닙니다.

15권 후기를 쓸 때는 정말로 16권이 최종권일 예정이었습니다.

요렇게 저렇게 해서 괜찮은 느낌으로 '이야기가 끝나고 인생은 계속됩니다. 죠로 일행은 앞으로도 많은 경험을 하겠지요'라는 식으로 그럴싸하게 쓰려고 했습니다.

다만 16권을 다 썼을 때 즈음에 '어라? 이거 한 권 정도 더 될 거 같지 않아?', '후일담 같은 이야기 쓰고 싶지 않아?'라는 목소리가 어딘가에서 들려왔습니다.

하지 않고 후회하느니, 하고 후회하는 편이 낫다.

좋았어! 17권을 쓰자! 그렇게 되었습니다.

이렇게 저는 한 가지를 배웠습니다. 장래 라이트노벨 작가를 목표로 삼은 여러분, 가벼운 마음으로 '다음 권이 최종권입니다' 라는 후기를 쓰지 않도록 합시다.

왠지 꽤나 머쓱한 기분이 들게 됩니다.

하지만 앞으로 한 권! 정말로 다음 권이 마지막이니까요!

라고 질리지도 않고 말하는 저입니다.

그럼 당초 예정했던 감사 인사를 변경하여 평소처럼 감사 인사를.

16권을 구입해 주신 여러분, 가볍게 최종권이라고 말해서 죄송했습니다!

사죄로 살짝 스포일러를 하자면, 이미 신간을 쓰고 있습니다…. 아니, 이미 거의 다 써서 연내에는 확실히 보내 드리겠습니다! 다음 작품도 브리키 씨와 함께합니다!

브리키 님, 이번에도 멋진 일러스트 감사합니다. 계속 함께하게 돼서 저로서는 기쁠 따름입니다.

담당 편집자 여러분. 앞에서 그럴싸하게 썼으니까 생략하겠습니다.

야마시타, 또 잘 부탁해.

라쿠다

나를 좋아하는 건
너뿐이냐

나를 좋아하는 건 너뿐이냐 [16]

———

2023년 8월 10일 초판 발행

저자 라쿠다 | **일러스트** 브리키 | **옮긴이** 한신남
발행인 정동훈 | **편집인** 여영아
편집 팀장 황정아 | **편집** 노혜림
발행처 (주)학산문화사 | 서울특별시 동작구 상도로 282 학산빌딩
편집부 02.828.8838(전화), 02.816.6471(팩스) | **영업부** 02.828.8986(전화), 02.828.8890(팩스)
홈페이지 www.haksanpub.co.kr | **등록** 1995년 7월 1일 | **등록번호** 제3-632호

———

ORE WO SUKINANOHA OMAEDAKEKAYO Vol.16
ⒸRakuda 2021
Edited by 전격문고
First published in Japan in 2021 by KADOKAWA CORPORATION. Tokyo.
Korean translation rights arranged with KADOKAWA CORPORATION. Tokyo.
through Korea Copyright Center Inc.

———

ISBN 979-11-411-0041-4 04830
ISBN 979-11-256-9864-7 (세트)

값 7,000원